KB115355

장씨세가 호위무사 7

조형근 新무협 판타지 소설

초판 1쇄 찍은 날 § 2020년 9월 18일
초판 3쇄 펴낸 날 § 2023년 11월 22일

지은이 § 조형근
펴낸이 § 서경석

편집책임 § 황창선
편집 § 박현성

펴낸곳 § 도서출판 청어람
등록번호 § 제387-1999-000006호
등록일자 § 1999. 5. 31
어람번호 § 제2-2845호

주소 § 경기도 부천시 부일로 483번길 40 서경B/D 3F (우) 14640
전화 § 032-656-4452 팩스 § 032-656-4453
E-mail § chungeorambook@daum.net

ⓒ 조형근, 2019

ISBN 979-11-04-92255-8 04810
ISBN 979-11-04-92254-1 (세트)

第三幕

7

장씨세가 호위무사

조형근 新무협 판타지 소설

도서출판 청어람

목차

第一章

낯선 노파

"여기입니다. 분부하실 것이 있으면 언제든 다시 불러주십시오."

"고맙소."

전각 앞에서 청년은 광휘를 향해 고개를 숙인 뒤 멀어져 갔다. 광휘는 그의 뒷모습을 바라보다 건물 안으로 걸어갔다.

드르륵.

문을 열자마자 빼곡히 들어선 책장이 시선을 압도했다.

삐뚤게 걸려 있는 면경.

책장은 정리되지 않았고 방 안을 제대로 걷기 힘들 정도로 바닥은 지저분했다.

주위를 훑던 광휘의 시선이 책상으로 향했다. 방 안에는 무려 세 개의 책상이 있었는데 가장 앞쪽은 문방사우(종이, 붓, 벼루, 먹)가, 다른 한쪽엔 지도로 보이는 약도가, 마지막 책상에는 수량을 기록해 놓은 듯한 문서가 수북이 쌓여 있었다.

'어르신……'

그 모습에 광휘의 가슴이 뛰기 시작했다.

장씨세가를 이끌어 나갔던 그의 무거운 짐을 눈으로 확인한 듯한 기분이었다.

"놀라운 얘기가 있네. 자네가 도움을 받았던 황 노인이란 자, 조부가 첨사부(詹事府) 관직에 있다고 하네."

"첨사부? 거긴 황태자를 가르치는 곳이 아닙니까?"

"그래."

"한데 왜 홀로 떠나 장씨세가에 있는 겁니까?"

"가문이 망했거든. 세상에는 엄한 스승에게 앙심을 품는 제자가 많지. 그리고 귀한 신분이 된 후에 스승에게 앙갚음을 하는 경우도 많아."

보고로 받았던 내용.

귀한 집 자제로 살다 가족을 잃고 장씨세가로 들어온 것이 그의 과거였다. 그리고 그 보고 안에는 노인의 이름이 황충삼이라는 것도 들어 있었다.

"숙부는 아직까지도 중요 관직에 있는 모양이더라고. 첨사부 소속으로 파악되고 있으니."

터억.

광휘는 문방사우가 있는 책상 앞에 슬쩍 앉아 붓을 들었다. 사람이 쓰지 않은 지 꽤 시일이 지나, 벼루는 마른 밭처럼 바싹 말라 있었다.

광휘는 한숨을 쉬며 문방사우를 정리하고는 붓을 들었다.

슥슥슥.

사람의 형상이었다.

하지만 그림이 어느 순간 멈췄다. 오래된 붓이라 선이 매끄럽지 않고 거칠기도 했지만, 무엇보다 눈을 그리는 순간 저절로 멈춘 것이다.

"괜찮은가? 눈을 떠보게."

광휘는 언뜻 눈앞에 황 노인의 얼굴이 보이는 듯했다. 그러나 그 모습에서도 여전히 그의 눈은 보이지 않았다.

"하아. 정말 다행이구먼. 난 꼭 죽는 줄만 알았네."

일면식 없는 사람이 살아나자 자신의 일처럼 기뻐하던 눈이었다.

사람의 목숨을 귀히 여기는 한없이 자상했던 눈이…….

"그럼 해야지. 강호를 구하는 일이라고? 수많은 목숨들을 구해야 하지 않겠는가."

다시 보고 싶은데 머릿속에서 선명하게 떠오르지가 않았다.
"하아."
붓을 놓고 자리에서 일어서다 머리를 흔들었다. 발작이나 환각이 아니었다. 이번엔 가슴이 두근거린 것이다.
'그런 것이었나.'
술에 더는 의존하지 않았던 이유, 장련의 따스한 눈빛에 발작과 환각이 멈춘 이유.
바로 사람에게 느끼는 감정 때문이었다. 그것은 살수의 감각을 무뎌지게 만드는 위험한 것이었지만 지금 자신을 살게 해준 목숨 같은 것이기도 했다.

"자넨 살인마가 아니지 않은가?"

"어르신 말이 맞소."
광휘는 거부하지 않았다. 더는 피하지도 않았다.
"이제부터라도 인간이 되기 위해 노력하겠소."
평생 신검합일이 안 될지도 모르지만, 다시 감각이 둔해지고 무뎌질지도 모르지만 아무래도 좋았다.
이제 더는 힘들어하지 않아도 되니까.

"내가 자넬 만난 걸 자랑스러워해도 되겠는가?"

"포기하지 않을 것이오. 이제는 내가 당신의 소중한 것들을 지킬 것이오."

광휘는 살수나 병기가 아닌, 이제는 사람과 살아가는 길을 택했다. 살수의 감각을 죽이고 인간으로서 사는 길을…….

"그게 내가 가장 잘하는 게 아니겠소."

광휘는 창가로 걸어가 하늘을 보았다.

오늘따라 유난히 맑고 푸르렀다.

"보고 싶소, 황 노인……."

*   *   *

마차 두 대가 고급 주루(酒樓) 앞에 멈춰 설 때였다. 점소이들이 급히 나오더니 일렬로 서서 머리를 숙였다. 그들을 거느린 루주가 대표 격으로 인사를 했다.

"어서 오십시오. 운화객잔입니다."

복장엔 격식이 느껴지고 행동엔 기품이 묻어 나왔다.

바로 이곳이 하남 운산에 위치해 있는 전국 팔대 주루 중 한 곳인 운화객잔이었다.

"빨리 나오시지요. 여기가 운화객잔 아닙니까. 예약 잡기도 그리 어렵다는. 하하하."

가장 먼저 내린 모용상이 뒤를 향해 손짓했다.

오래간만에 회포를 풀 요량인지 그의 얼굴엔 웃음꽃이 만개해 있었다.

"흘흘흘. 노부가 이런 호사를 피할 수야 없지."

능시걸 역시 기분 좋은 웃음으로 마차에서 내렸다. 그러고는 모용상을 향해 재차 말을 건넸다.

"그런데 모용가주께선 산동에 오래 거주하신 걸로 아는데 어찌 이곳을 아십니까?"

"소싯적에 많이 들르곤 했지요."

"하긴, 사람이 그리 바뀔 리가……."

"예?"

"아닙니다."

능시걸은 배시시 웃으며 장원태를 향해 시선을 돌렸다.

의아한 표정을 짓던 모용상은 능시걸의 말뜻을 떠올렸는지 급히 손사래 쳤다.

"여긴 그런 곳이 아닙니다. 술과 가무(歌舞)만 합니다."

능시걸은 작게 고개를 끄덕여 보였다.

모용상은 약간 경계 어린 시선으로 바라보다 이내 능시걸에게 한 발짝 다가가며 귀에 대고 속삭이듯 말했다.

"한데 말입니다."

"……?"

"오늘 일은 비밀로 해주시지 않겠습니까? 본 가의 무사들은 제가 통제할 테니 개방에서 조금만 힘써주신다면 오늘은 그저 좋은 객잔에서 하루 묵는 날로 전해지지 않겠습니까?"

"……."

"아시겠지만 제 안사람 성격이 워낙……."

"알겠습니다."

능시걸은 떨떠름한 표정으로 고개를 끄덕였다.

그 모습에 모용상은 표정이 확 밝아지며 고개를 숙였다.

"믿고 있겠습니다."

그러고는 문 쪽으로 걸음을 옮겼다.

"쯧쯧, 저분은 언제쯤 철이 들지……."

능시걸은 혀를 차며 모용상의 뒷모습을 바라보았다.

"우리도 들어가시게나."

그는 뒤늦게 내린 장원태에게 한마디 건네고는 모용상을 뒤따라 들어갔다.

*   *   *

떵. 띠링. 띠리링.

금(琴)의 운율이 주루의 분위기를 달구는 늦은 시각.

주루의 이 층은 노랫가락 소리만 들릴 정도로 조용하기만 했다. 호쾌하게 외치던 처음과 달리 두 시진이 지나자 다들 자리에 머리를 처박고 주욱 늘어졌다.

특히나 모용가주가 가관이었다.

"쯧쯧쯧. 데리고 가거라."

능시걸은 모용상의 안위를 살피려 다가온 무사들을 향해 손짓했다.

처의 강짜를 벗어나 오늘은 밤새 마시자고 열을 올리던 그는 초저녁도 안 되어 곯아떨어지고 말았다. 마음은 여전히 이십 대 젊은 날을 그리고 있는 모양인데, 몸이 받쳐줄 리 없지 않은가.

"방주께는 면목 없습니다."

무사들이 그를 대신해 사과하곤 모용상을 급히 둘러멨다. 그러고는 이내 줄행랑을 치듯 시야에서 사라졌다.

그 모습을 조용히 바라보던 장원태가 말을 꺼냈다.

"소인은 조금 믿기지 않습니다. 저렇게 소탈하고 성격 좋으신 분이 대체 어쩌다 적수대제(赤手大帝)란 무서운 별호를 가지셨을까 하고 말입니다."

능시걸이 지그시 웃으며 말을 받았다.

"거기에다 마누라 얘기만 나오면 흠칫흠칫 놀라니 더 그러겠지?"

"하하하하."

쪼르르륵.

능시걸은 피식 웃어 보이며 한 잔을 들이켰다.

"천성이 밝은 사람이네. 싸우는 걸 좋아하지 않고 풍류를 즐길 줄 아는 공자였지. 하지만 강호의 삶이란 게 어디 그런가."

장원태는 자신도 모르게 고개를 끄덕였다.

강호의 삶이라.

누구보다 자신이 절실히 느끼고 있지 않은가.

"그럼 이제 말씀해 주시겠습니까, 방주?"

"뭘?"

"이 자리를 만드신 건 제게 따로 하고 싶은 말씀이 있으셨던 듯싶습니다만."

"…아, 그거라면."

짝짝.

능시걸이 손바닥을 마주치자 근처에 머물러 있던 거지 몇 명이 다가와 고개를 숙였다.

"주위를 물리거라. 한동안 사람을 들여보내지 말고."

"예, 방주."

삽시간에 주위가 깨끗해졌다.

그럼에도 능시걸은 뭔가 맘에 안 들었는지 조금 전 불렀던 사내를 다시 불렀다.

"저기 저 여인들도 내보내야지."

조금 떨어진 곳에 곱게 차려입은 두 여인. 한 명은 금(琴)을 연주하고, 한 명은 춤을 추던 여인이었다.

한 여인이 방주의 말을 들었는지 조용히 고개를 내리며 말했다.

"저는 내려가겠으나 이 아이는 농자(聾者: 귀가 먹은 사람)이니 연주를 하게 하는 것이 어떻겠습니까?"

"웃기지 말고 썩 꺼져."

능시걸이 단칼에 거절하자 여인은 급히 고개를 숙이며 다른 여인을 데리고 내려갔다.

그렇게 주위를 모두 물린 뒤 능시걸이 말했다.

"점소이, 마부, 기녀, 창부 가릴 것 없이 주루나 기방은 전부 하오문의 눈과 귀지."

"하오문이라 하시면……?"

"밑바닥에서 정보를 사고파는 놈들. 일단은 경계하는 것이 맞네. 중요한 얘기가 나올 수도 있으니까."

장원태는 얼굴이 굳어졌다.

역시나 이 늦은 밤에 주루 같은 곳에 들른 이유가 있었다. 능시걸이 이제부터 할 이야기는 그만큼 주의를 요하는 것일 터였다.

"말해보게. 대충 조용해진 것 같으니."

능시걸이 운을 떼자 장원태는 심호흡을 하며 고개를 들었다. 그리고 그간 답답했던 속내를 털어내듯 물었다.

"본 가가 대체 무슨 일에 처한 겁니까, 방주?"

장원태는 작금의 상황이 어떻게 흘러가는지 갈피를 잡을 수 없었다. 사파에 이어 팽가는 결국 맹까지 개입하게 만들었다.

거기다 장씨세가를 개방과 모용세가가 지키는 와중에도 한 발짝도 물러섬이 없었다. 그 모습이 마치 섶을 지고 불에 뛰어드는 것처럼 죽자 살자 덤벼드는 행태를 보이고 있는 것이다.

"쯧쯧쯧."

능시걸은 혀를 차며 담뱃대를 꺼내 물었다.

"질문이 틀렸어. 가문이 제일이 되는 가주의 처지는 이해하네만 여기서는 이렇게 물었어야지."

"……?"

"자네 집안은 강호에서 그리 쳐주는 곳이 아니야. 그런데 석가장과의 싸움에서 이겼고, 팽가에서 모욕당하고도 멀쩡하고, 운수산에서 적사문과 귀문 등 사파 단체를 막았고, 나중에는 본가 장원을 급습한 밀영대와 야월객도 모두 물리쳤네."

"……!"

장원태의 눈이 커졌다.

능시걸의 지적대로 장씨세가는 그 모든 것을 버텨냈다. 구대문파도, 오대세가도 아닌, 무력이 기반이 아닌 상재가 기반인 약한 세가에서.

강호의 누구도 장씨세가가 이토록 분투하리라고, 지금껏 살아남으리라고는 생각도 못 했을 터였다.

그 모든 일의 중심에는 한 사람이 있었다.

"이 모든 일들을 하나하나 해결해 내는 '광 호위라는 이는 대체 누구입니까'라고."

*   *   *

드르륵.

잠시 대화 없이 침묵이 일 때쯤 문이 열렸다.

묵객의 가늘어진 시선이 그곳으로 돌아갔다.

"뭘 쳐다봐? 불렀으면 왔나 보다, 생각할 것이지."

키가 작고 등이 굽은 노파였다. 턱이 약간 비틀어지고 눈도 좁쌀처럼 조그마하지만 목소리는 앙칼졌고, 결코 무시할 수 없는 기세가 은근히 흐르고 있었다.

까닭 없이 툴툴거리던 노파가 묵객 앞에 놓인 빈 잔을 보고 말했다.

"꼴에 해독제는 미리 처먹었군."

"해독제?"

묵객이 의아한 표정으로 물었지만 노파는 대꾸도 하지 않은 채 여인 쪽으로 고개를 돌렸다.

"맘에 든 게냐?"

"……."

대답 없이 가만히 있는 묵객에게 노파는 인상을 쓰며 재차 말했다.

"그랬으니 해독제를 준 게 아니냐."

'해독제라면 언제 독을…… 아!'

순간 묵객은 감각을 집중해서 주변을 찬찬히 살폈다. 그러자 미세한, 아주 약한 거부감이 그가 앉은 탁자에서 느껴졌다.

'자리에… 독을 풀어놓았던가.'

마시는 차나 음식에는 독이 들어 있지 않았다. 하오문은 그런 눈에 빤히 보이는 수단을 쓰지 않는다. 그 대신 묘한 향내가 풍기는 의자, 탁자 이 방 안의 가구 전체가 미약한 독 향을 품고 있는 것이다.

"아닙니다. 독일지도 모른다고 말씀드렸는데 스스로 드신 겁니다."

"호오?"

노파는 탁자 위를 다시 한번 훑어보았다.

부채와 차, 그 옆에 올려진 묵객의 검.

그것을 보자 대충 상황을 짐작했는지 고개를 끄덕였다.

"그래서 마음은 없고?"

"아직 마음은 확인하지 못했습니다."

"지랄할 년. 그렇게 만나고 싶었던 사내놈 봤으면 치마끈 확실히 풀어야 할 것 아냐. 내가 모를 것 같던?"

"……."

"삼 년 전, 저잣거리에서 동호 놈을 도와준 녀석이 이놈이라며?"

묵객은 대체 무슨 말인지 몰라 노파와 여인을 연신 번갈아 보았다. 그러다 문득 이해가 간다는 투로 고개를 끄덕였다.

'그런 것이었나.'

동호란 이가 누군지 모르지만, 말대로라면 예전 자신에게 뭔가 도움을 받은 듯했다. 그러니 여인이 호의적인 태도를 보인 것이리라.

"허허허. 뭔가 오해가 있는 것 같소. 본인은 동호라는 대협을 모르거니와 설령 내가 도움을 줬다고 해도 기억하지 않으니 의미를 따지는 건 그렇소. 하니 소저께서는 너무 마음 쓰지 마시오."

묵객이 오해를 풀기 위해 말하자, 대꾸할 것 같지 않던 여인이 입을 열었다.

"선인(善人)은 선행을 베풀고 보답을 바라지 않는다고 하지요. 옛말이 하나도 틀리지 않으니 역시 대협께선 군자가 맞으십니다."

'어째 더 위험하게 흘러가는 것 같은데……'

겸연쩍어하던 묵객이 더욱 난감한 얼굴로 슬쩍 노파를 다시 바라보았다.

"아주 지랄에 상지랄을 하는구면."

노파는 이 상황이 지겨운 듯 한쪽 다리를 의자에 올렸다. 그러고는 귀지를 파며 대뜸 물었다.

"칠객의 하나가 여긴 무슨 일로 온 게야?"

"혹시 그대가 하오문주이시오?"

"빌어먹을 놈아, 용건만 말해."

'허어.'

무례하기로 따지면 이보다 더 무례할 수 없었다.

초면에 하대, 거기에 막말. 자신이 칠객 중 하나임을 알면서도 이런 대우를 한다는 것은 둘 중 하나다. 노파가 원래 성격이 막 나가거나 아니면 그러고 살아도 걱정 없을 만한 뒷배경이 있거나.

'아니, 둘 중 하나가 아니라 둘 다겠지.'

"두 가지 궁금한 것이 있어서 왔소이다."

생각을 정리한 뒤 묵객은 입을 열었다.

"몇 달 전 석가장과 장씨세가의 싸움 끝에 석가장의 장원에서 거대한 폭발이 일어났소. 화기가 연관되었으니 응당 조정의 관찰이 내려올 터. 한데 조사하던 도성부 지부대인이 사건에서 손을 떼고 그 일은 조용히 묻혀 버렸소. 이게 어찌 된 일인지, 누가 개입했다면 어느 선에서 지시가 내려왔는지 알고 싶소."

"하나는 그거고, 다른 하나는?"

"지금 장씨세가에 호위무사로 있는 광휘란 자가 누군지 알고 싶소. 그의 말에 따르면 맹에서 일한 적……."

"불가능해."

묵객의 말이 채 끝나기 전에 노파가 대답했다. 그러고는 허리에 찬 장죽을 꼬나물고 한 모금 빨더니 말했다.

"그건 조사할 수 없어. 그는 백(百)이다."

"예? 무슨……."

묵객이 고개를 갸웃거렸다. 백 명 중 하나라는 걸출한 인재라는 말인가 싶어서.

하지만 노파의 말은 그런 뜻이 아니었다.

"그는 천중단, 완전히 지워진 곳의 사람이다."

꿈틀.

묵객의 눈썹이 흔들렸다. 혹시나 하고 있었는데 역시나 그가 천중단 소속이란 말인가.

"천중단은 모두 죽은 것 아니었소? 생존자는 오직 한 명, 단 리형이라고……."

"하늘 가운데 달(天中月)."

"……?"

"그게 현 무림맹주가 이끌었던 천중단(天中團)이고."

푸우.

노파는 장죽의 연기를 다시 한번 뿜어냈다.

"하늘 가운데 바람(天中風)."

그러고는 다시금 누런 이빨을 드러내며 웃어 보였다.

"그가 이끌던 부대를 우린 그렇게 불렀지."

＊　　　＊　　　＊

"전대 칠객 중 한 명이라면 믿겠나?"

"광 호위가 말입니까?"

능시걸의 첫마디에 장원태가 반문했다.

설마 하니 광휘가 전대 칠객 출신이었다니.

"칠객이긴 하지만 현 칠객과는 달랐네. 명성에서나 무위에서나."

쪼르륵.

능시걸은 빈 술잔에 술을 채워 넣었다. 언뜻 취한 얼굴로 보였지만 술 때문은 아니었다. 옛 기억의 향수가 그를 취하게 만든 것이다.

"과거의 칠객은 천중단에 들어갈 만큼 강하지 않았어. 물론 그때도 현 무림맹주 단리형처럼 대단한 자는 있었지만."

꿀꺽.

"카아. 술맛 좋구먼."

한 잔을 들이마신 능시걸이 입가를 닦고는 계속 말을 이었다.

"하지만 당시에도 칠객은 협객(俠客)의 상징이었지. 특히나 낭인 무사나, 빈민가의 사람들에게는 구대문파를 대표하는 최고의 후기지수보다 더 높게 쳐주었네. 그러니 경력도 나이도 부족한 광휘가 사람들 입에 오르내릴 수 있었던 게지."

"하면 그런 대단한 곳에는 어떻게 들어가게 된 것입니까?"

장원태는 문득 궁금증이 일었다.

"맹주의 추천이 있었네."

"맹주 말입니까? 혹시 광 호위께선 명문가의 자식이……."

"아니. 출신조차 알려지지 않은 자였어."

"그럼 왜……."

"맹주의 명이긴 했지만 사실은 이중윤(李重尹)이란 자가 맹주께 그를 추천했기 때문이야."

"이중윤?"

왠지 들은 적 있는 이름 같아 장원태의 미간이 좁아졌다.

능시걸은 그 모습을 보고 고개를 끄덕였다.

"자네도 들어본 적 있을 게야. 금군(禁軍)의 교두로 있었고 대영반 직위까지 올랐던 자니까."

"……!"

장원태는 그제야 눈을 번뜩였다.

십오 년 전, 황제의 직속 군대인 금군의 최고 직위. 대영반 이중윤을 그제야 기억해 낸 것이다.

"그럼 그 이중윤과 관련된 사람이었겠군요."

"그건 아니야."

능시걸은 거듭 물어보는 장원태의 질문을 반박하며 그와 시선을 맞추었다.

"개방에서 조사를 한번 해본 적이 있었는데 그와 관계된 접점은 하나도 없었지."

"……."

"그래서 내린 결론은 이중윤이 칠객의 몇몇 인물을 맹주께 추천하지 않았을까 그리 추정했네. 천중단 내에서도 의협심, 무공보다 강한 목적의식이 더 필요한 곳이 살수 암살단이었으니까."

능시걸은 추가로 천중단 내에 있던 두 부대와 성격을 설명했지만 장원태에게는 그다지 새로운 내용이 아니었다.

광휘를 통해 이미 전해 들었던 내용이기 때문이다.

"아무튼 그는 천중단에 들어왔고 단의 특별한 임무들을 수행했지. 그러다 일 년… 기밀 정보가 들어왔네. 은자림이라고 불리는 살수들이 개량된 벽력탄을 사용한다는 것이었지."

장원태는 직접 본 적이 없었으나 그 폭발이 얼마나 강한지는 예상하고 있었다.

벌써 몇 번이나 적들이 사용하지 않았는가.

"은자림의 가장 무서운 점은 전국 각지에 흩어진 사파들을 모아 하나로 단결시킨다는 데 있었지. 같은 문파 안에서도 서로서로 다투는 게 일상인 놈들로 그렇게 연합체를 꾸린 단체가 광림총. 그 총주가 바로 대살성이라 불리는 희대의 거마였지."

광림총과 대살성의 존재는 장원태도 알고 있었다. 상계에서도 광림총과 관계된 일은 무조건 피하라는 얘기가 있었다. 그리고 대살성은 살수의 탈을 쓴 천하제일고수라는 얘기가 있지 않았는가.

"서로 뜻이 맞았던 게지. 사파에는 많은 무사들이 있었고 은자림엔 폭굉이 있었으니까. 폭굉은 그 자체도 위력적이었지만 목표가 따로 있을 때 정말 요긴하게 쓰였네. 뛰어난 고수들을 죽일 때나, 대규모 무사들을 상대할 때나."

장원태는 그제야 광휘가 폭굉의 존재를 어떻게 잘 알고 있는지 알게 되었다.

하지만 하나의 의문이 풀리자 또 다른 궁금증이 그를 자극했다.

"그런데 흑우단이라는 곳은 왜 알려지지 않은 겁니까? 그렇게 강호의 안위를 위해 목숨 건 부대라면 행적을 더 알리고 치켜세워 줘야 함이 맞지 않습니까?"

"흠."

능시걸은 턱을 쓸었다. 이윽고 뭐가 생각났는지 슬쩍 운을 뗐다.

"자네는 천중단을 사람들이 뭐라 불렀는지 아나?"

"하늘 가운데 달이라고 하지 않습니까."

장원태는 당연하다는 듯 말했다.

"맞네. 그럼 그 이유도 아는가?"

"달은 어두울 때 가장 빛이 나기 때문입니다."

"그렇네."

장원태는 능시걸이 중원 모두가 아는 질문을 왜 한 것인지 의아했다. 하지만 다음 질문을 듣자 그가 왜 그리 물었는지 알 수 있었다.

"하면 살수 암살단은 뭐라 불렀겠나?"

*   *   *

"하늘 가운데 달을 잘못 말한 게 아니오?"

묵객이 물었다.

천중단의 비사는 나름 많이 알고 있다고 자부하는 그였기 때문이다.

"아니, 바람이다."

노파는 짤막히 대답했다.

"왜 바람인 게요?"

"바람은……."

잠시 뜸을 들이던 노파가 주름진 눈꺼풀을 세우며 말했다.

"눈에 보이지 않는 것이니까."

바람.

노파의 말대로 바람은 눈에 보이지 않는다. 그렇다고 없는 것은 아니다. 분명 우리 곁에 존재하고 느낄 수 있었다.

하지만 묵객에게 바람이란 다른 의미로 다가왔다.

보이지 않는다는 것은 필요에 의해 잊혀야 한다는 것. 그곳에 누가 있었는지, 무슨 일들을 해왔는지조차 함께 묻혀야 했다는 것이다.

"그러니 알려질 수 없었던 게야. 조사를 해봐도 당연히 남은 게 없겠지. 굳이 있다면 당시 직접 눈으로 보고 귀로 들은 자들의 증언뿐이랄까."

"……."

"그가 어떻게 천중단에 들어왔고 어떤 사람을 만났는가 하는 것도 그래. 당시 하늘 가운데 바람, 그 부대는 엄격한 개방의 통제하에 이루어졌기에 우리가 아는 건 많지 않아. 뭐 그렇다고 해도……."

노파가 마치 상황이 재밌다는 듯한 웃음을 흘렸다.

"어떤 부분에선 개방보다 많이 알기도 하지. 예컨대 천중단에 들어가기 전 그의 성격이 어땠나. 어느 규방의 규수와 염문을 뿌렸다든가. 그 외에 천중단에서 살아남은 자들이 누구라든가."

"사, 살아남은 자들이 있소?"

묵객의 눈이 커졌다. 천중단 소속으로 생존한 이는 무림맹주 단리형이 유일했다. 그 외에 살아남은 자들이 있다는 것 자체가 지금 처음 듣는 얘기였다.

다만 그중에 광휘가 있다는 건… 뭐, 들으면서 바로 납득이 돼버리는 게 기분이 좀 그랬지만.

"장씨세가에 있는 명호란 자 외에도 네 명이 더 있지. 광휘와 함께 지워진 사내들이."

묵객은 그제야 이해가 가기 시작했다.

언제나 광휘 옆에 머물러 있던 명호란 사내. 몇 수만 겨뤄보아도 비범한 실력자임을 알 수 있었던 그가 왜 그런 모습을 보였는지.

"누굽니까?"

"그걸 말하기 전에 내게 약조 하나 해. 내 조건을 들어주겠다고. 그러지 않으면 다음 이야기는 없어."

"허어."

묵객이 눈을 크게 떴다 이내 표정을 굳혔다. 어이가 없었지만 굳이 따질 마음은 없었다. 눈앞의 노파가 처음부터 매양 친절을 베풀 거라 생각하지 않았으니까.

"무슨 조건을 내세우든 난 장씨세가의 일이 끝나기 전에는 움직일 생각이 없소."

"당연히."

"강호의 규율에 어긋나는 일이 아니어야 하오."

"물론."

"묵객의 이름에 먹칠하는 일 역시."

"전혀."

묵객은 크게 심호흡하며 말했다.

"좋습니다. 받지요."

*　　　*　　　*

"은자림은 대체 어떤 자들입니까?"

대화 중 장원태는 문득 궁금해졌다.

폭굉을 만들어냈다는 그들은 누구이며 무슨 이유로 그런 물건을 만들어낸 것인가.

"솔직히 나도 정확히는 모르네. 전대 방주께서도 그 이유를 내게 밝히지 않으셨으니까. 하나 확실한 것은 은자림의 태동이 어느 장군가의 자손이라는 것과 조정을 붕괴시키는 것이 그들의 목표였다는 것이네."

그것은 달리 말해 역모다. 나라를 뒤엎기 위해 폭굉을 만들어낸 것이다.

하나 장원태는 여기서 또 다른 의문이 들었다. 그런 뛰어난 자들이 조정에 일을 벌이지 않고 왜 굳이 중원으로 와서 사파와 손을 잡은 것인가.

"자네가 무슨 생각을 하는지 알아. 폭굉을 왜 곧장 황제를 죽이는 데 쓰지 않았느냐는 의문이 들겠지. 이유는 간단해. 목표가 황권 찬탈에 있는 게 아니었기 때문이야."

"…하면?"

"황제의 호위무사와 군사, 금의위와 오군도독부의 군사 일체를 날려 버리려는 생각이었던 게야. 완전히 박살 내 버리려고 한 것이지."

능시걸은 그렇게 표현했다.

그들을 향한 극한의 증오가 모두를 멸(滅)해 버리려고 한 것이다.

하지만 아무리 그래도 정도라는 게 있다. 이건 마치 살육에 빠진 미치광이와 다를 바가 없었다.

"역모에 휘말린 장군의 자손으로 추정하고 있네. 그리 생각하면 짐작이 갈 테야."

장원태는 그제야 이해가 갔다.

역모는 황가의 모반이나 권력을 공고히 할 때 종종 일어나는 일이다. 또한 역모는 구족을 멸한다.

아마 거기에 휩쓸린 자들 중 적개심이 증오로 변질된 것일 테다.

"하나 조정에서도 이를 파악하고 있었네. 무림맹에 적극 투자한 것을 보면 말일세."

"조정에서 무림맹에 지원을 해줬다는 말씀입니까?"

"그래."

"이해가 가지 않습니다. 조정은 무림과는 불가침이 있을 정도로 개입하는 것을 꺼리지 않습니까?"

황실이 무림맹에 지원을 해주는 상황이 일견 이해가 갈 법했지만 실제로 그리했다는 사실은 믿기 힘들었다.

천하를 바라보고 움직이는 황실이 자칫 무림맹에 고개를 낮춘다는 인상을 줄 수 있기 때문이다.

"징검다리 역할을 한 곳이 있었네. 조정이 폭광과 은자림의 존재를 알게 만든 곳. 뿐만 아니라 비밀리에 도움을 줄 수 있게 본 방보다 더 탁월한 능력을 발휘했던 곳이지."

"거기가 어딥니까?"

능시걸은 장원태를 향해 미소 지어 보였다.

"하오문일세."

＊　　＊　　＊

"네가 처음 궁금해했던 조정의 일은 우리에겐 사실 그리 어려운 일이 아니야. 왜인 줄 알아?"

노파는 비릿하게 웃어 보였다. 그러고는 묵객이 대답도 하기 전에 스스로 답했다.

"아랫도리 놀리는 사내새끼들이란 다 똑같거든."

"허어. 옆에 소저도 있는데 어찌 그런……."

묵객이 난처한 듯 슬쩍 옆자리의 여인을 바라보며 얼굴을 붉혔다.

하나 노파는 별것 아니란 투로 말했다.

"고관대작의 술자리는 하루가 멀다 하고 번번이 일어나는 일이다. 술자리에서 사내놈들이 취기가 올라오면 굳이 말을 하지 않아도 술술 불게 되어 있어. 그 상황에서 몇 번 들쑤셔 주면 석가장의 일을 누가 진행했는지 쉽게 알 수 있겠지."

푸우.

장죽 끝으로 퍼져 나오는 매캐한 연기가 묵객의 얼굴을 향해 쏘아졌다.

묵객이 연기가 따가운 듯 눈을 찌푸리자 노파는 재밌다는 듯 웃으며 말을 이었다.

"그럼 천중단에 대해서 얘기할까? 장씨세가에 머물고 있는 명호 외에 네 명. 바로 방곤(方坤)과 웅산군(熊山君), 구문중(求門重)과 염악(閻嶽)이란 자다."

묵묵히 듣던 묵객이 의아한 듯 곧장 고개를 저었다.

"…다들 처음 듣는 이름들이오. 그리 유명한 자들이라면 알려지지 않을 리가 없을 텐데."

"멍청한 놈! 내가 말 안 했어? 천중단은 모두 지워졌다니까."

묵객은 그제야 '아!' 하며 이해했다.

예전에도 그랬다면 당연히 지금도 그들의 존재가 밖으로 새어 나가지 않게 통제하고 있을 터였다.

"출신이라든지 혹은 어디에 살고, 뭘 하고 있는지는 이 아이의 입을 통해 들어."

노파가 한 곳을 가리키자 묵객은 다시 여인에게로 고개를 돌렸다.

그곳엔 루주(주루의 주인)로 추정되는 여인이 여전히 다소곳하게 앉은 채로 홍조를 띠고 있었다.

'거참.'

묵객이 난감한 듯 머리를 긁적였다.

자신만 쳐다보면 얼굴을 붉히는 그녀를 보자 도통 적응이 되지 않았다.

"더 궁금한 게 있나?"

"지금 당장은 없소만… 앞으로는 꽤 많이 생길 것 같소."

"그래. 언제든 물어봐."

노파의 말에 묵객은 고개를 끄덕였다. 여전히 뭔가 꺼림칙했지만 일단은 접어두기로 했다.

"그럼 이번엔 그 조건을 말하지."

노파는 여전히 기분 나쁜 웃음을 보였다. 실눈처럼 가느다랬던 눈이 갑자기 커지며 갈라진 입술이 움직였다.

"여기, 내 딸을 데려가."

第二章

노승의 대안

쏴아아아아아.

갑작스러운 비는 하루 종일 사람들을 괴롭혔다.

팽인호는 우울하게 침잠한 눈으로 창밖을 보고 있었다. 흐릿한 비안개 건너편에 웅장하게 세워진 맹의 대전이 눈에 들어왔다.

정도무림맹.

구파일방과 오대세가와 강호의 모든 영걸들을 통치하는 강호의 주인이 거하는 곳.

지금 그곳에는 예스러운 필체로 단리(段里)라는 글자가 새겨져 있었다. 하지만 먼 옛날, 그 자리에는 다른 글자가 씌었던 적이 있었다.

덜컥. 쏴아아아.

문득 문이 열리고 바깥의 비바람 소리가 안으로 새어 들어왔다.

푸득푸득.

비에 젖은 우의를 털어 옆에 거는 소리. 뒤이어 중후하게 나이 든 목소리가 방 안에 울려 퍼졌다.

"기다리게 해서 미안하네. 일이 좀 바빠서 말일세……."

"왜 일을 어렵게 만드시는 겁니까?"

팽인호는 고개도 돌리지 않은 채로 입을 열었다.

쪼르륵. 타악.

비에 젖은 몸을 덥힐 겸 따스한 차 한 잔을 마신 무림맹의 총관, 서기종이 대수롭지 않게 물었다.

"그건 또 무슨 말인가?"

"약조한 것과 얘기가 다르지 않습니까?"

"일이야 하다 보면 틀어지는 것이고, 또 일에 맞게 계획을 새로 짜야 하는 것이지. 그 자리에서는 최선이었네."

"그들을 그렇게 보내서는 안 되었습니다!"

담담하게 말하는 서기종에게 팽인호는 노골적으로 불편한 감정을 드러냈다.

"무슨 일이 있어도 운수산만은 확보해야 합니다. 최소한 무림맹의 관리하에 두겠다고 말이라도 하셨어야……."

"팽 장로, 자네야말로 일을 크게 만들지 말게."

서기종이 손을 들어 팽인호의 말을 끊었다.

"맹은 중도를 지키며 천하 안위를 위하는 곳이지 어느 한쪽 편을 지지하는 곳이 아니야."

"총관! 설마 이제 와서……."

"자칫 일이 커지면 맹주께 보고가 들어가. 그걸 바라는가?"

움찔!

맹주라는 말에 팽인호의 얼굴이 굳었다.

그의 반응을 확인한 서기종이 계속 말을 이어갔다.

"자칫하면 맹의 조사단이 아니라 맹주 직할단에서 직접 일을 맡게 될 수도 있지. 모든 일을 원점에서 다시 보게 되면 일단 개방의 혐의가 벗겨지게 될 테고, 최악의 경우 일이 내 통제를 벗어나게 될 걸세. 팽가의 추락은 자연스러운 일이 될 테지."

"…그리되면 총관 또한 무사하지 못하실 겝니다."

팽인호가 독살스럽게 맞받으며 서기종을 노려보았다.

서기종은 그저 어깨만 으쓱할 뿐 거기에 아무 불쾌감도 드러내지 않았다.

"자넨 개방과 싸움이라도 할 생각인가? 십만을 아우르는 천하의 거지 떼와?"

"팽가는 상대가 누구든 두려워하지 않소!"

팽인호의 눈썹이 바르르 떨렸다.

총관의 설득에도 전혀 납득하지 않을 태세였다.

"두렵지야 않겠지. 하지만 손실은 불가피할 걸세. 천 명도 채 안 되는 팽가의 정영들이 이 일로 원기가 손상되어서야 앞뒤가 바뀐 것 아닌가. 아까도 말했지만 맹은 강호상의 공적인 기관일세."

서기종은 발끈하는 팽인호를 눌러 앉히고는 차분히 일을 앞에서부터 다시 짚었다.

"절차를 지키고, 명분을 지켜야 힘을 잃지 않네. 그러니 느리더라도 순서를 지켜야지. 그 결과에 사람들이 승복하도록. 하북팽가가 강호 전역의 군웅을 상대로 전쟁을 선포할 것이 아니라면."

이에 팽인호는 이를 악물며 다시 한번 물었다.

"그럼 총관께서 생각하시기에 언제쯤 저희가 운수산을 가져올 수 있겠습니까?"

"쯧쯧. 자넨 어떨 때 보면 참 융통성이 없어……. 왜 꼭 그것을 가져와야 한다고 생각하나?"

서기종은 혀를 차며 인상을 찡그렸다. 팽인호의 찌푸린 얼굴이 한층 더 찌푸려졌다.

"…무슨?"

"조사가 길어지면 그게 이미 우리 것이 아닌가? 자네 말처럼 무림맹의 관리하에 두고 있을 텐데?"

"허."

서기종의 말에 팽인호는 문득 눈앞이 환해지는 것을 느꼈다.

굳이 싸우지 않고도 중립을 지키면서 원하는 것을 취할 수 있는 방법. 반드시 소유권을 넘겨받을 필요는 없었다. 맹의 휘하에 두고, 운수산에서 폭굉의 핵심 재료만 야금야금 추출해 내면 될 일이었다. 비록 관계자들이 예상보다 좀 많이 늘어나기는 하지만, 그 또한 맹의 실권자인 서기종이 적당히 입김을 불어넣는다면…….

"조금 전 순찰당주를 떠나보냈네."

"당주라면… 순찰당주 임조영?"

팽인호가 말을 알아들은 것을 확인하고 서기종은 까닥 고개를 끄덕여 보였다.

"그래. 판을 벌이려면 바닥에 놓인 패부터 확인해 봐야지."

임조영은 이번 장씨세가의 일에 가장 밀접하게 관련된 조사 책임자였다. 또한 서기종의 입김이 가장 강하게 닿는 사람이었다. 과연, 서기종은 본인의 말에 그치지 않고 이미 수를 쓰고 있었던 것이다.

"우선 장씨세가에서 내민 증인이 누구인지, 무슨 연유로 내세웠는지를 알아야지. 그래야 트집을 잡고 운수산의 관리를 이쪽에서 맡지."

"그래서 그 증인이 누구랍니까? 아니지."

팽인호는 묻다가 말고 피식 웃음을 지었다.

"어차피 제대로 된 증인이라고는 없겠지요. 폭굉과 그에 얽힌 제반 사정을 아는 이는 천하에 오직 세 명, 맹주와 총관과 이 늙은이뿐 아니오리까."

"아니, 뭐. 일단은 그러네만……."

총관은 거기서 애매하게 말끝을 흐렸다.

쏴아아아아아!

바깥은 여전히 세차게 비가 쏟아지고 있었다. 서기종은 창을 통해 맹주전을 흐뭇하게 바라보며 말을 이었다.

"확인은 해봐야지. 궁금하지 않나? 개방 방주가 십만 개방 방도의 목을 걸고 장담하는 증인이라니……."

씨익.

서기종의 입꼬리가 미미하게 올라갔다.

위낙 동작이 미미해 다른 이들이 보기에는 평시와 다를 바 없는, 여전히 욕심이라고는 없는 근엄한 얼굴이었다.

*　　　*　　　*

"그게 무슨 소리요? 갑자기 왜 혼인을……. 서, 설마?"

묵객의 시선이 옆으로 돌아갔다.

반듯한 자세로 앉아 그를 보고 있는 여인. 문득 뭔가가 머릿속을 스쳐 지나간 것이다.

"혹시 이 여인이 어르신의……?"

"맞아. 내 딸이다."

"이, 이보시오……."

묵객은 말까지 더듬었다. 일면식이 있어도 당황스러울 판에 그녀와는 오늘 처음 만난 사이다.

그런데 다짜고짜 데려가라니. 아무리 자신이 풍류 공자라고 해도 이건 너무나 어이가 없지 않은가.

"내 딸은 맘에 든 모양이니 너만 허락하면 문제는 없다."

"허어, 어르신……."

"덤으로 하오문의 루주를 옆에 두고 움직이니 중요한 정보도 즉각 들을 수 있고… 일석이조가 아니냐? 아, 네놈이 호색을 즐긴다고 했으니 일석삼조일 수도 있겠다. 내 배로 낳은 것이니 박색은 아니고."

"거기까지 하시오."

문득 묵객의 얼굴이 굳어졌다.

어미란 자가 자식의 인생이 걸린 일을 가지고 장사처럼 흥정을 한다.

무엇보다 묵객은 그것이 가장 마음에 들지 않았다.

"왜? 내 딸이 맘에 안 들어?"

노파 역시 얼굴이 굳었다. 묵객은 신중하게 뭔가를 헤아리다가 천천히 입을 열었다.

"하오문의 정보력이 뛰어나다 들었는데 나에 대한 조사는 미흡했나 보구려. 내 이제껏 많은 여자를 만나온 사실을 부인하지 않겠소. 하나 여인들을 대함에 있어 나만의 규율이 있소."

드르륵.

묵객은 탁자 위에 놓인 단월도 위에 손을 올렸다.

갑자기 정색하는 그의 모습은 노파에겐 대단히 생경했지만, 동시에 그게 잘 어울린다는 느낌도 들었다.

"첫째, 한 번에 두 사람을 같이 만나지 않소. 둘째, 누군가를 만나더라도 남편이나 외간 남자와 교분이 있는 여인은 역시 보지 않소."

"네놈이 지금 누굴 사귀는 것도 아니고, 내 딸이 중년 부인도 아니니 문제가 없지 않으냐?"

"문제는 바로 셋째요. 이미 한 여인을 가슴에 담고 있소. 이 상태로 또 다른 사람을 보는 것은 하지 않는단 말이오. 그건 그 쪽에 대해서도 큰 무례가 될 테니까."

"…가슴에 담은 사람? 그게 누구냐?"

"거기까지 내가 말해줄 의무는 없는 것 같소만."

스윽. 툭.

묵객은 단월도를 어깨에 멨다. 그러고는 노파를 향해 다시 말을 이었다.

"석가장 일은 없던 걸로 합시다. 이미 들은 것에 대해서는 언 젠가 값을 치르리다. 그럼……."

"……."

터억.

묵객은 말없이 노파에게 포권을 해 보이고는 미련 없이 발길 을 돌렸다.

그렇게 몇 걸음 움직이던 묵객이 갑자기 걸음을 늦추었다.

"대협께서는 소녀가 부끄러우신 겝니까?"

노파의 목소리가 아니었다. 그간 침묵하며 가만히 앉아 있던 여인이 입을 연 것이다.

"주루에서 웃음을 파는 미천한 계집이기 때문입니까? 정보가 필요하여 하오문까지 발걸음하신 대협께서, 차라리 스스로 조 사해 보겠다고 하실 만큼 소녀의 출신이 문제가 됩니까?"

"그런 것은 아니오, 소저."

"아니라면 말씀해 주시지요. 세인이 하찮게 보는 노류장화(창녀나 기생)에도 살아가는 자존심 같은 것은 있는 법입니다."

"……."

묵객이 뭔가 말을 하려다 입을 다물었다.

매혹적이면서 뇌쇄적이기까지 했던 그녀는 이미 없었다. 어느새 번진 눈물로 화장이 지워진, 그저 평범한 여인이 자신을 바라보고 있을 뿐이었다.

"이제껏 대협의 이름에 누가 될까 두려워 차마 말씀 올리지는 못하였으나, 연모하는 소녀의 마음에는 한 점 부끄러움이 없습니다. 그리고 소녀는 아직… 누군가와 몸을 섞은 적이 없습니다."

"소, 소저."

묵객이 다시금 당혹했다.

여인이 자신의 순결을 대놓고 드러내는 것이 경우에 따라 얼마나 수치스러울지, 얼마나 큰 용기를 필요로 하는지 알기 때문이었다.

"필시 장련 소저이겠지요. 상계에서는 누구나 인정하는 미모와 지성을 겸비한 처자이니까. 대협께서 마음 가시는 것도 무리가 아니라 여깁니다. 하나 소녀에게도 몇 가지 재주가 있습니다. 기회조차 주시지 않음은 너무도 매정하시지 않습니까."

묵객의 낯빛이 굳었다. 심장을 토해내듯 격렬하고 과격한 여인의 고백이었다. 그 말은 한때 자신이 했던 말과도 똑같았다.

"처음엔 협을 지키는 것이 목적이었으나 지금은 둘 다요. 이 감정은 진심이오. 그러니 내게도 기회를 주셨으면 하오."

"딱히 뭔가를 바라는 게 아니라 기다려 달라는 거요. 내가 광호위처럼 뭔가를 해줄 수 있을 때까지만 말이오."

"…소저의 마음을 알겠으나, 그건 옳지 못한 행동이오."

묵객은 지금 상황과 비슷한 기억을 떠올리다 느릿하게 입을 열었다.

"사람이 사람을 좋아하는 감정은 갈대와 같아서 아침에 먹은 마음이 저녁에 흔들릴 수 있소. 그건 누구보다 내가 잘 알지요. 만약 정말로 소녀의 마음이 진실하다면, 시간이 흐른 뒤에도 소저께서 품은 마음이 같다면 내 그때 진지하게 생각해 보리다."

묵객은 마음을 분명히 하고는 다시 몸을 돌렸다. 하나 이번에는 한 발짝도 움직이지 못했다.

"시간이 지나도 같을 것입니다. 오 년 전이나, 그리고 지금이나 변함없으니까요."

"오… 년?"

"기억나지 않으십니까? 무송리(茂松里) 북쪽의 저잣거리에서 대협께서 저를 도와준 일 말입니다."

묵객은 눈을 끔뻑였다.

무송리라니. 하남 현고(縣古) 무송리라는 그 작은 지방을 말함인가?

분명 한동안 그 주변에서 머무른 적은 있다. 하지만 그때 이런 뇌쇄적이고 요염한 소저를 만난 기억은 결단코 없었다. 있었다면 기억 못 할 리가…….

"그년의 나이는 올해로 열아홉이다. 오 년 전이면 고작해야 열넷이었지."

"열넷……."

노파의 카랑카랑한 목소리에 묵객은 고개를 끄덕였다. 그렇다면 기억을 못 할 만도 했다. 지금이야 요염하고 뇌쇄적인 기색을 뿌려내지만 그 당시에는 그냥 애 티를 벗지 못한 어린아이였을 테니까.

"불한당 셋에게 붙잡혀 욕을 당할 뻔한 빈민가의 어린애를 네가 구했다. 이 어린것은 그때부터 은공, 은공 타령 하며 반드시 은혜를 갚겠노라고 입버릇처럼 되뇌었지."

"무인이라면 응당 했어야 할 일입니다. 제가 아니라도……."

묵객은 말하다 말고 고개를 내저었다.

"뭐, 너야 그럴 수 있겠지. 하지만 저 계집애는 그날 그 일 이후로 목숨을 걸었다."

"…목숨?"

강렬한 단어에 묵객이 미간을 찌푸리며 그녀를 바라보았다.

여인은 담담히 묵객을 바라보며 말을 이었다.

"담명이라는 모용세가의 자제분께 하오문 본 단의 정보를 흘린 것이 첫째 이유입니다. 대협을 뵙고 싶다는 소녀의 사리사욕을 위해 본 문의 힘을 이용한 것이 두 번째 이유입니다. 하나 무엇보다 큰 것은……."

"하오문주인 이 늙은이를 네 눈앞에 덥석 데리고 온 것. 목이 달아나도 모자람이 없는 큰 실수지."

푸우.

노파는 장죽을 빨아 짙은 연기를 뿜어냈다. 마치 근엄하기 짝이 없는 염라처럼.

"핏줄이든 뭐든, 하오문의 방도가 하오문주의 위치를 토설한 것은 결코 간과할 수 없는 대죄야. 이 늙은이가 넘어간다손 쳐도 문의 다른 장로들이 결코 용납하지 않을 게야."

"그 말은……."

"그래. 선택은 자유야. 네가 데리고 가든 아니면 두고 가든. 하지만."

툭툭.

장죽의 재를 털어내며 노파가 클클, 음충맞게 웃음을 흘려냈다.

조금 전의 엄숙하던 얼굴은 온데간데없고 나이 든 늙은이의 짓궂은 장난기 어린 미소가 가득했다.

"하오문의 가장 큰 주루의 루주로서, 누구보다 본문의 정보를 가장 많이 알고 있는 년이 문에서 이미 마음이 떠난 채로 살 수 있을 것 같아?"

노파는 누런 이빨을 드러내며 기분 나쁘게 웃었다.

"이년은 이미 죽은 게다. 널 다시 만난 그 순간에."

"……."

묵객은 그제야 알았다. 여인이 목숨을 걸었다는 의미가 어떤 것인지.

"어떻게 할 텨? 어미 년으로서도 솔직히 자식 년 돼지는 꼴은 보고 싶지 않군. 그러니 부탁하마. 데리고 가줘."

"하나……"

"본처의 자리가 아니라도 상관없어. 첩으로 삼든 구워 먹든 삶아 먹든 네 맘대로 해. 뭣하면 노비로 써도 되고. 어쨌든 전적이 있으니 지금 장씨세가에 더없는 도움이 될 게다."

땅땅.

하오문주가 장죽을 놋쇠 화로에 대고 재를 털었다. 그 소리가 마치 염왕이 판결을 내리는 망치 소리처럼 들렸다.

"물론 네 마음에 품었다는 장련이라는 년에게도 말이야."

*   *   *

사사사삭.

유난히 풀잎 소리가 도드라지는 장씨세가 내원에서도 가장 멀리 떨어진 외곽.

나한승 셋은 고고히 눈을 감은 채 수련을 하고 있었다. 이들이 행하는 것은 명상이 아닌 참선이었다.

참선(參禪)은 선법 중 하나로, 경론에만 의지하지 않고 마음으로 부처의 진리를 깨닫고자 함이었다.

"후우."

거칠고 딱딱한 바위 위에서 좌선하던 방천이 문득 눈을 떴다.

그러자 마치 따르기라도 한 듯 방곤과 방윤이 차례로 눈을 떴다.

탁. 탁. 탁. 탁.

멀리서 발소리가 들려오고 있었다. 방천은 돌담에서 내려온 뒤 한달음에 달려 나가 사내에게 예를 표했다.

"아미타불. 늦은 시간에 어인 일이십니까?"

"대사의 청정을 깨뜨려 미안하오."

"뭔가 묻고 싶은 것이 있으신 모양이군요. 오시지요."

방천은 알 듯하다는 얼굴로 광휘를 안으로 이끌었다.

광휘는 문득 그가 뒤로 숨기는 오른팔을 보았다. 부상이 아직 채 낫지 않아 불편한 모양이었다.

"대사, 그때 그 일은……."

"그때 그 일입니다. 마음 쓰지 마십시오."

방천이 희미하게 미소를 지어 보였다. 방곤과 방윤이 하나씩 예를 표했고, 광휘가 답례하고는 그 뒤를 따랐다.

초목 위에 세워진 정자는 장씨세가의 내원이 한눈에 내려다보였다. 좋은 자리라고 여겨 이끌었던 방천이 문득 쓴웃음을 지었다.

"허허. 멀리서 보기만 했지, 저희도 처음 와보는지라……. 서서 얘기를 나누어야 할 것 같습니다."

석가장과의 쟁투, 뒤이어 이어진 팽가와의 알력 다툼으로 손을 보지 않은 지 꽤 오래되었다. 그러다 보니 자리에 앉기 힘들 정도로 긴 풀들이 덮여 있었다.

"난 상관없소."

광휘의 대답에 방천은 고개를 끄덕이며 장씨세가 내원의 절경을 내려다보았다.

"그래, 소승께 묻고자 하시는 것이 혹 광마가 되지 않는 방법이옵니까?"

"……."

광휘는 시선을 내리깔 뿐 긍정도 부정도 하지 않았다. 한참 입을 다물고 있던 그가 한숨과 함께 입을 열었다.

"광마란 사실은 어찌 아셨소?"

"그때 그날, 시주를 상대하며 느꼈습니다. 한 올 한 올 몸에 밴 끔찍한 살기. 그때의 시주는 인간이 아니라 그저 사람을 베고 죽이는 한 자루의 검이나 다름없었다는 것을 말이지요."

"……."

"어찌하다 그리되셨습니까?"

"…천중단에서."

광휘는 길고 긴 한숨을 내쉬며 고개를 내저었다.

"어느 순간 그리된 것 같소. 한순간 마음이 풀어지면 동료의 목이 달아나는 일을 셀 수 없이 겪었으니까."

"…허어."

"예리해져야 했소. 예리해져야 살 수 있었소. 그러다 보니 살아나는 게 목적이 아니라 버텨내는 것이 목적이 돼버린 것 같소."

갑자기 말문이 열린 광휘가 낮게, 가늘게 말했다.

그의 말을 듣는 소림승들은 광휘의 주위에서 피 냄새가 자욱하게 풍기는 느낌을 받았다.

"어쩌다가 이렇게 되었는지는… 나도 모르겠소. 누군가 광마라 불렀고, 그 현상에서 빠져나오는 방법은 없었소. 다만 나만, 오직 나만 이제껏 그런 일을 네 번을 겪었고 아직 살아 있소. 아직."

피를 토해내듯 긴 이야기를 단번에 뱉어낸 광휘. 그의 얼굴에는 차마 다스리지 못한 죄책감과 한스러움이 가득했다. 이제껏 이런 말은 누구에게도 한 적이 없었다. 오래 묵은 마음을 털어놓자 후련함과, 또한 나약한 자신에 대한 창피함만이 가득했다.

방천은 가만히 그의 얼굴을 보며 속으로 나직이 불호를 외웠다.

"시주."

"말씀하시지요."

"잠시 저희의 연무를 보아 주지 않으시렵니까?"

"……?"

휘이이이.

선선한 바람이 불어와 초봄의 눈이 싹 튼 나무를 장난스레 흔들어댔다. 정자 아래의 완만한 경사로 나온 방천과 광휘 주위에는 노송 몇 그루만이 오롯이 서 있었다. 조금 떨어진 곳엔 방곤과 방윤이 조용히 기립해 있었다.

"소림의 무공은 박대정심(博大精深: 경지가 깊고 넓음)하여, 그 어느 하나도 절기 아닌 것이 없습니다. 선사께서는 우둔한 소승께 끊임없이 가르침을 주셨으니, 그 하나는 봉술이고 또 하나는 별것 아닌 주먹질이었지요."

한 손을 들어 반장의 예를 취하는 방천.

스윽.

그는 발을 한 자 넓이로 벌렸다. 그 뒤 왼발을 조금 앞으로 내밀고 양 주먹을 쥔 채 깊게 숨을 몰아쉬었다.

광휘의 눈이 가늘어졌다. 저런 박력 넘치는 기수식이 별것 아닌 주먹질? 그럴 리가 없었다.

'백보신권. 소림칠십이종 절예의 제일.'

후우우.

숨을 들이마신 뒤 내뱉자 방천의 입가에 허연 김이 새어 나왔다.

초봄이었지만 아직 조금은 추운 날씨. 하지만 광휘의 예리한 감각은 김이 아니라 토해낸 기(氣)를 뿜어내는 동작이라고 알려주고 있었다.

그리고……

"합!"

기합과 함께 그의 오른 주먹이 뻗어 나오자 마주 보고 있던 광휘의 옷자락이 심하게 요동쳤다.

슈아아앙.

콰아아앙! 우지끈!

십 장 정도 떨어진 곳에 있던 노송 한 그루의 등허리가 뭉텅이로 뜯겨 나갔다. 보고 있던 광휘의 고개가 저절로 뒤로 돌아갔다.

후우우우.

방천은 다시 숨을 몰아쉬었다. 쏘아낸 기를 갈무리한 그는 광휘를 향해 입을 열었다.

"어떻습니까?"

"조금 뜻밖이오."

"허. 소승이 너무 힘을 썼군요. 오 할 이상의 내공이었으니 시주께서도 제법 놀라실……."

"그게 아니오. 방법이 틀렸다는 말이오."

"……!"

지켜보던 방윤과 방곤은 당황한 눈으로 광휘를 바라보았다.

열여덟 소사미(少沙彌: 십계를 받고 불도를 닦는 어린 남자 승려) 계를 받은 이후 일평생 봉과 권에만 매달려 온 방천이다. 죽은 방각을 제외하고는 백보신권에 대해 가장 뛰어난 소림 고수를 부정하고 있는 것이다.

하지만 광휘는 그들의 반응에 아랑곳하지 않고 느낀 바를 솔직히 피력했다.

"위력은 충분히 강해 보였소. 하나, 예리한 느낌을 받을 순 없었소. 말하자면 뭔가… 선사의 죽비(竹篦: 수행자를 지도할 때 사용되는 도구)처럼 계도하는 그런 느낌이었달까."

"예리하지 못한 죽비라……. 허허허."

방천은 미소를 보였다. 스스로의 무공이 약하다 부정하는 말인데도 그는 전혀 개의치 않았다.

"그건 당연한 것이 아니겠습니까? 이 무공은 불가의 것입니다. 승(僧)은 사람을 죽이는 자가 아니라 스스로를 죽여서라도 중생을 구원하는 사람입니다."

"그렇다면 내가 배우기에는 적절치 않아 보이오. 그런 무공은 내 검을 오히려 약하게 할 테니까."

"그것이 시주를 광마로 변하게 할 수 있는데도 말입니까?"

그 말에 광휘는 반박하지 못하고 침을 삼켰다.

천중단 시절, 검과 완벽하게 하나가 되었다고 생각한 적이 있었다. 하지만 시간이 흐른 뒤 지금에 와서는 정신적인 문제가 발생해 버렸다. 방천의 말대로 예리해지면 예리해질수록 제어하기가 어려워진 것이 현실이었다.

광휘는 숨을 들이마신 뒤 입을 열었다.

"해서 여기 온 것이오. 광마가 되지 않고 지금의 힘을 유지할 수 있는 방법을 대사께서는 어떻게 생각할까 하고 말이오."

"흐으음……."

이번엔 방천이 깊게 침음했다.

잠시 뒤 생각을 정리한 그는 한쪽에 나 있는 풀들을 손으로 매만지며 말했다.

"불경에 이런 내용이 있습니다. 수련하는 이, 길에서 부처를 만나면 부처를 죽이고 부모를 만나면 부모를 죽여라[蓬佛殺佛蓬父母殺父母]."

"……!"

침잠해 있던 광휘의 눈이 처음으로 반응하기 시작했다.

"깨달음을 얻고자 할 때 그 무엇에든 얽매여 있어서는 깨달을 수 없다는 것입니다. 처음 수련할 때는 법칙과 예식이 있으나 그 단계를 넘어서고 나면 법칙도, 예식도 모두 깨뜨리라는 의미이지요.”

“일체의 고정관념과 틀을 부수라……”

“예. 방각 대사와 저희가 파불이 된 이유도 거기에 있습니다. 진리라는 것은 보이는 것이 아니라 깨부수었을 때 비로소 알게 되는 겁니다. 해서 한 가지 말씀을 드리건대……”

“……?”

“무공을 버렸다 하셨지요. 그걸 다시 익혀보시는 것이 어떻겠습니까?”

광휘는 곧장 반박했다.

“그 생각도 안 해본 것은 아니오. 하지만 결국 원점으로 돌아간다고 결론에 도달했소.”

“꼭 그렇지만은 않을 겁니다.”

마치 고집부리는 아이의 눈빛.

방천은 광휘에게서 그것을 봤다. 내심 한편으로 이해는 갔다. 그는 천중단이란 곳에서 수단과 방법을 가리지 않고 오로지 생존할 수 있는 길을 찾아내며 살아왔다. 그러니 다시 정론으로 돌아선다는 자신의 말에 두려움을 가지고 있을 터였다.

“이미 시주께선 실전적인 무예의 끝에 다다르셨습니다. 그러니 왔던 길을 다시 한번 둘러본다면 미처 놓쳤던 것을 발견할 수도 있지 않겠습니까?”

“다르지 않을 것이오. 무공을 버리기 전엔 무공을 사용했소.”

문득 과거를 떠올리던 광휘의 목소리에는 처연함이 묻어 나왔다.

"아니, 나보다 더 고명하고 전통의 무공을 사용한 자가 천중단에 많았지. 하지만 그들의 끝은 죽음뿐이었소."

"혹 그들 중에서도 무공을 버린 자들이 있었습니까?"

"꽤… 있었소."

"그렇군요. 그럼 확실해졌습니다."

방천은 얼굴에 미소를 띠며 말을 이었다.

"시주는 그들과 다르다는 것을요. 시주께서는 아직 살아 있지 않습니까?"

순간 광휘의 눈썹이 크게 떨렸다. 여러 가지로 해석되는 말이었지만 또렷이 느껴졌다. 방천이 가리키는 것은 하나였다.

그들과 다르다. 그러니 방향 또한 다를 수 있다는 말이었다.

"시주, 자고로 무공을 익힌다는 것은 단순히 초식을 익히는 것이 아닙니다. 숨 쉬는 법, 발 구르는 법, 손 뻗는 법 하나하나에 모두 옛 무인들의 생각과 기상이 깃들어 있습니다. 명가일수록, 오랜 문파일수록 형과 체에 앞서 옛 무인들의 구결을 먼저 가르칩니다."

무공에는 그 무공에 한평생을 바친 무인들의 삶과 깨침이 녹아들어 있다. 가벼운 수련 동작 하나하나가 무에 대한 고심과 노력의 산물인 것이다.

"그럼 대사께서는 내가 다시 무공을 배운다면… 예전의 힘을 유지하면서 광마가 되지 않을 것이라 보시오?"

"그걸 소승이 대답해 드릴 수는 없겠지요. 시주께서 가셨던 길은, 그리고 가시는 길은 감히 누구도 경험해 보지 못한 길이 아니겠습니까."

"……."

광휘는 별다른 반응을 보이지 않았지만 눈꺼풀이 더욱 바닥으로 내려가 있었다.

사실, 그는 알고 있었다. 아니, 이들을 만나기 전부터, 이미 오래전부터 알고 있었는지도 모른다. 누구도 자신의 문제를 해결해 줄 수 없다는 사실을.

그런데도 이곳에 왔다. 사실을 알면서도 온 것은, 무언가 가느다란 실마리라도 얻을 수 있지 않을까 싶어서였다.

"여기 이 잔풀이 보이십니까?"

툭툭.

방천은 광휘에게서 고개를 돌려 바닥에 난 풀을 가리켰다. 신기하게도 단단한 청석에 새겨진 미미한 실금, 그 위로 소복이 머리를 내밀고 있는 여린 새싹이었다.

"처음 약수가 바위에 떨어질 때 그 물방울이 바위를 뚫을 거라 누구도 장담하지 못했습니다. 하지만 세월이 지나고 지금은 그것이 가능한 일이 되어버렸지요. 시주께선 지금까지 많은 도전을 해오셨을 테고 많은 조언을 들으셨을 겁니다."

방천은 재차 말을 이었다.

"하나 지금까지 그것이 옳았는지 아닌지는 아무도 알 수 없습니다. 시주께서 가는 길은 누구도 가보지 못한 곳입니다. 누구도 경험하지도 못한 곳이지요."

"……."

"그러니 어떤 길을 가든 누구도 그것이 틀렸다고 장담할 수 없습니다. 기왕에 그렇다면 무공을 익히기에 앞서 시주께 한 가지 바람을 말씀드려 보고 싶습니다."

"······?"

"불문의 승려들이 하는 면벽수련을 아시지요?"

일순 광휘의 눈썹이 역 팔 자로 치솟았다. 소림 무승들이 몇 년 동안 절간에 갇혀 벽만 보고 스스로를 가다듬는다는 면벽수련.

지금 자신더러 그걸 하라는 말인가?

"못 하오, 그런 건."

혹여나 시킬까 싶어 광휘는 정색하고 고개를 저었다. 방천은 그런 광휘의 그 반응이 재밌다는 듯 풋 웃어 보였다.

"어차피 그걸 하시라는 말이 아니었습니다. 행려들이 면벽수련을 몇 년간 거치고 나면, 저잣거리에 나가 사람들을 만나게 합니다. 탁발 수행이지요."

"···저잣거리?"

"예. 면벽은 벽을 바라보는 것이 아니라 자신의 마음을 바라보는 것입니다. 삼라만상은 결국 자신에서 시작되니까요. 하지만 자신 안의 자신을 보는 것이 끝나면 그때는 다른 사람에 깃든 자신의 모습도 보아야 합니다. 경을 읽고 참선을 하는 것은 시작점일 뿐 세상과 부딪치고, 엮이고, 흔들림을 겪은 다음에야 진정한 고요함을 얻을 수 있으니까요."

"······."

"전통의 무공이란 것은 고리타분하며 때론 편협하기까지 하지요. 하지만 그것은 오래된 주춧돌과 같아서 바로 서기만 하면 쉽게 흔들리거나 무너지지 않습니다. 바로 모든 일은 마음에서부터 시작하기 때문입니다."

"…혹여."

광휘는 방천의 말을 듣다가 조금 주저하는 기색으로 물었다.

"무공을 다시 배우고, 사람에 다시 섞인다. 의도는 알겠소. 그런데 그러다가 너무 무뎌지면……."

"마음을 세우다 칼이 무뎌진다면 다시 마음의 공부로 일으키면 되지 않겠습니까?"

"다시… 세운다?"

방천의 말에 광휘는 눈을 흡떴다. 방천은 불문의 고승답게 미묘한, 알 듯 말 듯 한 미소를 지으며 끄덕였다.

"예. 한 번 했던 것을 다시 못 할 것은 없지 않습니까. 광마도, 시주의 예리한 칼도, 그리고 그 힘에 대한 부작용도 모두 마음에서 오는 법."

"……."

"시주의 문제는 무공이 아니라 마음입니다. 그래서 권하는 것이지요. 어떻습니까, 한번 해보시겠습니까?"

第三章

마음 수련

"미안하지만 자넨 내 한주먹감이라 생각하네."

너럭바위에 앉은 곡전풍이 슬쩍 미소를 띠었다. 그러고는 진지한 얼굴로 황진수를 향해 말을 건넸다.

"오해하지 말고 듣게. 지금 자네가 괄목할 만한 성장을 한 건 알고 있네. 내가 봐도 뭔가 비범해졌다는 걸 온몸으로 느끼고 있으니."

"흐흥!"

황진수가 코웃음을 쳤다.

처음에는 심심파적으로 '누가 더 센가?'라는 아주 단순하게 시작된 첫마디였는데 점점 걷잡을 수 없는 언쟁으로 불붙고 있었다.

그도, 곡전풍도 강호의 무사였다. 길고 짧은 걸 대보기도 전에 '네가 나보다 약해'라는 말을 받아들일 리가 없었다.

"하지만 말일세, 우리의 싸움은 결국 나의 주먹으로 결판이 날 걸세."

"허허! 주먹? 자네 주먹? 기가 찰 소리!"

황진수의 얼굴은 붉게 물들어 있었다. 하지만 인내심을 발휘하며 침착함을 유지하려 애썼다.

"내 이런 말은 안 하려고 했는데, 자네의 주먹을 검에 비유하자면 '녹슨 검'이라 해야 말이 맞겠지. 보기에도 흉한 데다 무언가를 벨 만큼 예리하지 못하니까. 아니, 무엇보다 자네에겐 아주 치명적인 약점이 있네."

"약점?"

곡전풍의 심기가 불편해지고, 황진수가 그를 향해 의기양양하게 대답했다.

"그래. 자네는 좀 더 마음을 다스려야 하네. 성격이 담백하고 지나치게 꾸밈이 없지. 그래서 손쉬운 도발에도 쉽게 걸려서 넘어가지 않는가."

"흐… 흠! 그렇지 않네."

"게다가 주먹질 자체도 둔해. 말 대가리처럼 긴 자네의 머리통만큼."

"뭐, 뭣이!"

일순 곡전풍의 이마에 핏대가 솟았다.

"어? 지금 화를 낸 것인가?"

황진수가 묻자 곡전풍이 급히 감정을 추스르고는 고개를 저었다.

"아니, 그런 적 없네."

"방금 전에 화를 냈지 않았는가. 아까 내가 지적했던 대로 하수들이 흔히 저지르는 행동을 하지 않았나."

"그러니까, 화를 내지 않았다니까."

곡전풍은 필사적으로 분노를 갈무리했다.

으득.

입안으로 이를 갈며 소리가 나지 않도록 악다문 곡전풍은 몇 번의 심호흡 후 눈을 치켜떴다.

"황 대협, 오해하지 말고 듣게. 자네가 사부님의 약을 먹고 무공이 비약적으로 발전했다는 건 인정하네. 하지만 난 자네가 빠르다는 데 동의할 수 없었지. 왜인 줄 아는가?"

상대를 먼저 대협이라 치켜세운 곡전풍.

그는 회심의 일격을 준비하듯 눈에 불을 켜며 말을 이었다.

"그 큰 머리로 어떻게 빠르게 움직이겠는가."

"이봐! 인신공격은 안 하기로 하지 않았는가!"

"자네가 먼저 했네!"

"웃기지 마! 자네부터 했어! 기분 나쁘게 말하지 않았는가!"

"어허! 참! 오해하지 말라고 하지 않았나!"

"처음부터 오해하지 말게 말을 해야지!"

"그건 자네도 똑같아! 이런 말은 안 하려고 했다면서 다 말하지 않았는가!"

"달라!"

"뭐가 다른가!"

"미세하게 다르네!"

'쯧쯧쯧.'

두 사람의 언쟁이 불을 뿜어낼 무렵 그들 옆에 서 있던 능자진이 미간을 찌푸렸다. 몇 번을 보았지만 이놈들의 대화는 항상 저 수준을 넘기지 못하고 거듭 그 주위를 맴돌고 있었다.

"그쯤 해라."

능자진은 둘을 붙잡으며 말릴 수밖에 없었다. 왠지 옆에 있으면 자신도 질 낮은 한 무리로 전락해 버릴까 봐 두려웠다.

"아가씨께서 보고 계시니까."

그의 말대로 먼발치에 장련이 서 있었다. 조금 전 다가왔지만 언쟁이 심해지자 다가서지 못하고 서 있었던 것이다.

"아, 아가씨."

"아! 하하하."

순간 자신들이 한 행동이 생각났는지 곡전풍과 황진수는 머리를 긁으며 어색하게 웃어 보였다.

하지만 장련은 되레 밝게 미소 지으며 그들 앞에 다가와 말했다.

"누가 강한지 겨뤄보는 중이시죠?"

"아… 들으신 겁니까?"

능자진은 이마를 부여잡고 부끄러움에 고개를 흔들었다. 하긴, 거리가 좀 떨어져 있다 해도 목소리가 높았으니 그 바보 같은 얘기를 듣지 않을 수 없었을 것이다.

"장 소저께서 한번 보십시오. 제 눈빛만 봐도 이 형장보다는 훨씬 더 강한 것이 느껴지지 않습니까?"

"협의(狹意)가 곧 승리라 했습니다. 소인은 돈에 의해 움직이는 형장에겐 절대 지지 않습니다."

"돈이라니! 누가 돈을 보고 움직였다고 그러는가!"

"선금을 받고 몰래 도망가는 현장을 내게 들키지 않았는가."

"대체 무슨 소리야!"

둘이 다시 소리를 높이며 티격태격하기 시작했다.

능자진은 머리를 부여잡고는 장련을 향해 말했다.

"장 소저, 그냥 무시하십시오. 이따금 주위에 보이는 동네 바보들이니까요."

"푸웃."

장련은 배시시 웃어 보였다.

"그만하시고 제 얘기 좀 들어봐 주세요. 공정하게 서로의 무위를 겨룰 수 있는 방법이 있다면 한번 해보시겠어요?"

"……?"

둘이 소란을 멈추고는 의아한 듯 바라보자 장련이 말을 이었다.

"칼에는 눈이 없죠. 굳이 동료끼리 싸우지 않고 하인들에게 무공을 가르쳐 준 뒤 그중 뛰어난 자들을 뽑아 서로 대결해 보는 걸로 하면 어때요?"

"음."

"호오."

곡전풍은 자연스레 팔짱을 꼈고 황진수는 수심에 잠긴 듯 조용히 고개를 떨어뜨렸다.

본인의 무예가 아니라 누군가 제삼자를 가르쳐서 서로의 무위를 겨룬다. 강호에서 체면을 따지는 기인이사들 사이에서 종종 일어나는 대결 방식이었다.

"호부 아래 견자 없다는 말이 있잖아요. 뛰어난 스승 밑에 뛰어난 제자가 있을 것이니 두 분의 무위를 보이는 것도 좋은 방법이 될 터예요."

능자진은 말을 듣고 고개를 끄덕였다.

'좋은 방법이구나.'

지금 장씨세가는 석가장, 팽가, 무림맹으로 인해 혼란스러운 상황이었다. 이런 상황에 두 호위무사가 자진해서 무공을 가르쳐 준다면, 아니, 체력 단련이라도 시킨다면 세가의 식솔들에게 크게 도움이 될 것이다. 적어도 불안해서 갈피를 못 잡는 행동들은 나아질 것 같았다.

"사실 제가 온 것은 그 말씀을 드리려는 게 아니라 대청에서 열리는 연회에 오시라고 전해 드리려고요."

"연회? 잔치?"

곡전풍의 물음에 장련은 뜻 모를 미소를 지어 보였다.

"지금 준비 중이니까 한 시진 뒤에 오시면 될 거예요. 그럼."

간단한 인사를 하고는 다시금 어디론가 걸어갔다.

곡전풍과 황진수는 여전히 영문을 모른 채 장련을 바라보고 있었다.

'잔치를 왜…… 허어!'

문득 능자진의 머릿속에 무언가 떠올랐다.

전쟁으로 지친 사람들의 마음을 달래주는 것. 거기에다 이번 싸움에 활약한 무사들과 함께 어울리며 그곳에서 희망을 얻기를 바라는 마음을 그제야 깨달은 것이다. 무공을 가르쳐 주는 것도 그런 의미일 것이다.

'그래, 장씨세가에도 있었지.'

가주가 부재중이라고 해도 장씨세가는 여전히 너끈했다. 능자진은 멀어지는 장련을 보며 입꼬리를 말아 올렸다.

'장련 소저라는 기둥이……'

웅성웅성.

작은 높이의 건물들이 다닥다닥 붙어 있는 저잣거리.

심주현의 저잣거리는 상업으로 번창한 곳이다. 전란의 소란통에 휘말렸다고는 하나 시전의 인파는 여전히 많았다. 아니, 오히려 더 번화해 보였다.

큰 싸움이 일어나면 사람이 죽거나 다치지만, 다시 새로운 사람을 뽑고 새 옷, 새 건물, 새 자리를 만든다. 위기를 기회로 여기고 다른 지방에서 올라온 사람들로 시끌벅적했다.

"아저씨, 주세요!"

"저도 주세요."

"와아아아!"

다리가 긴 광대 사이로 아이들이 몰려와 소리치고 있었다. 광대가 들고 있는 상자 안의 과자를 먹기 위해서, 혹은 하나라도 떨어질까 아이들은 그에게서 떨어질 줄 몰랐다.

"하아."

반면 광휘는 아직 꽃이 나지 않은 철쭉나무 밑 평상에 앉아 한숨을 내쉬고 있었다. 며칠 동안 하루도 빠지지 않고 이곳을 꾸준히 찾은 그였다. 하지만 정작 이곳에 와서 뭘 해야 하는지 스스로도 납득하지 못하고 있었다.

'여기서 뭐 하는 거지?'

광휘는 자신의 얼굴을 감싸 쥐었다.

방천 대사가 제안한 마음의 공부. 조용한 곳에서 하는 명상도 아니고 폭포수 밑에서 하는 심신 단련도 아니다. 그저 저잣거리에 나가 이처럼 사람 구경을 하는 것이다. 이런 것이 자신에게 무슨 도움이 된다는 것인가.

"아저씨, 하나 드실래요?"

고민하고 있던 광휘에게로 열 살이 채 안 되어 보이는 소년이 다가왔다. 그는 동그랗게 생긴 과자를 내밀고 있었다.

광휘가 무시하듯 고개를 돌렸다.

"이거 되게 맛있어요."

"필요 없다."

쌀쌀맞은 대답에 소년의 표정이 삽시간에 시무룩하게 변했다. 그러다 뭔가 떠올랐는지 배시시 웃으며 말했다.

"아저씨, 친구 없죠?"

"……?"

"며칠 동안 온종일 여기 앉아 있었잖아요. 제가 다 봤거든요?"

"허어."

소년이 심기를 건드렸는지 광휘가 인상을 쓰며 소년 쪽으로 고개를 돌렸다.

"나도 줘, 형아."

"오빠, 나도 먹고 싶어."

그때 어린아이들이 소년에게 우르르 몰려들었다. 조금 전 소년이 내민 손에서 동그란 과자를 발견한 듯했다.

"어디 가!"

"줘, 줘."

소년은 과자를 뺏기기 싫은지 광휘의 곁에서 삽시간에 멀어졌다. 아이들도 그를 따라가며 이내 사라졌다.

"후우."

광휘는 습관적으로 한숨을 내쉬었다. 그리고 다른 방향으로 다시 고개를 돌렸다.

"이거 위폐잖아. 물건 도로 내놔!"

"무슨 소리야? 화룡전장에서 끊어서 들고 왔는데."

"화룡전장에서 요즘 널린 게 위폐란 걸 내가 모를 것 같아?"

흔한 광경이었다. 이곳에서 흥정하고 물건값을 깎으려고 목소리를 높이는 것은 몇 번이나 봐오지 않았는가.

하지만 광휘의 시선은 그들에게서 떨어지지 않았다. 싸움이 예상보다 길어지고 뭔가 분위기가 심상치 않았던 것이다.

"돈 내놔!"

"물건부터!"

"이 자식이!"

스윽.

"꺄아아악!"

그러던 그 순간 한 사내가 칼을 꺼내 들자 주위에서 비명 소리가 퍼져 나왔다.

반사적으로 몸을 일으키려던 광휘.

무슨 이유에서인지 멈칫하며 움직이지 않았다.

"절대 나서지 마십시오. 지켜만 보십시오. 사람들이 어떻게 사는지, 그리고 어떻게 문제를 해결하는지."

저잣거리로 나오기 전, 방천은 광휘에게 누차 당부했다.

"사람이 죽어도 말이오?"

"예. 사람이 죽어도 시주는 그냥 지켜볼 뿐입니다. 거기 있는 사람은 사람이 아니라고 생각하십시오. 자칫 시주께서 다시 크게 살계에 빠지게 되면 거기서 일어나는 사고와는 비교도 안 될 일이 터질 수 있습니다."

칼을 꺼내 들자 걷잡을 수 없을 만큼 주위의 시선이 그들에게로 집중됐다. 그리고 그 와중에 구경하던 한 사람이 끼어드는 모습이 광휘의 눈에 포착됐다.

"형장들, 무슨 일이오?"

흰 영웅건을 쓴 중년인. 그는 침착하게 두 사내를 타이르며 자초지종을 물었다.

"전장에서 위폐를 들고 와서 물건을 사려고 했소. 거절하니 이렇게 칼을 들고 위협을 가하지 않소!"

먼저 장사꾼으로 보이는 자가 큰 소리를 치자 맞은편의 자도 따라 외쳤다.

"정당하게 돈을 주고 샀는데 위폐라고 모함을 받았소! 거기에다 사람들이 보는 앞에서 모욕을 줬으니 내 어찌 가만히 있겠소!"

그는 화가 풀리지 않는지 오른손에 쥔 소도를 여전히 놓지 않고 있었다.

"말로 풉시다, 말로. 일단 칼 내려놓고 얘기합시다. 이 사람이 작은 재주가 있으니 위폐인지 아닌지 한번 확인해 보겠소."

영웅건을 쓴 사내는 두 손을 들며 타이르듯 말했다. 그러자 장사꾼 사내가 그를 가리키며 외쳤다.

"당신, 이놈과 한패 아냐?"

"허, 본인은 장씨세가 사람이오."

영웅건의 사내가 손을 내젓자 두 사람이 멈칫했다. 심주현 일대에서 장씨세가는 인근 백여 리의 땅을 다 돌보고 있는 큰 지역 유지였기 때문이다.

"장씨세가 분이 여길 어찌……."

"지나가다 자칫 큰 싸움이 날까 봐 끼어든 거요. 내가 세가에서 여러 전장을 상대하며 전표를 끊었던 적이 있으니, 두 분의 시비를 충분히 가릴 수 있소."

두 사내의 기세가 수그러들었다. 장씨세가 사람이란 것만 해도 당장 함부로 대할 수 없다. 한데 거기다 전장에서 근무했다는 말까지 나오지 않았는가.

그사이 그는 장사꾼에게서 전표를 건네받고는 찬찬히 살피다 크게 웃었다.

"하하하! 걱정 마시오! 이건 진짜 돈이오."

"내 뭐랬나!"

"그럴 리가 없소. 이 전표는 분명 화룡전장이 발급한 인장과 다르오."

"화룡 전표는 총 세 가지 인장을 찍는다오. 승인을 하는 지부장이 없을 때와 있을 때처럼… 설명을 안 해주면 모르는 사람들은 잘 모를 수도 있지. 뭐, 그럼 이렇게 합시다."

사내는 주머니에 뭔가를 꺼내더니 말을 이었다.

"이건 대류전장에서 발행한 전표요. 금액은 마침 형장의 것과 같소. 이 전표를 내게 주면 되지 않소? 그리고 이 물건은 저분께 주고. 어떻소?"

전표를 건넨 사내는 고민하는 듯 잠시 고개를 숙이더니 맞은편을 바라보았다. 그러고는 못 이기는 척 그를 향해 손을 내밀었다.

"그럼 주시오."

휙.

전표를 받아 든 그는 조금 편한 얼굴이 되었다가 다시 눈살을 찌푸렸다.

영웅건을 쓴 사내가 그의 소매를 붙잡은 것이다.

"또 뭡니까?"

"일이 이렇게 되었으니 서로 사과라도 주고받읍시다. 그래야 하지 않겠소?"

"아니, 나는……."

"어허! 내가 전표를 확인하고, 싸움을 말리고, 형장이 어디서든 쓸 수 있는 전표를 주었소. 그런데 사과 한마디 못 해주시겠다는 거요?"

남자는 잠시 영웅건의 사내와, 시비가 붙었던 사내와, 자기 손에 들린 전표를 차례로 보았다. 그러고는 조금 머뭇거리더니 고개를 푸욱 숙였다.

"미안하외다. 내가 좀 지나쳤소."

"흠……! 흐흠!"

칼로 위협당한 사내가 인상을 찌푸렸다. 그러자 칼을 들었던 사내가 다시금 고개를 숙였다.

"조금 예민해진 모양이오. 딸년이 몸이 아프다 보니……."

"허? 그랬소?"

"그렇다 해도 칼을 꺼낸 건 옹졸한 행동이었소."

"뭐, 나도 딱히 잘한 것 없소. 먼저 의심한 사람은 나였기도 했고."

조금 전까지 죽이네 살리네 하던 다툼이 삽시간에 풀어졌다.

위협당했던 사내는 위협한 사내의 손을 잡아 다독이고, 칼을 들었던 사내는 얼굴이 붉어져 눈물만 뚝뚝 떨구었다.

짝짝!

"자, 자! 잘되었으니 어서들 돌아갑시다. 아니지, 두 분. 이렇게 아니라 저희 장씨세가로 가시지요. 마침 오늘 저희가 큰 연회를 연답니다."

"커허… 음… 아니, 저희는 장씨세가에 딱히 아는 얼굴이……."

"누구는 원래부터 아는 얼굴이랍니까. 오늘 저와 알게 되셨지 않습니까. 가십시다, 가십시다."

"모든 문제를 무력으로 해결해야 하는 것은 아닙니다. 제일 중요한 것, 근원적인 문제가 무엇인지부터 시작하는 게지요."

분명 싸움이 벌어지리라 생각했던 그다. 그런데 한 사내가 넉살 좋게 개입해 문제를 원만하게 끝냈다. 잠시 뒤 서로 악수를 하는 모습까지 보니 확실히 그랬다.

광휘는 다시 그 자리에 앉아 사람들을 보고 있었다. 싸움을 한 사람들과 싸움을 말린 사람이 모두 사라진 후에도 한참 동안이나.

＊　　　＊　　　＊

'오늘도 안 오시려나…….'

장련은 대청과 조금 떨어진 곳에 나와 있었다. 외원 밖이 아니라 내원에서 대청으로 들어오는 길목이었다.

잠시 자리를 비운 뒤로 광휘는 자신의 거처에 나타나지 않았다. 혹시라도 장서고에 있나 싶어 사람을 시켜 알아보았지만 그곳에도 없었다. 며칠 뒤 나한승을 만난 후, 아침에 나가 밤이 되면 들어온다는 얘기를 듣고서 더는 찾지 않았다.

'하지만 오늘은 꼭 왔으면…….'

이렇게 사람들이 많이 모이는 날에는 같이 있었으면 했다.

그녀의 입장으로서는 광휘가 지금까지와 달리 장씨세가 사람들과 함께 어울려 지냈으면 하는 마음이 컸기 때문이다.

"괜히 나이 먹고 구질구질하게 혼자되기 전에 얼른 정해. 저 정도 여인이면 어디 가서 쉽게 구할 수 없을 테니까. 일이 잘되면……."

"생각 없소."

보름 전 기억을 떠올리던 장련의 표정이 굳어졌다.

그때의 기억만 떠올리면 이상하게 쓸쓸하고 울적해진다.

"아……."

그러던 그녀의 눈앞에 기다리는 사람이 걸어왔다. 열흘 가까이 보지 못했음에도 불구하고 지나치리만치 수척해진 모습이었다.

그 때문인지 장련은 그가 거의 지척까지 다가왔음에도 어떠한 말도 건네지 못했다. 막상 보니, 하고 싶은 말이 사라지고 그저 아무 생각이 들지 않은 것이다.

"왜 나와 있소?"

"네?"

장련은 그제야 정신을 차렸다. 그러고는 질문을 이해하고 방긋 웃었다.

"잠시 뒤 연회가 있는데 오실까 여쭤보려고요."

"갈 거요."

광휘는 고개를 끄덕이며 시선을 돌렸다.

그 모습을 보고 잠시 뜸을 들이던 말했다.

"그런데 무사님, 며칠 동안 어디 계셨어요?"

"그냥 저잣거리에 있었소."

"저잣거리요?"

장련은 의아한 듯 바라보았다. 하지만 무슨 일이 있겠거니 생각하며 더는 말을 걸지 않았다.

그러자 오히려 광휘가 먼저 말을 걸어왔다.

"소저."

"네, 말씀하세요."

"상계의 일을 하다 보면 남보다 책을 많이 읽어야 하지 않겠소?"

"물론이죠."

"혹시… 그 다 읽은 책들은 어찌하오?"

"보고, 다시 보고 외우고, 그러고도 틈만 나면 보는걸요."

순간 광휘의 표정에 의문이 번져갔다.

보고 다시 본다는 것은 이해했지만 완전히 달달 외운 다음에
도 다시 본다는 것은 조금 의외였다.

"좋은 책은 볼 때마다 느낌이 새로운걸요. 알고 있었던 내용
도 글로 다시 보면 새롭고, 예전에는 못 보던 것도 볼 수 있어
요. 그리고 가장 좋은 건……."

장련은 미소를 지으며 말을 이었다.

"무의식적으로 잊어버리는 것을 알 수 있다는 거예요."

"무의식적으로?"

"네. 분명 같은 내용인데 내가 잘못 이해한 것들이 있어요.
사람의 생각은 늘 바뀌니까요. 실수할 수도 있고. 책을 계속 두
고 있으면 그런 것에 도움이 돼요."

"흠."

광휘는 팔짱을 끼며 미묘한 표정을 지어 보였다. 말의 어감이
참으로 묘해 왠지 그냥 무시할 수 없었던 것이다.

"그런데… 무슨 일이 있으셨나요?"

장련이 그런 광휘를 지켜보며 물었다.

"무슨 일?"

"좋은 일이라거나 아니면 갑자기 재미있는 일이라거나."

"무슨 말을 하는지 모르겠소."

그 말에 광휘가 고개를 갸웃거렸다.

"정말로 없었나요?"

"없었소. 대체 왜 그리 묻는 게요?"

계속되는 장련의 말에 그녀와 눈을 맞추며 광휘가 물었다.

장련은 잠시 뜸을 들인 뒤 천천히 말했다.

"웃고 계셔서요. 말씀하실 때 계속."

"내가… 웃고 있다고?"

"네. 방금도 그랬어요."

광휘는 자신의 입술 쪽을 매만져 보았다. 그리고 느릿한 동작으로 손바닥을 내려다보았다.

한참을, 그 자리에 선 채로.

第四章

순찰당주 임조영

 쌍두마차가 가로수 길을 힘차게 달음박질하며 나아갔다. 포장되지 않은 도로에다 간혹 개천도 보였지만 마차의 속도가 줄기는커녕 오히려 더욱 빨라졌다. 날쌘 명마에, 튼튼하게 지어진 마차라 웬만한 장애물들은 방해가 되지 않았다.

 "종오품 시강학사를 배출해 냈고 관직에 이백 년 전통을 가진 상계의 집안이라……."

 사박.

 다소곳이 다리를 꼰 채 서류를 검토 중인 장년인.

 종이를 매만지는 손가락 하나하나가 섬세하고 부드러웠다. 마치 예와 식을 배운 듯한 명문가 자손의 기품이 묻어 있었다.

 "이백 년 전에는 하북팽가보다 더 큰 성세를 자랑했다고 합니다."

맞은편의 순찰 부당주, 중수운이 말을 받았다.

"그리 적혀 있군. 팽가 외에는 하북에 그다지 관심을 갖지 않다 보니 이런 곳이 있는 줄은 몰랐네. 허. 장씨세가라……. 한때는 장군부였다고?"

그렇게 몇 장을 넘기던 그의 입에서 또다시 탄성이 터져 나왔다.

"살펴볼수록 정말 대단한 재력이야. 선대의 유산을 대부분 잃기는 했지만 그래도 이 정도면 하북뿐만 아니라 장강 이북을 통틀어도 열 손가락 안에 들겠어."

장년인은 서류를 내려놓고는 고개를 들었다. 짙은 눈썹과 부드럽게 올라온 속눈썹이 인상적인 사내는 바로 순찰당주 임조영.

중원을 안정시키고 때론 준엄한 심판을 내리는 직무에 어울리지 않을 법한 미중년이었다.

"언제부터 개방과 모용세가가 관여했지?"

임조영이 중수운을 향해 물었다.

"개방은 팽가의 연회 중간쯤부터 장씨세가에 손을 보태기 시작했습니다. 모용세가는 운수산 때 불쑥 나타난 것이고요."

"담명이란 자가 모용세가주의 아들이로군. 흠, 그런데 개방은 무슨 연유로 이 일에 끼어든 것인가?"

"팽가의 말로는 장가의 호위무사 중 한 명이 개방 소속으로 추정된다고 하더군요. 보름 전에 있었던 대전 회의 때 장씨세가

쪽에서 '폭굉을 증명할 수 있는 증인'이 있다고 했는데 아마 그 자가 팽가에서 언급한 인물이지 않을까 짐작되고 있습니다."

"개방 출신의 무사……. 실력은 어느 정돈가?"

"추정으로는 무공 수위가 묵객보다 더 강할 수도 있다고 합니다."

"칠객의 묵객보다? 호오. 이거 물건이구먼."

그 말에 임조영의 입꼬리가 올라갔다.

폭굉의 존재를 알고 이를 증명하겠다고 나선 호위무사. 거기에다 일신상의 뛰어난 실력도 보이고 있다. 대체 어떤 자인지 흥미가 인 것이다.

검지를 툭툭 치며 뭔가 생각에 빠져 있는 임조영에게 중수운이 첨언했다.

"그나저나 팽인호라는 자는 영 미덥지 않습니다. 일을 이 지경까지 만들어 당주께서 나서시게 되었으니……."

"글쎄. 우리가 모르는 것들이 있겠지. 그는 총관께서도 여러 번 칭찬할 정도로 비범한 인물이었다."

"그렇다고 해도 고작 일개 장로 따위를 총관께서 너무 심려해 주시는 게 아닌가 생각됩니다."

"괜찮아. 개방에서 말하는 그 증인이란 자만 확인하면 모든 문제가 끝날 테니."

임조영의 매끈한 눈썹이 한 번 치솟았다가 고고하게 내려갔다.

개방에서 내민 증인.

맹의 개입은 거기서부터 시작될 것이다. 그에 대한 신빙성을 문제 삼아 운수산을 통제할 것이기 때문이다. 정해진 기한 없이 영원히.

"혹여나 개방 쪽에서 내민 자가 신뢰할 만한 증인이라면 그건 또 문제가……."

"이보게, 부당주."

말을 가로막은 임조영이 천천히 중수운을 마주 보았다.

"그런 일은 일어나지 않아."

순간 임조영의 눈동자에서 변화가 일어났다. 차분하고 반듯한 표정에 어울리지 않는 냉혹한 눈동자였다.

"이 세상에 그걸 증명할 자는 맹주 외에는 없으니까."

*　　　*　　　*

장씨세가가 준비한 연회는 실로 엄청난 규모였다.

모용세가와 개방이 손님으로 올 예정이기에, 준비한 음식들은 수백 명을 먹이고도 남을 만큼 방대한 양이었다. 때문에 그 넓은 대청 안뿐만 아니라 밖에도 술상이 차려졌고 사람들로 북적이고 있었다.

"이것이 이번에 들여왔다던 백포도주(白葡萄酒)입니다."

술 세 병을 탁자에 내려놓은 명호가 웃으며 말했다.

음식을 먹는 데 열을 올리던 노천이 술병을 힐끔 보더니 고개를 들었다.

"허어. 이게 서역에서 건너온 것이던가?"

"서역에서 많이 한다고는 하지만, 원래는 산동성(山東省) 연대(烟臺) 인근에서 먼저 빚고 있던 것이라더군요. 뭐, 맛이 요상하다 하여 근래에는 객잔에서도 팔지 않는, 애호가들만의 술이라고……."

"흐음."

술병을 이리저리 흔들어보던 노천이 의심스러운 얼굴로 술을 따랐다.

쪼르르륵. 꿀꺽.

"맛나구먼."

시큼한 맛, 미묘한 짠맛이 함께 입안에 감돌았다. 하지만 그게 묘하게 입에 착착 달라붙었다. 특히나 찬으로 나온 농어구이와 예상외로 합이 잘 맞았다.

"자, 이것도 들어 보십시오. 어르신이 좋아하시는 화주와 모향백주(茅香白酒)입니다. 하하."

"크……. 흠, 흐흠. 뭘 이런 걸 다."

쉽게 맛보기 힘든 명주에 노천의 입가가 주욱 찢어지더니 일순간 얼굴이 굳어졌다.

"혹시 괜한 기대를 하는 건 아니겠지? 난 조만간 여길 뜰 거다. 그 생각에는 변함이 없어."

"당연히 그러시겠지요."

노천은 뭔가 께름칙한 얼굴이더니 이내 음식 쪽으로 젓가락을 놀려댔다.

명호가 그런 그를 보며 피식 웃었다.

'고생깨나 하셨으니까.'

며칠 동안 장씨세가 곳곳을 돌며 다친 자들을 치료하느라 고생한 노천이었다. 안 하겠다고 투덜거리면서도 한 명도 빠짐없이 치료를 해주는 정성을 보여주지 않았는가.

'음?'

문득 돌아보는데 곡전풍과 황진수가 자신 쪽으로 다급히 달려오고 있었다.

"무슨 일이오?"

명호가 의아하게 바라보자 둘은 일제히 한곳을 가리키며 다급히 말했다.

"지금 엄청난 일이 벌어지고 있습니다."

"명 대협, 저기 좀 보십시오."

그들이 가리키는 곳엔 스님 세 명이 앉아 있는 것 외에는 별다른 특이점이 없어 보였다. 다만 주위에서 스님들을 바라보는 사람들의 눈빛이 조금 어색하게 느껴질 뿐.

"무슨 일이 있다는 말이오?"

명호가 묻자 둘은 서로 고개를 젓고는 하소연하듯 속내를 털어놓았다.

"스님들이 고기를 먹고 있습니다!"

"그렇습니다. 이 두 눈으로 똑똑히 봤습니다. 돼지고기를 한 점씩 입으로 넣는 것도 모자라 음미하며 미소까지 짓는 것을요!"

명호는 피식 쓴웃음을 지었다. 이들은 나한승들이 파불이란 사실을 모르는 모양이었다.

명호는 이 둘을 한쪽 자리에 안내하며 조용히 타일렀다.

"별일 아니니 굳이 신경 쓰지 마십시오."

"그냥 지나칠 일이 아닙니다. 불도의 길을 걷는 자들이 아닙니까!"

"이러다 이 사실이 소림사에 전해져 파문이라도 당하게 되면 그때는 진짜 큰일……."

"소림은 이미 알고 있다."

노천이 불쑥 꺼낸 말이었다.

눈이 휘둥그레진 주변 사람들을 보며 그는 꺼으윽 거나하게 트림을 쏘아냈다.

"불가의 오계(五戒: 신도가 지켜야 할 다섯 가지 계율)는 원래 육식을 금하는 게 아니야. 약한 짐승의 피를 보는 것을 금하는 것이지. 승(僧) 본인이 고기를 먹으려고 동물을 잡는 건 금하지만, 이미 누군가 잡아서 시전에 나와 있는 고기는 먹어도 문제가 안 돼. 그건 그냥 음식이니까."

"그게 무슨……?"

명호는 손을 들며 그들을 말을 잘랐다.

"세인이 아는 사대금기와 불가 안에서의 오계는 조금 다르오. 뭐, 궁금하면 나중에 다른 스님께 여쭤보십시오. 그보다."

그는 진지한 표정으로 말을 이었다.

"광 호위는 어디에 있소?"

연회가 열리는 대청 주변과 달리 그와 조금 떨어진 작은 건물에는 심중한 분위기가 흘렀다.

능시걸은 도착 즉시 광휘를 찾았고 이곳에 앉아 그를 대면하고 있었던 것이다.

"그래, 좀 어떤가?"

능시걸이 조용한 음성으로 먼저 말을 건넸다.

맞은편에 앉은 광휘는 느릿하게 고개를 끄덕이며 말을 받았다.

"많이 괜찮아졌소."

"미안하네. 맹의 일 때문에 깨어나는 것을 보지 못하고 떠났네."

"그보다 일은 어떻게 됐소?"

"흐음."

능시걸은 약간 쓴웃음을 짓고는 잠시 뜸을 들였다.

꿀꺽.

차를 들이켜던 그는 탁자에 잔을 내려놓자마자 곧장 입을 열었다.

"맹이 중재를 요청해 왔네. 팽가와 장씨세가를 공정하게 조사한다더군."

"맹이… 설마?"

광휘의 눈썹이 미세하게 꿈틀댔다.

척 봐도 불쾌한 느낌이 고스란히 드러났다.

"무슨 생각을 하는 줄 아네. 나 역시 어떤 꼼수가 있지 않을까 생각하고 있으니. 서기종이란 자, 사람을 다루는 데 매우 노련한 참모야."

광휘는 지그시 시선을 내리깔았다.

서기종, 천중단에 있을 때도 가장 껄끄러운 사람 중 하나가 아니었던가.

광휘는 잠시 뜸을 들이다 입을 열었다.

"방주께선 어떻게 진행될 거라 보시오?"

"최악의 상황을 막으려고 하겠지. 보여주기 식이든, 그게 아니든."

"팽가 쪽에선 가만히 있지 않을 텐데? 그들의 명분은 개방이 본 가의 가주를 죽였다는 거요."

"역시 모호한 입장을 견지할 걸세. 예를 들어, 직접적인 사인은 아니나 관련이 아예 없지는 않다 식으로 나올 테지."

"조사가 길어질 수도 있다는 말이구려."

"그렇지. 그런데 그걸 알아챈 장웅이 한 가지 수를 내더군."

"……?"

"우리는 얘기 도중 폭굉을 언급했지. 맹에서는 당시의 폭발물이 폭굉이 맞다는 걸 우리더러 증명하라고 하더군. 난감하지. 그때 장웅이 나서서 장씨세가에 증인이 있다고 말했지."

"하면……."

"그래, 그게 자넬세."

그 말에 광휘는 미묘한 표정을 지었다. 싫은 표정은 아니었지만 그렇다고 좋은 표정도 아니었다. 아마도 과거에 알고 있었던 사람을 만나게 될지도 모른다는 어색함일 터.

"알겠소. 때가 되면 부르시오."

광휘는 짧게 대답하고는 몸을 일으켰다.

드르륵.

"난 늘 걱정일세."

광휘가 자리에서 걸어 나갈 때 능시걸이 한마디를 덧붙였다.

"자네가 더 악화되는 게 아닐까 하고. 광마에 빠진 것도 과거의 고통으로 인한 후유증이 아닌가."

말없이 응시하는 광휘를 향해 능시걸은 안타까워하는 목소리로 말을 이었다.

"난 수년간 목도해 왔어. 살수 암살단의 후유증이 어떤 것인지, 그리고 그 대원들의 최후가 어떤지 알기에 지금도 나는 조마조마하네."

능시걸은 기운을 잃어버린 사람처럼 힘이 없어 보였다. 내색은 하지 않았지만 그는 누구보다도 광휘가 지금 어떤 상태인지 잘 알고 있었다. 하지만 지금에 와서는 그걸 막을 수도 없는 입장이지 않은가.

그런 그에게 광휘는 고개를 저어 보였다.

"방주의 염려는 충분히 이해되나 너무 걱정하지 마시오. 그 전란 속에서 대원들이 어떻게 변했는지 나 역시 목도했소."

"하나 광휘……."

"그리고 방주께서는 하나 놓친 게 있소."

광휘는 뭔가 굳게 다짐한 듯한 표정으로 말을 이었다.

"그들은 죽었지만 난 살아 있소."

능시걸은 지그시 미소를 지었다.

"그래, 살아 있지. 자네라면, 그들을 이끌었던 대장이라면 분명 찾아낼 것이야. 저 지독한 피값을 극복할 방법을."

광휘는 미미하게 고개를 끄덕한 뒤 밖을 나갔다.

능시걸의 시선이, 그가 방문을 열고 나간 곳으로 향했다. 미소 지었던 표정과 눈빛은 지워지고 다시금 구슬프게 변하고 있었다.

밖에 나온 광휘는 얼마 걷지 않아 대청 주변에 도착했다. 한편에 다양한 음식들을 올려놓은 커다란 그릇이 보인다.

많은 사람들도 충분히 먹을 수 있는 푸짐한 양이었다.

조금 고개를 돌려보자 다른 쪽에는 음식들을 들고 나르는 사람이 보였다.

모자란 양은 수시로 채워놓고 있는 것이다.

"먹자고! 죽자고!"

"하하하."

여기저기서 목소리가 들려온다. 대부분 웃음소리였고 웃지 않는 자들의 표정에는 미소가 감돌고 있었다.

행복해 보였다. 오래된 전란 속에서도 저리 해맑게 웃을 수 있을까 의문이 들 만큼.

처억.

광휘는 이름 모를 벽에 기대어 그 모습을 지켜봤다.

낯선 풍경들.

과거에는 익숙했지만 지금의 광휘에게 느껴지는 건 어색함이다. 하지만 이 어색함을 경험한 것도 오랜만이다.

'나쁘지 않아.'

방천의 말이 없었다면 이런 광경들을 눈여겨보지도, 반기지도 않았을 것이다.

며칠 동안 저잣거리에 계속 있다 보니 사람들의 얘기를 귀담아듣게 되었고 어느덧 그들이 무슨 표정과 감정을 가지고 있는지 눈여겨보게 되었다.

'열 살 때였나. 처음 검을 잡았을 때가……'

광휘는 문득 어릴 적 기억이 떠올랐다.

그때는 그저 휘두르는 것만으로도 즐거웠었다. 누군가를 죽여야 한다는 생각을 하지 않아도 되었으니까.

스륵.

광휘는 눈을 감았다.

오늘따라 이상하리만치 마음이 편안했다. 최근에 들어 본능적으로 느껴지는 예리한 감각은 수그러들었지만 그러함에도 불안하거나 초조하지 않았다.

왜일까?

예전이었으면 감각을 유지하기 위해, 그 힘을 붙잡기 위해 필사의 노력을 했을 자신인데, 오히려 지금은 그게 없다는 것이 편안하게 느껴졌다.

무슨 특별한 깨달음이나 몸에 변화가 인 것도 아닌데 말이다.

'그래······.'

광휘는 두 손을 들어 자신의 눈을 가렸다. 어느새 또다시 입가에 미소가 피어오르고 있었다.

'그리웠던 거다.'

얼굴이 경직되며 굳어지기도 했지만 그리 길지 않았다. 미소가 얼굴 전체로 퍼져 나가자 더는 굳어지지 않은 것이다. 그리고 확실한 것은, 이번엔 광휘 그 스스로 웃고 있다는 것을 인식하고 있었다.

'이런 모습들이 말이야.'

장씨세가에서 단 한 번도 짓지 못했던 행복한 미소. 그것이 처음으로 광휘의 얼굴에 드러나고 있었다.

그리고 그때.

지이이잉―!

허리춤에 매달린, 그의 괴구검이 미세하게 떨리기 시작했다. 그것은 광휘가 자각하기 힘들 정도의 잔잔한 울림이었다.

*　　　*　　　*

이른 시각, 마차 한 대가 심주현을 지나 마을 사잇길로 움직이고 있었다. 점점 속도가 줄어들던 마차는 연못 위의 교각 사이를 지나 꽤 고급스러워 보이는 건물에서 멈춰 섰다.

"아이고! 어서 오십쇼! 마차는 저희가 받겠습니다요!"

묵객과 젊은 여인이 내리자 점소이로 보이는 사내가 다가와 말고삐를 붙들었다.

"왜 안으로 들어가지 않고 여기에 내린 게요?"

갑자기 장씨세가 주변에서 마차를 멈추고 내리자 묵객이 의아한 듯 물었다.

"저는 조금 뒤에 들어가는 게 좋을 것 같습니다."

"여기까지 같이 와놓고 따로 들어가다니?"

"소녀가 함께 들어가면 공자님의 입장이 불편해지실 수도 있지 않겠습니까."

"소저……."

"알고 있습니다. 소녀가 떼를 쓰다시피 하여 같이 왔다는 것을요. 오는 내내 공자께서 마음이 불편하셨다는 것도……."

"……."

"그러니 너무 마음 쓰지 마십시오. 좋아하는 것도 혼자며, 묵객을 따르는 것도 오직 저 혼자 내린 결정이니까요."

여인은 그를 향해 지그시 웃어 보였다. 주루에서 보았던 진한 화장이었지만 묵객에게는 왠지 가련하게 느껴졌다.

묵객이 다시 뭐라 말을 붙이려던 때였다.

"이 주변에 사람을 심어놓거라. 정보를 모을 수 있다면 돈은 얼마든지 써도 좋다."

그녀는 어느새 나타난 이름 모를 장정을 향해 무어라 입을 열고 있었다.

묵객은 오는 도중 그녀의 입에서 장씨세가의 일을 어느 정도들을 수 있었다.

하지만 하루아침에 달라지는 것이 정보다. 그리고 그 정보를 모으기 위한 가장 기본은 사람이다.

그 사람을 움직이는 것은 바로 금력.

그녀는 장씨세가 지근거리에 도착해 가장 기본부터 정비하려고 하는 것이다.

"옙!"

장정은 고개를 끄덕이고는 곧장 시야에서 사라졌다.

"사나흘 후에 방문토록 하겠습니다. 그럼… 살펴 가십시오."

묵객에게로 고개를 돌린 그녀는 예를 표하며 뒤돌아섰다. 그러고는 눈길 하나 주지 않고 그대로 주루 쪽으로 걸음을 옮겼다.

"……."

묵객은 혼란스러웠다. 자신을 따라온 여인에게 여기서 뭐라고 해야 할지. 아니, 지금 자신이 어떤 식으로 받아들여야 할지 정리가 되지 않았다.

'그래, 그게 좋을지도 몰라.'

묵객은 스스로 납득하려고 했다.

그녀의 말대로 괜히 같이 들어가면 오해를 살 수 있다. 딱히 그녀를 받아들인 것은 아니지만 그녀의 과한 미모가 사람들을 믿지 못하게 할 것이다.

적어도 한 여인에게는.

묵객은 한동안 주루를 바라보다 장씨세가 방향으로 몸을 돌렸다.

"대협께서는 소녀가 부끄러우신 겝니까?"

두 발짝도 내밀기 전에 묵객의 뇌리에 한마디가 스쳐 갔다.

"주루에서 웃음을 파는 미천한 계집이기 때문입니까? 정보가 필요하여 하오문까지 발걸음하신 대협께서, 차라리 스스로 조사해 보겠다고 하실 만큼 소녀의 출신이 문제가 됩니까?"

'제길⋯⋯.'
묵객의 걸음이 확 하고 꺾였다.
"소저!"
주루 앞, 문을 열고 들어가던 그녀가 멈칫했다.
어느새 묵객이 다가와 그녀를 보고 있었다.
"궁금한 것이 있소."
"네?"
"소저의 방명이 어떻게 되시오?"
"⋯⋯."
"며칠 동안 함께 마차를 타면서도 이름 한번 묻지 못하였소. 그냥 간다면 실례도 이런 실례가 어디 있겠소?"
약간은 멍한 눈으로 변해가던 그녀는 이내 밝게 웃으며 말했다.

"서혜(徐慧)라 합니다."

"서 소저, 서 소저였구려."

묵객은 미미하게 웃음을 띠고는 고개를 끄덕였다.

"서 소저, 나와 같이 갑시다."

묵객은 거기서 진중한 얼굴로 끄덕였다.

"사실은 부끄러웠던 것이 맞소. 다만 그 대상이 소저가 아니라 이 묵객이었소. 나 스스로가 부끄러웠던 게요. 갑시다. 내 소저가 장씨세가에 와도 절대로 부끄러워하지 않겠소."

"……."

"그대가 어떤 마음으로 왔든 위험을 무릅쓰고 돕는다는 사실은 변함이 없으니까."

서혜의 눈이 미미하게 떨렸다. 그러다 묵객과 마주치자 얼굴을 숙이고는 정숙히 예를 표했다.

"소녀, 절대로 공자님의 이름에 누가 되는 일을 하지 않을 것입니다."

묵객이 왔다는 소식에 대의전에 사람들이 속속 모여들기 시작했다. 하지만 생각 외로 사람의 수가 적었는데, 이는 어제저녁 벌어진 연회 때문이었다.

명주들만 쏙쏙 골라 먹던 노천은 얼마 가지 않아 바닥에 나뒹굴었고, 그 이후로 아직까지 일어나지 않았다. 고기 먹는 나한승들은 힘쓰는 일이 아니면 장씨세가의 대소사에 관여하지 않았고, 구룡표국 송 국주는 이들이 도착하기 몇 시진 전에 장씨세가를 떴다.

하여 그들과, 취기 때문에 오지 못한 장로, 당주 몇 명을 제외하곤 대전에 나와 있었던 것이다.

"우워… 형장, 못 보던 얼굴인데… 저 미녀분은 누구요?"

묵객과 이름 모를 여인이 대의전 중앙으로 걸어오고 있을 때쯤, 장웅과 장련 뒤에 서 있던 곡전풍이 한쪽에 서 있던 담명에게 걸어가 조용히 속삭였다.

"저도 처음 봅니다."

"허어, 그렇소?"

곡전풍은 머쓱하게 웃고는 다시 뒷줄에 서 있던 황진수에게 다가가 나직이 말했다.

"짐작 가는 바 있소?"

"나야 모르지요. 한데 개방 방주께서는 왠지 아는 눈치요."

그들 반대쪽에는 능시걸과 모용상이 있었는데 유독 방주만 싱글벙글 웃고 있었다.

"한데 너무나 미녀이지 않소? 천하제일미는 본 적이 없지만 정말로 아름답소."

"역시나 가진 자가 더 가진다는 속설이 들어맞는……."

"쓰읍."

그때 앞줄에 있던 장웅과 장련이 동시에 고개를 돌리며 인상을 썼다.

그러자 그들은 합죽이가 되어 다시 정중한 자세로 시립해 있었다.

"고생 많이 하셨소."

단상에 앉은 장원태가 밝은 얼굴로 입을 열었다.

"가주님만 하겠습니까. 오히려 오랫동안 자리를 비웠으니 죄송스러운 마음뿐입니다."

"허허허. 묵객께서는 듣는 사람이 즐겁게 말씀도 참 경건하시구려."

장원태는 스윽 옆을 바라보았다.

"한데 옆에 있는 분은 누구신지……."

"아, 이분은……."

묵객이 뭐라 말할 때 그녀가 먼저 나서며 예를 차렸다.

"서혜라고 합니다. 하오문도로 패월루(霸月樓)의 주인이기도 하지요."

"패월루……."

하오문도란 말에 장원태의 얼굴에 화색이 일었으나 이내 천천히 사라졌다. 패월루란 의미를 되새긴 것이다.

"장 가주, 서열 오 위일세."

그러던 그때 능시걸이 끼어들었다.

"하오문을 이끄는 실질적인 정보망. 그 핵심이 바로 저 여인이야."

"……!"

장내의 시선이 일제히 그녀에게로 쏠렸다. 약간은 여유롭게 사태를 관망하던 장로와 당주들도 바짝 날을 세운 얼굴로 변한 것이다.

"과찬이십니다. 은연중 그런 소문이 있을 뿐, 아직 하루하루 배워가는 부족함이 많은 소녀입니다."

그녀의 겸손한 어투에도 그걸 곧이곧대로 믿는 자는 없었다.

장씨세가는 상계의 가문이다. 하오문이 어떤 곳인지 모를 리가 없었다. 개방이 으레 십만 방도라고 일컬어지는 거대 방파긴 하지만 하오문 역시 그에 못지않았다.

일단 그들은 문도가 몇 명인지 추산이 되지 않는다. 숫자도 숫자지만 점소이, 마부, 기녀, 점쟁이 등 누가 하오문 문도이고 누가 아닌지 알 수 없는 것이다.

이는 정보를 모으는 데 엄청난 이점이었다.

'개방이야 눈에 잘 띄지. 거지니까. 하지만 이들은 알 수가 없다.'

능시걸은 기억을 떠올렸다.

무엇보다 하류층에 종사하는 자는 가장 상류층과 밀접한 관계가 있다.

관부라 하더라도 하인이나 시비를 부리고, 명문 대파와 명문 세가에도 목수들이나 똥지게를 지는 자들이 있는 것이다. 하물며 흑도들과도 종종 만난다. 산속에 숨어들어도 사냥꾼이나 땅꾼이 존재한다.

즉, 관(官), 군(軍), 맹(盟), 문파, 세가, 장(莊), 원(園), 련(聯) 등 특정 단체를 가리지 않고 모든 전역에 포진되어 있는 것이다.

"어찌하여 이리 곱고 어린 소저가……."

어느새 붉어진 얼굴로 장원태가 말을 하자 능시걸이 대답했다.

"어려도 충분하오. 가능하외다. 사람을 볼 때는 무슨 생각을 하는지 알고, 사람을 쓸 때는 좋아하고 싫어하는 것을 알며, 돈을 쓸 때는 언제 쓰고 언제 거둬야 할지 알며, 중요한 자리에서는 속마음을 숨기고, 칼이 목젖에 들어오는 상황에서도 웃을 줄 알면 되는 게요."

"허……."

장원태가 혀를 내둘렀다. 말은 쉽게 했지만 이는 실로 어려운 일이었다. 사람을 부리는 수완, 돈을 쓸 때의 재지, 두려움을 극복해 내는 담력을 동시에 가지는 게 어디 쉬운가.

서혜는 살포시 가슴에 손을 올리고는 말없이 고개를 숙였다.

"한데 이런 귀한 분이 어떻게 여길 오게 된 것이오?"

장원태가 묵객을 바라보며 연유를 묻자 이번에도 서혜가 대신 답변을 했다.

"묵객께서 몇 번을 찾아오셨고 장씨세가의 사정을 얘기하고 진심으로 간청하였습니다. 물론 금전적으로도 큰 지원을 해주셨고요. 거기에다 어릴 적 소녀가 도움을 받은 적도 있기에 이리 발 벗고 나서게 된 것입니다."

"오!"

"오호!"

그 말을 듣자 주위는 감탄하는 듯한 반응을 보였다. 다들 머릿속에 장씨세가를 위해 동분서주하는 묵객의 모습이 그려진 것이다.

'…제법이구면.'

능시결은 싱글벙글 웃으며 묵객과 서혜를 번갈아보았다. 그러다 잠시 서혜와 눈이 마주친 그는 멋쩍게 기침을 하며 고개를 돌렸다.

'저 여인이 장련이구나.'

능시결을 보던 서혜의 시선이 장련 쪽으로 향했다.

그러다 눈이 마주친 두 여인.

서혜가 먼저 묵례를 했고 장련 역시 예를 표했다.

"정말 잘 와주셨소. 긴 여정인 만큼 연회를 벌이는……."

"말씀 중 죄송합니다만."

서혜는 장원태의 말에 불쑥 끼어들며 말을 이었다.

"내원을 지나는 도중 곳곳에 아직 취기가 가시지 않은 사람들이 있었습니다. 장씨세가의 사정을 아는 만큼 소녀는 조촐하게 맞이해 주셨으면 합니다."

"아……."

그 말에 몇 명은 고개를 끄덕였고 몇 명은 탄복했다. 장씨세가를 생각하는 마음이 느껴진 것이다.

"그럼 묵객을 보필하여……."

"가주! 가주!"

이번에도 말이 끊겼다.

방문을 열고 청년이 급히 뛰어들어 왔기 때문이다.

"무슨 일이냐?"

"손님이 왔습니다. 맹에서 왔다고 합니다."

장원태의 표정이 다시금 딱딱해졌다. 하지만 각오가 되어 있었는지 금세 본연의 표정으로 돌아왔다.

"어느 분이 오신 것이냐?"

청년은 다소 떨리는 목소리로 대답했다.

"순찰당주 임조영입니다."

＊　　＊　　＊

광휘는 나한승이 수련했던 바위에서 조용히 생각에 잠겨 있었다.

괴구검과 구마도는 없었다. 이미 마음의 수련을 한 이후부터 가급적 병기는 들고 다니지 않았다.

'이대로 있을 수 없다.'

결코 무시할 수 없는 세력. 그들이 동시에 움직이는 상황이다.

그런 상황에 무공을 익히기로 했다면 빨리 시작해야 한다. 노승의 말대로 무공 안에도 마음을 다스리는 수련법이 있다고 했으니 지금부터라도 시작해야 함이 옳았다.

툭툭.

"무슨 생각에 그리 잠겨 계십니까?"

인기척을 내며 걸어오던 방천은 광휘 옆에 서자 조용히 물었다.

광휘는 그런 그를 슬쩍 곁눈질하고는 대답했다.

"어떤 무공을 익혀야 할지 고민하고 있소."

"이제 익히시려는 게군요."

방천은 고개를 끄덕이며 말을 이었다.

"뭐, 각 문파마다 고유의 특성과 가르침이 있지요. 어떤 무공이 좋다고 할 수는 없지요."

"……"

"흠흠, 이런 말 하긴 조금 낯 뜨겁지만 소림의 무공을 한번 익히는 것이 어떻겠습니까?"

광휘의 시선이 방천에게 향했다.

"본 파가 어떤 곳인지는 시주께서도 익히 아실 테니 설명을 드리지 않겠습니다. 사실 이리 말씀드리는 것은 권유라기보다 딱히 다른 문파의 무공을 구할 방법이……"

"가지고 있소."

"예?"

방천이 눈을 크게 뜨며 광휘를 바라봤다. 마치 어떻게 그걸 가지고 있냐는 듯한 물음이었다.

"소림의 무공뿐만 아니라 다른 것들도 가지고 있소."

"하면 화산의 그것도?"

"그렇소."

"무당은……"

"무당뿐만 아니라 대부분의 문파와 세가의 무공을 가지고 있소. 여기에 오기 전 살았던 거처에 숨겨두었지."

광휘의 말에 너무나 놀란 탓인지 입을 다물지 못하고 바라보는 방천이었다.

그런 그를 향해 광휘는 친절히 설명해 주었다.

"천중단 시절, 임무를 나갈 때면 대원들이 조장에게 비급을 주는 일이 종종 있었소. 자신이 죽었을 때 다른 대원들은 조금이라도 생존할 수 있길 바라는 마음에서였지요."

"……."

"가전 무공을 줄 때도 있고 자신의 심득이나 깨달음이 담긴 무공도 주었소. 조장직을 오래 했으니 당연히 그런 무공들이 내겐 많소."

방천은 저도 모르게 탄식을 흘렸다.

뛰어난 무공 비급 하나에 목숨 걸고 달려드는 강호인들이 숱하게 많다. 한데 그런 보물들을, 그것도 전국의 고수들이 모아 놓은 비급들을 광휘가 대량으로 가지고 있다는 것이다.

"그럼 답은 나왔군요."

얘길 곰곰이 듣던 방천이 볼 것 없다는 듯 대답했다.

"어떤 무공이 좋은지 우열을 가리기 힘들다면 그것들을 익힌 가장 뛰어난 고수의 무공을 익히면 되지 않습니까."

"가장 뛰어난 고수라……."

광휘의 눈빛이 미세하게 떨렸다.

과거의 기억 속 두 사내가 불쑥 떠오른 것이다. 그리고 한 사내는 자연스레 지워졌다. 자신의 손에 비급이 없었던 것이다.

"기억나오. 단류십오검(斷流十五劍)이란 비급이었소."

"누구였습니까?"

"백중건. 일대검호라 불렸지요."

"왠지 이름을 들어본……. 서, 설마!"

순간 방천은 크게 놀란 사람처럼 눈을 치켜떴다. 광휘가 모

든 비급서를 들고 있다는 말을 들었을 때보다 더욱 격한 반응
이었다.

"그렇소."

광휘는 그와 시선을 맞추며 고개를 끄덕였다.

그리고 느리게, 나직이 말을 이었다.

"십대고수였소."

第五章

전대 맹주

　임조영의 등장은 일전에 부당주 중수운이 방문했을 때와는 사뭇 다른 분위기였다. 그도 그럴 것이, 순찰당주는 맹의 고위직으로 현장의 권한과 책임을 위임받은 최고 관리자다.

　맹의 무사들을 부릴 수 있고, 현장에서 즉각 심판을 할 수 있는 현장 지휘권도 가진다. 더욱이 그가 무서운 것은 맹을 대표하는 무력 부대, 풍운검대(風雲劍隊)를 이끈다는 점이었다.

　두두두두.

　허리춤에 병장기를 찬 서른 명의 사내들이 대의전으로 몰려들자 장내는 다시 어수선해졌다.

　가슴에는 맹(盟)이라는 글자와 등에 풍(風)이라는 글자가 쓰여 있는 것만으로 그들의 존재를 깨달은 것이다.

그리고 가장 앞쪽, 이들을 이끄는 수장. 무위로서도 백대고수는 물론이고 맹에서도 손꼽히는 순찰당주, 임조영이었다.

"처음 뵙겠습니다. 본인은 순찰당주 임조영이라 합니다."

열병식을 하듯 열과 호를 맞추고 그들이 기립할 때쯤 임조영이 대표로 나서 포권을 했다.

장원태는 격식을 차리며 입을 열었다.

"본 장은 장씨세가의 가주, 장원태라고 합니다."

장원태는 잔뜩 상기된 얼굴로 말을 받고는 재차 말을 이었다.

"그리고 여기는……."

"알고 있습니다."

일순간 장원태의 표정이 당황스럽게 변했다. 개방 방주와 모용가주를 소개시키려는 차에 말이 잘린 것이다.

영내에 있던 사람들 모두 당황한 건 매한가지였다.

"제가 여기에 온 것은 친목 차원이 아니니 양해해 주시길 바랍니다."

임조영은 엄숙한 목소리로 말을 이었다.

당당하게 편 어깨, 입술에 밴 여유로운 미소. 움직임 하나하나가 맹의 고위급 직위를 가진 자신감과 자긍심이 짙게 배어 있는 동작들이었다.

"조사가 끝날 때까지 맹은 운수산과 관련된 장씨세가의 모든 움직임에 제재를 걸 것입니다. 이는 장씨세가 쪽이 주장한 대로 폭굉이 관여되었을 가능성 때문이지요. 혹여 사파의 흔적이 지워지거나 광물이 소실되거나 하는 경우를 막기 위함도 있습니다."

"결국 네놈들이 본색을 드러내는구나."

제대로 얘기를 듣기도 전에 능시걸이 끼어들었다.

그는 순찰당주 임조영과 총관 서기종의 관계를 알고 있었다. 그러니 그를 본 순간부터 탐탁지 않았던 것이다.

"이미 운수산은 큰 산불로 흔적의 대부분이 사라졌다. 그리고 광물? 폭굉을 제조할 기술 자체가 없으면 증명하기 힘들지. 이미 난 결론을 다시 원점부터 들이대는 건 시간을 벌자는 뻔한 수작 아니더냐?"

"흐음."

임조영은 자신의 턱을 한번 쓸어내렸다. 들어왔을 때보다 낯빛이 조금 굳어진 그는 능시걸을 향해 고개를 돌렸다.

"방주께 한 말씀 올리겠습니다."

그러나 차분해 보였다. 말투와 그에게서 느껴지는 모든 행동들이.

"말해보거라."

"현재 개방은 팽가 쪽 진영에서의 가주 암살에 대한 의혹이 제기된 상태이지요? 그러니 이 일에는 개입할 처지가 아니시니……."

잠시 뜸을 들이던 임조영이 운을 뗐다.

"잠시 빠져주시겠습니까?"

능시걸의 얼굴이 벌게지며 곧 노성을 토해냈다.

"이런 건방진! 너 따위 놈이 감히 누구에게 빠져라 마라야!"

"저는 맹의 규율대로 진행할 뿐입니다."

"실로 안하무인에다 건방진 놈이로고!"

이번에는 모용상이 끼어들었다.

"풍운검대까지 끌고 온 걸 보니 여차하면 한바탕해 보겠다는 심산인가? 순찰당주건 총관이건, 개방 방주와 나, 모용가주가 있는 이 자리에서 함부로 막말을 지껄이다니."

말을 잠시 끊었다가 다시 잇는 모용상의 눈가에는 스산한 살기가 감돌았다.

"네놈의 눈엔 우리가 우스워 보이더냐?"

"모용가주께서는 오해하지 말고 들으십시오."

잠시 눈을 감고 그는 말을 골랐다.

"이 임 모는 양 가문에서 제기된 의문을 존중합니다. 개방 십만 방도의 위용과 대모용세가의 자긍심을 모르진 않으나 이럴 때일수록 더욱 중도를 지키고 일의 절차대로 진행해야 하지 않겠습니까? 또한 이번 일에는!"

마지막에 목에 힘을 주며 임조영은 장원태를 향해 고개를 돌렸다.

"팽가뿐만 아니라 그를 지지하는 청성과 남궁, 초가보가 간접적으로 개입되어 있습니다. 만약 한쪽으로 치우쳐 일을 처리한다면 이 모든 부담을 맹이 짊어지게 됩니다. 모용가주께서는 진정 그런 사태를 바라십니까?"

"이 녀석……"

능시걸의 표정이 일그러졌다. 속셈은 빤히 보이는데 곧장 반박할 수가 없었다.

청성, 남궁, 초가보.

모용과 개방에 못지않은 명실공히 명문대파들이다. 그들을 뒤에 업고 있다고 하니 아무리 능시걸이라 해도 더는 버티기 부담스러웠다.

"어떻게 하시겠습니까?"

이번엔 임조영이 물었다.

"또 끼어드시겠습니까?"

그리고 한 발 더 나아갔다. 이번에는 그가 이들을 도발하고 있었던 것이다.

*　　　*　　　*

스윽. 척. 척. 척.

임조영 뒤의, 풍운검대 대원들은 장포 속에 숨겨져 있던 검자루에 손을 가져갔다. 언제든 무력을 사용할 수 있음을 노골적으로 보여주기 위함이었다.

그러자 분위기는 점점 험악해져 일촉즉발의 상황으로 변해 버렸다.

거대 문파의 삼 할 전력이라 불리는 풍운검대. 그 위명을 잘 알고 있는 사람일수록 느끼는 공포는 상상을 초월했다.

'실로 무서운 자다.'

지켜보던 장웅은 식은땀이 흘렀다. 지난번 왔다 간 중수운과 지금 임조영의 기세는 고양이와 호랑이만큼의 차이가 있었다.

개방 방주와 모용가주를 놓고도 물러서지 않는 배포. 뿐만
아니라 자신이 제삼자였다면 그 또한 '맹은 그럴 수 있겠군' 하
고 끄덕이게 만드는 언변도 지니고 있었다.

　과연 맹의 사람이라고 느껴지는 장면이었다.

　"공자, 소녀가 나서도 되나요?"

　한편, 뭔가 일어날 것 같은 분위기를 감지한 묵객이 등에 멘
도(刀) 자루 쪽으로 손을 가져갈 때였다.

　그의 뒤에서 여인이 속삭이듯 말을 걸어왔다.

　"방도가 있소?"

　"없다면 만들면 되지요."

　서혜는 지그시 웃어 보였다.

　묵객이 고개를 끄덕이자 그녀가 몇 발짝 걸어 나왔다. 그리고
중앙에 서 있는 임조영을 향해 목소리를 높여 말했다.

　"순찰당주님, 소녀 서혜라고 합니다. 당주께 감히 한 말씀 드
려도 되겠습니까?"

　잠시 정적이 일던 그때 한 곳에서 흘러나온 여인의 나긋한
목소리. 사람들의 시선이 일제히 그녀에게로 쏠렸다.

　그리고 불쾌감이 어린 임조영의 목소리가 흘러나왔다.

　"분명 여타의 어떤 간섭도 원치 않는다 했을 텐데?"

　"들어보시면 충분히 이해하실 겁니다."

　서혜는 고개를 조금 숙이고는 말을 이었다.

　"삼 년 전쯤이었나요? 이름이 알려지지 않은 어떤 여인이

정(政)씨 유생과 정을 나눈 적이 있었지요. 여인이든 사내든 누가 다른 사람과 정을 나누는 것이야 이상하지 않지만, 중요한 건 그 여인에게 남편이 있었다는 겁니다."

정 유생 그리고 이름이 알려지지 않은 여인.

뜬금없이 나온 말에 사람들은 의아해했다.

"그로부터 몇 달 뒤, 정씨 유생은 소주(蘇州)의 유원(留園)에서 시체가 되어 나타납니다. 세간에 알려지기로는 원한 관계에 의한 타살. 하지만 항주(杭州)의 윤락가를 거닐다 보면 제법 많은 사건을 목도하게 됩니다."

서혜의 시선이 풍운검대 앞쪽으로 움직였다.

"딱히 사파나 무뢰배가 아닌 정파 쪽에서도 저잣거리 자릿세를 요구하여 뒷돈을 챙기는 것은 빈번하게 일어납니다. 표국쯤 되면 그 단위가 걷잡을 수 없게 커지지요."

이번엔 시선이 뒤쪽으로 움직였다.

"유생에 지나지 않는 그가 엉뚱하게도 표국 사람과 시비가 붙어 살해당한 일…… . 저희는 그 일이 재미있다고 여겨 한번 조사를 해보았습니다. 그랬더니 놀랍게도 그 여인의 남편이…… ."

"잠깐."

임조영은 말을 끊고 그녀를 바라보았다. 딱딱하게 굳어진 얼굴로 한참을 바라보던 그의 얼굴에서 천천히 냉소가 흘러나왔다.

"넌 누구냐?"

서혜는 그 반응에 지그시 웃어 보였다.

"앞서 말했듯 서혜라는 소녀이지요. 맹에 서한을 올릴 때 제가 말한 것들도 같이 검토를 해주십사 하고 말씀을 드려 봅니다."

'계집년, 하오문이군.'

임조영은 씁쓸한 표정을 지었다. 그녀가 말하려던 '어느 여인의 남편'이란 다름 아닌 그 자신이었다.

분명히 조용히, 확실하게 처리를 했다고 생각했는데 하필 저들에게 덜미를 잡혔던 모양이다.

사건 자체의 시시비비에 대해서는 딱히 잘못했다는 생각이 들지 않았다.

애초에 남편이 있는 유부녀를 꼬여낸 그 서생 놈이 죽일 놈이었다. 하지만 지금 당장 이 일이 폭로당하게 되면 그의 입장이 대단히 난처해진다.

"크음."

임조영은 크게 심호흡을 했다. 그러고는 당당하던 자세를 조금 낮추더니 천천히 포권을 해왔다.

"장씨세가의 입장은 알겠습니다. 하지만 일의 절차라는 것이 있지 않습니까. 이제부터 세세한 것은 문제 삼지 않을 터이니 이런 우리를 헤아려 주시기 바랍니다."

"으음?"

임조영이 갑자기 자세를 바꾸자 개방과 모용세가는 어리둥절했다.

능시걸은 개방 방주답게 뭔가 냄새를 맡고 눈을 반짝였으나 임조영은 그에게 생각할 틈을 주지 않고 재빨리 일을 진행했다.

"그럼 두 번째를 말씀드리겠습니다. 맹에서 해명했던 폭굉을 증명하는 증인이 장씨세가에 있다고 하지 않았습니까? 그자를 보러 왔습니다."

흠칫!

증인이라는 말에 대의전에 모여 있던 사람들의 어깨가 가볍게 흔들렸다.

"먼저 말씀드립니다만 그 증인이란 자가 상황을 모면하기 위한 거짓이거나 증인이 아닐 경우……."

임조영은 여기서 일부러 말을 끊은 다음 눈을 부라리며 말했다.

"장씨세가는 먼저 맹의 신뢰를 잃게 됩니다."

"허!"

"흠흠!"

장씨세가 사람들의 표정이 곳곳에서 흐트러졌다. 광휘와 폭굉의 연관성에 대해서는 그들도 모든 것을 정확히 아는 것이 아니었다. 이번 사건의 내막을 아는 사람은 능시걸이나 장원태 등 극히 소수였다.

'정말로 맹과 대척할 만큼 광휘 대협이 정확히 알고 있을까? 이번 일에 대해서 문제가 없을까?'

애초에 증인이 있다고 자신만만하게 주장했던 장웅조차 일이 이쯤 되자 슬며시 불안감이 들기 시작했다. 자연히 분위기는 침중하고 삭막하게 변했다.

"아니, 제가 어디 못 할 말이라도 했습니까?"

임조영은 코웃음을 치며, 그런 상대의 두려움을 느긋하게 즐겼다. 여기저기 시선을 돌려 보며 천천히 분위기를 제압해 나갈 때쯤.

"어, 알겠습니다. 그럼 제가 안내하지요."

"응?"

참으로 태평한, 긴장감 없는 목소리가 임조영을 불렀다.

싱글싱글 웃고 있는 중늙은이, 바로 명호였다.

*　　　*　　　*

"이쪽입니다. 따라오시지요."

태연자약. 동네 마실 나온 사람처럼 명호는 느긋하게 앞서 걸었다. 임조영은 눈살을 찌푸리며 곰곰이 기억을 더듬었다.

'뭐 하는 놈이지?'

지금도 그렇지만 상대는 처음부터 싱글벙글 웃고 있었다.

임조영과 풍운검대가 들어왔을 때도, 능시걸과 모용세가와 자신이 충돌했을 때도, 서혜라는 계집이 과거의 섬뜩한 단상을 들췄을 때도 가만히 물러서서 웃기만 하던 자였다.

"어디로 가는 게냐? 후원이냐?"

"아뇨. 저기 저잣거리입니다만."

"저잣거리?"

대의전에 있던 사람들은 줄레줄레 그 둘을 따라 저잣거리까지 가야 했다. 길게 늘어진 사람들의 무리는, 가는 길에 더 들러붙어 백이 넘는 숫자가 되었다.

"어휴, 이게 무슨 꼴인지……."

'아무래도 이자, 어디서 본 것 같은데……'

불평을 늘어놓는 부당주와 달리 임조영은 침중한 시선으로 명호를 계속 주시했다.

분명 낯이 익다. 하지만 기억에 떠오르는 것이 없었다.

'맹에서 근무했던 자인가? 아니면 구대문파에서 본 건가?'

이런저런 생각으로 고민하고 있던 그때 그의 발걸음이 멈췄다. 앞서 걷던 사내가 걸음을 멈추고는 한 곳을 가리켰기 때문이다.

"저기, 보이십니까?"

임조영은 고개를 들어 사내가 가리키는 곳을 바라보았다.

그곳엔 누군가 평상에 앉아, 굽어진 나뭇등걸에 몸을 기대고 있었다.

누가 봐도 그저 평범한 사내였다.

"저자가 예의 그 증인이라고?"

"무인인가?"

중수운이 명호를 향해 물었다. 오른손에 덮인 각반이라든지 어깨에 두른 동물 가죽을 보고 말한 것이다.

명호가 고개를 끄덕였다.

"예. 검을 쓰는 뛰어난 무인입니다."

그 말에 중수운이 목청을 보이며 웃었다.

"하하하! 이거 참, 정신 나갔나 보군. 어찌 무사 된 자가 저리 나약하게 앉아 있단 말이오. 병기도 보이지 않고."

"나약하다라……."

명호가 머리가 긁적일 때였다.

처억.

그의 소리를 들었는지 나뭇둥걸에 기대어 있던 사내가 천천히 몸을 추스르고 자리에서 일어섰다.

그리고 임조영 쪽으로 천천히 다가왔다.

움찔.

조금은 불쾌감이 어린 시선으로 바라보던 임조영은 사내의 모습이 점점 눈에 담기자 온몸이 경직되기 시작했다.

표정도 함께 굳었다.

차츰 벌어지던 입을 닫을 새도 없이 완전히 굳어버린 것이다.

때마침 지척까지 다가온 사내가 임조영을 향해 천천히 포권을 했다.

"처음 뵙겠습니다, 순찰 부당주. 모습이 이래서 실례가 많군요."

"처음 보는군. 꼴이 이래서 실례가 많소."

불현듯 악몽으로밖에 여겨지지 않는 과거의 한 장면이 떠올랐다. 그때, 피로 물든 얼굴로 하얗게 웃고 있던 그 사내가 지금 눈앞에 있었다.

"한데 부당주께서 여기까지 어인 일이신지?"

"그런데 여기까지 뭐 먹을 게 있다고 기어들어 왔소?"

토독토독.

뒤이어 온몸에 털이 올올이 섰다.

이 순간을 벗어나고 싶다는 욕망. 눈앞의 짐승을 다시는 마주하고 싶지 않은 충동이 소름이 되어 급속도로 온몸에 퍼져 나갔다.

"아니지. 직위가 올랐다고 했지……."

그였다. 역사상 맹 내 최강의 부대라 불리던 천중단을 이끈 최후의 단장.

다시는 보고 싶지 않았던, 다시는 볼 일이 없으리라 여겼던 무림맹 최악의 인간 병기가 눈앞에서 나른한 무표정을 짓고 있었다.

"어떻게… 순찰당주라 불러 드립니까?"

마치 그때처럼.

＊　　　＊　　　＊

지켜보던 장씨세가 사람들은 웅성대기 시작했다.

그들이 알기로 광휘와 순찰당주 임조영은 서로 초면이었다. 한데 정작 처음 뵙겠다고 말한 광휘는 뭔가 그를 아는 눈치가 아닌가.

"네가 장씨세가의 증인이라는 자인가?"

아무 말 없이 서 있는 임조영을 대신해서 중수운이 나섰다. 까닭 없이 심사가 긁힌 것이다.

"증인?"

"그 폭굉이라는 것에 대해 진술하겠다고 나섰다는 자 말이다."

"뭐… 그렇소."

"그렇소? 허! 실로 매우 건방진 놈이구나. 우리가 누군지는 알고 있는가?"

광휘의 무심한 눈이 얼핏 임조영을 향했다.

"글쎄. 이분이 순찰당주니, 그대는 순찰 부당주쯤 되겠구려. 뒤에는 검 좀 쓰는 무인들 같고."

검 좀 쓰는 무인.

그것이 그들의 화를 불렀다. 뒤쪽에서 풍운검대 대원들이 서늘한 살기를 뿜어낸 것이다.

중수운은 잠시 뜸을 들이며 혼잣말을 했다.

"알겠군. 자네가 팽가의 교두들을 쓰러뜨렸다는 그자로군. 제 스스로 실력을 믿고 그리 설치는 게군."

광휘의 말투와 기존의 정보로 볼 때, 그가 장씨세가 호위무사란 사내인 것 같았다.

중수운은 입가에 조소를 머금으며 말을 이었다.

"뭐, 보지 않아도 알 만해. 꼴에 무사란 놈이 병기도 차지 않고 돌아다니는 걸 보면 저잣거리 왈패 수준을 벗어나지 못하겠어."

대놓고 시비를 거는 말에도 광휘는 전혀 표정의 변화 없이 대답했다.

"검은… 거처에 잠시 놓아두고 왔소."

"검을 놓아두고 왔다고? 왜지?"

"거치적거리니까."

"허……."

중수운은 눈을 찡그리며 뒤를 돌아보았다. 풍운검대 대원들 역시 표정이 좋지 않았다. 분명 내용은 별것 아닌데 듣기에 따라 상당히 오만한 발언이었다. 마치 검이 있든 없든 너희 정도는 신경 쓰지 않는다는 말처럼 들리지 않는가.

"당주, 말씀만 하십시오. 저런 놈은 얘기를 들어볼 것도 없이……. 당주?"

그는 임조영을 보다 멈칫했다. 순찰당주의 얼굴이 창백하게 변해 있었다. 몇 년 동안 감정을 드러내는 것이 손가락에 꼽힐 정도로 적은 상관이었다.

그로서는 이 상황이 너무 당황스러웠다.

"당신들, 내게 할 말이 있어서 온 게 아닌가?"

웅성웅성.

또다시 나온 광휘의 하대에 이를 지켜보던 사람들의 우려 섞인 목소리가 흘러나왔다.

장씨세가 사람들만이 아니었다. 맹을 나타내는 문양과 순찰당주란 말에, 저 멀리 있던 사람들까지 엄청나게 주위에 몰려들어 이 모습을 지켜보고 있는 것이다.

"명을 내려주십시오, 당주."

풍운검대 조장 중 하나가 임조영 앞에 섰다. 그 역시 얼굴이 상기되어 있었다. 아까부터 왠지 모를 불쾌감이 목덜미를 근질 거리게 하고 있었던 탓이다.

"그렇습니다. 증인이고 뭐고 저 무례한 놈의 목을 당장……."

"가자."

"당주……?"

"가자고!"

그리고 이어지는 호통.

풍운검대와 중수운의 경악스러운 시선이 그에게로 향했다.

임조영의 갑작스러운 반응에 지켜보던 장씨세가 사람들도 기함했다. 곧장 싸움이 벌어져도 이상할 것 없는 상황에 당주가 갑자기 몸을 빼려는 모습을 보인 것이다.

스윽.

그렇게 자리를 떠나려던 임조영은 광휘를 힐끗 한번 쳐다보았다. 그는 고개를 숙이는 듯한 자세를 취한 뒤 사람들 사이를 빠져나갔다.

중수운과 풍운검대는 노골적으로 적의를 풍겼지만 더 뭐라 말하지 못하고 사라졌다.

"허어."

"이게 무슨……."

그들이 사라지자마자 사람들은 다들 감탄을 터뜨렸다.

순찰당주. 맹의 서열로 치면 한 손바닥에 안에 든다는 그가 광휘에게 예를 차린 모습을 보인 이유 때문이었다.

"오라버니, 지금 제가 잘 보고 있는 게 맞나요?"

장련이 믿기지 않는 듯 당황한 목소리로 말했다. 그녀는 아무리 생각해도 이 상황을 이해할 수 없었다.

"그래, 잘 보고 있다."

"어떻게 이런……. 저분은 맹의 순찰당주가 아닌가요?"

"련아, 예전에 네가 꿈을 꾼 적이 있었다고 했지?"

장련이 돌아봄에 장웅은 흐뭇한 미소를 보였다. 그 뒤 뭔가 회상에 잠긴 듯 하늘을 올려다보았다.

"존재를 숨긴 대단한 고수가, 보이지 않는 곳에서 우릴 지켜 주는 꿈 말이다."

"오라버니……."

"있었어, 그런 사람이……."

장웅이 다시금 장련과 시선을 맞췄다. 그의 얼굴에는 환희에 찬 기쁨이 묻어 나왔다.

"지금 우리들 눈앞에 말이야."

*　　　*　　　*

덜컹덜컹! 덜컹덜컹!

"대체 누굽니까."

침묵 속에서 한참을 대기하던 중수운이 물었다.

장씨세가에서 급작스럽게 출발한 임조영은 그 뒤로 입 한 번 열지 않고 조용히 눈만 감고 있었다.

언뜻 그 입술이 하얗게 변해 있는 것을 보고 '뭔가 심상치 않다'고 중수운도 직감했다. 하지만 그게 두 식경이 넘어가자 중수운의 인내도 한계에 달했다.

"말씀 좀 해보십시오, 당주. 대체 누구이기에 이리 몸을 사리시는 겁니까? 설마 그가 정말로 폭굉을 증명할 수 있는 증인이라도 됩니까?"

그로서는 조금 전 상황이 도저히 납득이 가질 않았다.

여전히 묵묵부답인 그의 상관을 보고 중수운은 뭔가 떠올랐는지 둘밖에 없는 마차 안에서 나직이 소리를 죽여 말했다.

"당주, 설사 그가 예상 밖의 인물이라 하더라도 방법은 있습니다. 죽은 자는 말이 없지……."

"그건, 불가능해."

"예?"

임조영은 그제야 침묵을 깨며 중수운을 향해 고개를 돌렸다.

"누구도 상대할 수 없다. 누구도."

"당주, 그게 무슨 말씀……."

중수운은 어이없다는 표정으로 말끝을 흐렸다.

그는 누구인가. 대체 누구이기에 당주가 이리 나오는 것인가.

"왜 생각하지 못했을까."

그런 중수운을 아랑곳하지 않고 임조영은 자조하듯 말했다.

"개방이 저리 자신감 있게 나왔다면, 십만 방도를 걸었다고 하면 조금이라도 생각을 해보았을 텐데……. 하긴, 그래도 짐작을 못 했을 테지. 그가 살아 있을 거라고는 말이지."

"……."

중수운은 조용히 입을 다물고 기다렸다. 이제껏 그가 맹에서 순찰 부당주까지 위치를 잡을 수 있었던 것은 그의 무력보다 본능에 가까운 처세술이 더 컸다.

그리고 지금 그 본능이 속삭이고 있었다. 조용히, 함부로 입을 열지 말라고.

"누구냐고 물었느냐?"

한참을 상념에 빠져 있던 임조영은 멀거니 자신을 보고 있는 중수운을 향해 한숨을 쉬었다.

"맹주… 였었다."

"예?"

순간 중수운의 눈이 휘둥그레졌다.

맹주라니? 무림맹의 맹주? 지금 무림맹주는 전대 칠객 단리형이 아닌가. 그리고 그 전에는 양장위(陽長爲)였다.

그는 혹여 그사이에 다른 맹주가 있었던가, 하고 자신의 기억을 꼼꼼히 되짚기 시작했다.

'없어. 게다가 그 사내는 젊잖아.'

임조영은 고민하는 중수운을 보면서도 대답하지 않았다.

'단 하루였지만 말이지.'

차마 입 밖으로 내지 못하고 속으로만 삼킨 것이다.

그의 시선이 다시 창가로 향할 때쯤 그의 기억은 과거로 점점 스며들고 있었다.

휘이이잉.

그를 처음 본 건 섬서(陝西) 이남의 어느 대나무 숲이었다. 천중단을 도와 사건을 수습하라는 지시가 내려온 것이다.

그리고 파견 나간 그곳에서 그를 보았다.

"사람이 온다는 얘기는 들었소. 처음 보는군. 꼴이 이래서 실례가 많소."

하지만 자신은 제대로 서 있지도 못하고 곧장 구역질을 해버렸다. 너무나 끔찍한 광경에 제대로 서 있지도 못한 것이다.

대체 어떤 싸움이 벌어졌는지 상상도 가지 않았다. 꺾인 대나무에 관통된 몸통, 얼굴과 팔, 그리고 어떤 쪽은 어느 부분의 신체인지 파악이 안 될 정도로 찢겨 있었다.

바닥도 마찬가지였다. 잡초가 사람의 피를 머금어 혈초가 되어 있고 시체들이 사방을 뒤덮고 있었다. 게다가 그게 다가 아니었다.

"저 너머에 좀 더 있소."

검은 동공이 피에 물들어 시뻘겋게 변하고 오직 흰자위만 번뜩이는 그의 모습은 사람의 그것처럼 느껴지지 않았다.

그곳은 수많은 경험을 거친 자신조차 구역질을 할 만큼, 이제껏 보았던 어떤 참상(慘狀)보다도 끔찍했다.

그를 두 번째 본 것은 하부지단의 이름 모를 포목점이었다. 원래는 맹에서 엄격히 출입을 금하는 비밀 구역이었다.

하지만 천중단, 맹의 최강 전력이라는 부대와 이참에 안면이나 트자고 여겨 스리슬쩍 모른 체 진입해 들어갔고, 거기서 사내들을 만났다.

"누군가?"

아무런 감정이 느껴지지 않는 무미건조한 질문. 뿐만 아니라 그들의 눈빛과 표정 역시 인간의 그것과는 조금 달랐다.

"그것이 여기가……."

당시 자신은 뭐라고 제대로 말하지 못했다. 중원에 알려진 천중단의 인상착의와는 전혀 다른 모습에 덜컥 겁을 집어먹은 것이다.

그중 가장 의아한 것은 사내들 모두 검은 피풍의를 둘러쓰고 있다는 점이었다. 자신이 알기로 천중단은 모두 남색 피풍의였다.

"죽여."

그리고 그때쯤 사내들 중 누군가 말했다.

온몸에 경련이 일 정도로 섬뜩한 말이었다. 만약 그때 그가 등장하지 않았더라면 자신은 이미 죽었을 것이다.

"모두 물러서. 순찰 부당주란 자다."

구석진 곳에서 차디찬 냉소와 함께 자신을 바라보는 사내.

이들 사내들을 통솔하는 주인으로 보였다.

"그런데 여기까지 뭐 먹을 게 있다고 기어들어 왔소?"

그가 보이는 눈빛은 다른 사내들보다 특이했다. 분명 사람의 그것이었지만 자신의 눈엔 전혀 다른 이질감이 느껴졌다.

그리고 그 이후에 깨달았다. 천중단 내에도 두 개의 조직이 존재한다는 것을.

천중단이지만 천중단과는 다른 길을 걷는 천중단이.

"칠 조 조장을 막아!"

그를 마지막으로 본 것은 맹에 있을 때였다. 끔찍한 괴성 소리가 밖에서 들렸고, 나가 보니 사람들이 뿔뿔이 흩어지고 있었다.

사건 현장으로 짐작되는 곳에 도착한 그는 괴인 한 명과 그를 둘러싼 스무여 명을 사내들을 볼 수 있었다. 그리고 괴인이 자신과 몇 번 마주친 사내라는 걸 깨달았다.

그를 막아서는 사내들을 보며 자신은 그저 신음만 흘릴 수밖에 없었다.

흑의를 입은 자들의 무공은 자신이 감히 비견할 수 없을 정도로 빠르고 강했다. 하지만 그는 그 수많은 사내들과 겨뤄 압도하고, 찢어발겼다.

"조장들이 선두에 서라! 전방위로 압박해야 해! 아니면 모두 죽어!"

그들의 필사적인 노력에도 하나하나 포위망이 떨어져 나가고 대형이 한계에 다다랐을 때 총교두가 나섰다.

천중단 최고의 고수. 그가 나섰으니 단번에 제압되리라 생각했다.

그런데 놀랍게도 광휘는 총교두와 수십 수백 합을 겨루었고, 그 김에 기어이 총교두까지 죽여 버렸다.

임조영은 그 순간 달아났다.

놀랍게도 광휘는 그러고도 죽지 않았다. 그가 저지른 일보다 그가 가진 능력이 더 컸기 때문이다.

그 뒤로도 광휘는 수많은 위험한 임무를 해결했고, 그 공로로 무림맹주로까지 추대되었다.

하지만 그는 지존의 자리를 스스로 거절했다. 광휘가 익힌 무공은 그야말로 위험천만한 것이었다. 심지어 미완성인 불완전한 무공이었다.

그건 광휘 자신이 가장 잘 알 터였다.

"광마에 들어선 이들의 결말은 정해져 있네. 제어조차 되지 않게 미치거나 혹은 스스로 죽거나."

의각의 건(健) 각주는 장담했다. 그는 오래 살 수 있는 몸이 아니라고.

임조영은 그래서 안심했고 그에 대한 기억을 묻어버렸다. 언젠가는 미치거나 혹은 죽거나. 어느 쪽이든 다시 볼 일은 없을 테니까.

적어도 그를 여기서 보기 전까지는……

"후우."

한참이나 지나서 임조영은 기나긴 상념에서 깨어났다. 어쨌든 일은 저질러졌고, 지금에 와서는 상황을 수습할 때였다.

그는 천천히 눈을 뜨고 말했다.

"부당주."

"…예. 하명하십시오."

"팽가에게 전하거라."

"어떤 내용을……?"

"이번 일에 손을 떼라고."

중수운이 당황한 얼굴로 바라봤지만 임조영의 말은 거기서 끝이 아니었다.

"그리고 팽가뿐만 아니라 우리도 손을 뗀다."

"당주……?"

"총관께는 내가 말씀드리겠다. 이번 일에 대해 아랫것들 입단속을 잘 시키도록."

임조영은 그대로 고개를 돌렸다. 그러고는 씁쓸한 눈으로 창가를 바라보았다. 그는 이곳에 오기 전, 무리한 상황을 자초한 장씨세가에 희망이 없다고 생각했었다.

하지만 그곳엔 최고의 한 수가 숨어 있었다.

중원을 격동시켰던 사내.

적어도 자신이 기억하기엔 최고의 무사가 이곳에 있었던 것이다.

그의 머릿속이 점점 복잡해지기 시작했다.

第六章

무공 수련

"으하하하. 그놈의 얼굴을 좀 더 봤어야 하는 건데."

능시걸의 웃음소리는 장원태의 서재에 들어와서도 멈추지 않았다. 한마디라도 더 퍼붓고 싶던 참에 광휘가 등장했고 이후 제대로 한 방 먹인 것이다.

"후후. 일단 앉으시지요"

장원태도 애써 웃음을 참고는 한쪽 자리로 안내했다. 처소로 들어온 능시걸과 모용상, 광휘가 차례대로 자리에 앉았다.

"광 대협과 당주 사이에 무슨 일이 있었던 겝니까?"

의자에 엉덩이를 붙이자마자 모용상이 물었다. 광휘의 등장에 단 한마디의 말도 없이 사라진 임조영의 행동이 몹시 궁금했던 것이다.

"뭐, 그건 차츰 따로 설명해 드리겠소. 그보다 장 가주……."

능시걸은 애써 말을 돌리며 장원태를 향해 물었다.

"이젠 저들이 어떻게 나올지 궁금하지 않소?"

"흐음."

장원태는 짧은 신음 끝에 나직이 한숨을 내쉬며 말했다.

"일이 잘 풀렸으면 좋겠지만 쉽게 포기하진 않을 거란 생각이 드는군요."

"그렇겠지. 하나 지금처럼 강하게 나오지는 못할 게요. 광휘를 본 그놈의 표정이 모든 걸 말해주지 않았소."

"정말 그랬으면 좋겠습니다만……."

"믿어보시오. 며칠 지나면 아마 총관도 얼굴이 썩은 돼지 간처럼 시뻘게져 있을 테니까! 으하하하!"

호방하게 웃는 능시걸.

여전히 영문 모를 표정의 모용상과 조금은 밝은 기색의 장원태. 그 사이에 조용히 침묵하고 있는 광휘.

그렇게 넷은 서로 대조적인 모습을 보이고 있었다.

시간이 지나고 대화가 조금 느슨해질 무렵, 침묵하던 광휘가 입을 열었다.

"들를 곳이 있소."

세 노인의 시선이 일제히 그에게로 향했다.

"당분간은 잠잠해질 터라 지금 다녀오려 하오. 지금이 아니면 기회가 없을지도 모르니까."

"무슨 일로 가려는지 물어봐도 되겠나?"

능시걸의 물음에 광휘는 고개를 끄덕였다.

"굳이 말한다면 발작을 멈추기 위해서요. 이전 같은 일이 일어나선 안 되니까."

멈칫!

일순 부드러웠던 분위기가 갑자기 냉각되었다. 장원태는 말할 것도 없고, 능시걸과 모용상 역시 얼굴이 굳었다. 지난번 맹으로 가다가 급히 돌아온 후, 그들도 사람들에게 전해 들었다. 광휘가 장씨세가에 어떤 일을 벌였는지.

"발작이라……."

광휘의 빈자리를 잘 아는 능시걸이었지만, 그랬기에 오히려 말릴 수가 없었다. 다시 광휘가 그때처럼 발작을 일으킨다면 그게 어느 정도의 끔찍한 일로 벌어질지 누구보다도 잘 알고 있었으니까.

"만약 장씨세가에 무슨 일이 생기거든 방주께서 알려 주시오."

광휘가 재차 입을 열었다.

"자네 뜻이 그렇다면 말리진 않겠네. 한데 언제 떠날 생각인가? 아니, 거기에 얼마나 있으려고?"

능시걸이 물었다.

"곧 떠날 것이오. 얼마나 있을지는 모르겠지만… 경과에 따라 시일이 좀 걸릴 수도 있소."

"흐음."

능시걸은 턱을 괴며 고민했다.

마음 같아선 곁에 두고 도움을 주고 싶었지만 지금은 누구보다 광휘 그 자신이 제일 괴로울 터였다.

"알겠네. 그리하지."

"그럼 먼저 일어나겠소."

능시걸이 승낙하자 광휘가 자리에서 일어섰다. 세 노인도 그를 따라 자리에서 함께 일어섰다.

"다녀오시지요."

"다녀오시오."

"다녀오게."

광휘는 그들을 향해 짧게 묵례를 하고는 거처를 빠져나왔다.

여러 꽃향기가 어우러지는 한정당에 유독 한 꽃의 향기가 짙게 퍼져 있었다. 봄이라 그런지 목련의 향이 주위를 메우고 있었다.

그런 한정당을 광휘는 말없이 걷고 있었다. 당장 출발할 생각이었던 것과는 달리 쉽게 발길이 떨어지지 않았다.

'정이 든 건가.'

작년에 이곳에서 함께 겪었던 수많은 일들.

이곳을 한동안 떠난다고 생각하니 왠지 모르게 서운함이 든 것이다.

'아니면 불안한 것이거나.'

광휘는 자신의 마음을 다시 살펴보았다.

무공, 즉 초식을 다시 배운다는 것이 꼭 좋은 결과로 이어진다는 보장이 없었다. 오히려 잠재되어 있던 분노와 살기를 키워 더욱 난폭한 모습으로 변질될 수도 있다.

만약 일이 잘못되기라도 한다면 장씨세가는 오래 버티지 못할 것이다. 폭굉의 재료가 나타난 이상 피를 보지 않고는 끝나지 않는 싸움임을 누구보다 자신이 잘 알고 있기 때문이다.

"네놈의 그 오지랖은 병이야!"

그래서일까. 언뜻 사부의 목소리가 들리는 듯했다. 그가 지금의 자신을 봤다면 분명 그리 말했을 것이다.

괜히 동정심에 나섰다가 일이 잘못돼 고스란히 자신과 대원들이 그 피해를 입는 모습을 옆에서 지켜봐 오지 않았는가.

"그래서 내가 널 좋아하는 게다. 끌끌끌."

고맙게도 사부는 그런 자신을 무척 마음에 들어 했다. 원래 젊을 때는 부딪치고 깨지면서 배워가야 성숙해지는 거라고. 늙어서는 치료약도 없다고 하시면서.

"초식을 버렸다고? 그래, 그것도 괜찮은 방법이지. 그럼 이걸 익히는 건 어떻겠느냐?"

그분의 관심 때문에 여기까지 올 수 있었다. 절정고수로 이끄는 가르침뿐만 아니라 무공을 버리겠다고 하자 선뜻 나서서 가르쳤던 십팔반무예(十八般武藝).

전부 사부의 덕택이었다.

스윽.

생각하며 정처 없이 걷다 보니 광휘는 어느덧 연못이 보이는 정자에 당도했다. 그리고 먼저 연못가에서 기다렸다는 듯 앉아 있는 사내를 보고 눈살을 찌푸렸다.

"몸 좀 괜찮으시오?"

묵객이 손을 들며 실실 웃어 왔다.

"보다시피."

"하긴, 형장께서 아프다는 건 있을 수 없는 일이지요. 암. 그렇지."

갑자기 친한 척을 하는 묵객의 행동에 광휘는 미간을 좁혔다.

"혹시 내게 할 말이 있소?"

"예?"

"당신이 이렇게 친하게 굴 이유가 없지 않소."

"그럴 리가. 난 예전처럼 대하는 중인데 말이오. 하하. 하하하."

묵객은 머리를 긁적이며 크게 웃었다. 그러다 싸늘하게 바라보는 광휘의 시선을 느꼈는지 애써 표정을 관리하며 말했다.

"짐작은 했지만 그리 대단한 일을 하셨을 줄은 몰랐소. 뭐, 알았다고 해도 달라질 건 없었겠지만."

"무슨 말이 하고 싶은 게요?"

"아, 그러니까 내 말은……."

묵객이 웃음을 그친 뒤 진지한 표정으로 말했다.

"서로 퉁칩시다."

"……?"

"광마에 빠진 형장을 돕는 데 내가 일조하지 않았소. 내가 없었다면 몇 명은 죽어나갔을 거요. 그러니 지난날에 안 좋았던 기억은 이걸로 퉁치자는 말이오."

여전히 의구심 어린 시선으로 바라보는 광휘를 향해 그는 말을 이었다.

"말이야 바른말이지만 나도 억울한 게 많소. 그러니까 전대 칠객이었다면 미리 말을 해줘야 할 것 아니겠소. 이제 와서 선배라고 부르기도 난감하고……. 아무튼 내 입장이 매우 난처해졌단 말이오!"

묵객은 곧장 분노를 터뜨릴 것같이 인상을 써댔다.

광휘는 그런 그를 한동안 바라보다 피식 웃었다. 그러다 그와 함께 나타난 여인이 떠올랐다.

'서혜라고 했나. 그래, 하오문이라면…….'

"뭐, 편한 대로 하시오."

"하하하. 그럼 앞으로 예전처럼 형장을 대하며 좋은 관계를 유지……."

"단."

광휘가 말을 잘랐다.

"운수산에서 했던 약속은 잊지 마시오."

"운수산? 무슨? 아……."

"빚은 나중에 갚겠소."

"다 갚기 벅찰 텐데?"

"수중에 모아 둔 돈이 좀 있소."

"물건을 보고 판단하지."

묵객은 언뜻 장련 소저를 사이에 두고 운수산에서 도움을 받았던 그때의 일이 떠올랐다.

"아. 하하하. 하하하하하."

묵객은 오늘따라 과도하게 웃어야 할 상황이 많아졌다.

"당연히 드리지요. 지금은 전란 와중이니까 나중에 확실히 셈을 쳐서 드릴 것이오."

"잊지 않고 기다리겠소."

광휘가 당연하다는 듯 끄덕이자 묵객은 속으로 투덜거렸다.

'쪼잔한 놈. 천중단 단장까지 했다는 놈이 이렇게 속이 좁아서야!'

달아오른 얼굴을 하고 연못으로 향한 그는, 삐죽거림을 숨기지 못하고 물었다.

"그나저나 형장, 어디 가시오? 꼭 어디 먼 길 떠나는 사람처럼 보이오만?"

"잠시 일이 있소."

광휘는 고개를 끄덕이며 조금 생각한 후 말했다.

"얼마 걸리지 않을 것이니 내 돈 떼먹을 생각일랑 안 하시는 게 좋을 게요."

'대체 얼마나 받아먹으려고!'

묵객은 속으로 비명을 질렀지만 또다시 속내와 달리 화통하게 웃어넘겼다.

"어허허. 당연하지요! 당연! 남아가 일구이언하면 이부지자라 하지 않소. 장씨세가는 걱정 마시고 잘 다녀오시오."

"부탁하겠소. 그럼."

광휘는 발길을 돌리며 생각했다. 결정을 내렸다면 되도록 빨리 가는 것이 좋다. 자신을 위해서도, 장씨세가를 위해서도.

하지만 몇 발짝 걷지 않아 붙잡혔다.

"형장."

"아직 할 말이 남았소?"

"그냥… 갈 때 가더라도 장련 소저에게 한번 들러보시오."

"무슨 말이오?"

"내 연애 경험상 지금 왠지 꼭 만나봐야 하는 순간인 것 같아서……."

광휘는 잠시 입을 닫아버렸다. 그녀만 떠올리면 다른 고민들이 다 물러가고, 동시에 원래보다 더한 혼란스러움이 몰려든다. 그래서 아무 말 없이 떠나려고 했는데……

"사실 형장을 기다린 건 따로 해줄 말이 있어서였소. 내가 이런 말 하면 건방지다 할지 몰라 고민했지만… 이왕 이리된 것 솔직히 얘기하겠소. 형장은 자각하고 있지 않은 것 같으니까."

조금 망설이던 묵객이 이윽고 진중한 얼굴로 입을 열었다.

"형장의 검은 날카롭소. 거기에다 매우 빠르고 강하지요. 하지만 그 능력은 단순한 비무에서는 발휘되지 않았소. 그 이유가 뭔지 아시오?"

광휘가 물끄러미 그를 바라보았다.

"활검(活劍)보다는 살검(殺劍)이기 때문이지. 내 검은 사람을 죽이는 검이지 겨루는 게 아니니까."

"맞소. 그것이 아마 형장을 힘들게 하고 있지 않을까 생각했소. 내 나름대로 정리하자면 형장의 검이 살검이 아닌 활검이라면……."

묵객은 숨을 고르며 말을 이었다.

"더는 스스로 고통을 받지 않을 것이오. 그렇다고 위력이 줄거나 실력이 떨어지거나 하는 일도 없을 것이오. 사람을 살리고자 하는 마음이 죽이고자 하는 마음보다 약할 리가 없지 않소."

"……."

광휘는 그의 말에 대꾸하지 않았다. 어찌 보면 고언을 되씹는 듯한 모습이었고, 또 어찌 보면 '그래서 뭘 어쩌라고?'라는 무신경한 모습이었다.

왠지 머쓱해진 묵객은 손을 흔들며 뒤돌아섰다.

"하수의 말이 길었구려. 살펴 가시오."

'젠장. 나보다 뛰어난 고수한테 훈수가 웬 말이야?'

속으로 투덜거리며 그가 총총 멀어져 가는 것을, 광휘는 미동도 없이 가만히 눈으로 보고 있었다.

휘이잉.

계절이 바뀐 바람이 훈풍을 타고 잎사귀를 날려왔다. 한참 동안 석상처럼 서 있던 광휘가 불쑥 내뱉었다.

"살검이라."

솔직히 생각하지 못한 부분이었다. 살검이고 활검이고 따질 겨를 없이 자신의 일부가 되어 있다는 게 정확한 표현이었다. 병기가 되기 위해 몸과 마음을 수련했던 지난날의 자신이었으 니까.

"그래, 어쩌면……."

광휘는 슬쩍 손을 들어 보았다. 평소와 같은 손이었지만 오 늘따라 유독 거칠고 날카롭게 보였다.

"그가 말한 길이, 내가 찾는 그것일지도 모르겠구나."

슥슥슥.

붓을 놀리는 장련의 손길은 어느 때보다 분주했다. 연회가 시작되기 전부터 작성하던 서류 작업이 아직까지도 끝나지 않 았기 때문이다.

사실은 계획에 잡혀 있지 않은 연회를 연 것이 한몫을 했다. 인건비와 음식, 물자들 운송에 따른 비용을 미리 잡아놓은 예 산 어디에서 메워야 하는가.

그리고 미리 뽑아놓은 내년의 예산도 변경해야 했다. 만에 하 나 전쟁이라도 났을 때를 대비해 비용 처리를 해야 했다.

그뿐인가? 예산을 분배하는 과정도 실로 복잡하다. 어디에 얼마나 쓰이는지, 매달 급료를 얼마나 지급해야 하는지도 계획

해야 했다. 그 지급을 한 뒤에도 재정에 부담이 되지 않도록 현자금 상황도 고려해야 했다.

"그간 이 많은 일들을 어떻게 하셨을까……."

그 일을 맡아보던 황 노대가 새삼 안타까워지는 순간이었다. 지금 같은 재난 상황에 현장의 경험을 토대로 조율하는 사람이 필요한데 그런 문제에 있어서 외총관 장태윤은 아직 많은 부분에서 미숙했다. 내총관이 틈틈이 도와주긴 하지만 그것으로는 한계에 부딪혔다.

툭.

"아. 너무 오래 했나 봐. 몸도 으슬으슬하고……."

장련은 잠시 붓을 놓고는 목과 어깨를 주물렀다.

긴장이 너무 심했다. 장로들과 당주들이 도와주긴 해도 모든 결정을 내리는 것은 자신이었다. 아무리 장씨세가의 직계라고는 하지만, 어린 그녀에게는 상당한 부담으로 작용했다.

드륵.

자리에서 일어선 장련은 팔을 쭉 뻗으며 몸을 폈다. 그러곤 침상으로 들어가 누웠다.

잠시 휴식을 취하는 도중 자신도 모르게 한 사내가 눈에 담겼다.

"백대고수 말고요. 정말로 강한 고수 말이에요. 그 존재만으로도 아무도 건들 수 없는, 옆에 있다는 것만으로도 누구도 함부로 할 수 없는 그런 고수가 우릴 지켜줬으면 좋겠어요."

"그런 분이셨어."

장련은 그제야 깨달았다. 그동안 보여준 활약에 범상치 않은 자라고 짐작은 하고 있었지만 그 정도일 줄은 몰랐다. 오만하기 그지없던 순찰당주가 단 한마디의 말도 없이 돌아설 줄 누가 알았는가.

"좋은데… 본 가에 분명 좋은 일인데……."

장련은 씁쓸하게 내뱉었다. 그토록 바라던 사람이 나타났는데 왠지 기분이 마냥 좋지만은 않았다.

그러다 뭔가 생각이 났는지 장련은 화장대 앞으로 다가갔다. 그리고 면경에 비친 자신의 얼굴을 보고는 실망한 듯한 표정을 지었다.

"아우, 피부가 정말 말이 아냐."

최근에 잠을 편히 잔 적이 없어서 그런지 붉은 반점들이 몇 개 보였다.

푸우푸우.

그녀는 짧게 세수를 하고는 다시 화장대 위에 앉았다. 그 후, 다시 면경을 빤히 바라보던 그녀는 문득 자신의 소매를 천천히 걷어 보았다.

꺼멓게 변해 버린 팔의 흉터. 왠지 오늘따라 더 흉측하게 보였다. 몇 번이나 보는 것인데도 여전히 적응되지 않았다.

"하긴, 이런 흉터를 지닌 여인을 누가 좋아하겠어."

장련은 자조적인 목소리를 내뱉다 두 손으로 볼을 만졌다.

"할 일이 많아. 빨리 일하자, 일."

장련은 자리에서 일어섰다.

어느덧 광휘는 장련의 처소 근처에 있었다. 묵객에게 등 떠밀려 오긴 했지만 막상 그녀와 대면한다고 생각하니 뭐라고 얘기해야 할지 고민이 된 것이다.

앞쪽 뜰을 몇 번이나 오가던 광휘는 결심이 섰는지 이내 문앞에 섰다.

똑똑똑.

한번 인기척을 내보았지만 반응이 들려오지 않았다.

다시 한번 손을 가져갔다.

똑똑똑.

"광휘요."

이번에는 목소리를 내보았다. 그런데도 반응이 없었다.

"소저, 광휘⋯⋯?"

다시 한번 인기척을 내던 광휘가 문에 바짝 다가서서 귀 기울였다. 이내 불안감이 엄습하자 급히 문을 활짝 열어젖혔다.

"소저!"

눈앞에 벌어진 광경에 광휘는 소리를 질렀다. 한쪽 바닥에 장련이 쓰러져 있었던 것이다.

第七章

단류십오검

　장련은 눈을 떴다. 서까래가 보이고 모가 둥근 장방형의 물결무 늬가 보인다. 그리고 따뜻한 뭔가가 자신의 이마에 놓여 있었다.

　"무사님……."

　장련이 언뜻 고개를 돌리는 순간 낯익은 얼굴을 발견했다. 광 휘가 자신의 옆에 앉아 있었던 것이다.

　"그냥 누워계시오."

　그를 본 장련이 몸을 일으키려 하자 광휘가 제지했다.

　장련은 천천히 누우며 재차 말을 이었다.

　"어떻게 된 건가요?"

　"그건 나도 알고 싶군. 내가 왔을 때 소저는 쓰러져 있었소. 그래서 급히 이렇게 누인 것이오."

"그랬군요. 할 일이 많은데⋯⋯."

장련은 씁쓸한 듯 웃었다.

"할 일이 많다면 더욱 누워 있으시오. 안 그러면 영영 못 끝내게 될 거요."

광휘가 눈을 찌푸리고 바라보자 장련은 눈동자를 굴리며 조용히 고개를 끄덕였다.

"알겠어요."

그렇게 잠시 누워 있던 장련은 어색한 분위기에 화제를 돌렸다.

"그런데 대체 맹에서 무슨 일이 있었던 건가요?"

"무슨 말이오?"

"순찰당주 말이에요. 무사님을 아는 눈치던데⋯⋯."

광휘는 잠시 뜸을 들이다 말했다.

"몇 번 본 적이 있소."

"몇 번 본 걸로 그렇게 겁을 집어먹나요?"

"그가 겁을 먹었소?"

"네. 겁먹은 표정이었어요. 도망치듯 달아나는 모습을 보며, 지켜보던 사람들이 전부 놀랐다니까요."

광휘는 잠시 시선을 다른 곳으로 돌렸다. 그러다 뭔가 떠오르자 재차 입을 뗐다.

"원래 겁이 많은 자였소."

"거짓말."

장련은 피식하고 웃어버렸다. 그다지 재밌는 말이 아니었지만 한없이 진지한 말투 때문에 웃음이 터진 것이다.

광휘는 내렸던 시선을 들어 올리며 말했다.

"보기보다 기분은 좋아 보이는구려."

"안 좋을 게 있나요? 무사님 같은 분이 저를 도와주시고 요즘 일도 잘 풀리는 중이니까요."

장련의 생기 있는 목소리에 광휘는 굳이 반박하지 않았다.

"그런데 여기까진 웬일이세요? 오늘부터 저를 호위하시려고 온 건가요?"

"……."

"아, 한데 어쩌죠? 요즘 제가 바빠서 무사님을 신경 쓸 겨를이 없을 것 같아요. 하긴 옆에 계셔도 신경 쓴 적은 없지만……."

"……."

"무사님?"

문득 장련은 혼자서 말하는 기분에 광휘를 불렀지만 그는 그저 침묵할 뿐이었다.

"자네가 쓰러진 뒤 장 소저가 간병을 했네. 거의 잠도 안 자고 한 것 보면… 꽤 마음을 쓴 것 같네. 감사하다는 말 한마디 해주라고."

노천이 했던 얘기가 스쳐 가고 있었다.

생각해 보면 그랬다. 자신을 사흘 동안 간호한 뒤 그 뒤로 계속 일만 했을 그녀다. 보지 못했지만 알 수 있었다.

사람들도 죽은 와중에 가주까지 자리를 비운 상황. 누구보다 바빴을 것이다. 아니, 애초에 그녀가 무슨 일을 하고 있는지 자신은 관심조차 없었다.

광휘는 주위를 둘러보았다.

눈앞에 들어온 광경.

책상 옆에 수북이 쌓인 서류, 수납장 위에 비치된 종이와 몇 개 더 늘어난 책장.

처음 그녀의 거처에 들어온 날 보았을 때보다 더욱 많아진 서류들이 방 안에 어지럽게 널려 있었다.

광휘의 시선이 다시금 그녀에게로 향했다. 눈 밑에 짙게 깔린 그림자와 헝클어진 머리, 실핏줄이 터진 흰자위까지.

"아프지 마시오."

장련은 흠칫 놀란 눈으로 그를 바라봤다. 길었던 침묵 끝에 광휘가 뜻밖의 대답을 하자 당황한 것이다.

"소저가 아프면 내가……."

광휘는 뭐라 하려다가 입을 다물고, 그리고 얼마 후에 재차 입을 열었다.

"들었소. 내가 광마에 빠져들었을 때 황 어르신을 살려 그와 얘기할 수 있게 해줬다는 것을. 소저가 아니었으면 난 아마 평생 자책하며 살았을 게요."

잠시 침묵이 흘렀다. 묘한 침묵에 불편해진 장련이 조용히 말했다.

"그건 제가 한 게 아닌걸요. 대사께서 도와주신 거예요."

"아니오, 소저가 한 것이오. 내 죽음을 막은 것도, 내 발작을 일시적으로 멈춘 것도."

광휘는 목소리에 힘을 주며 말을 이었다.

"모두 소저가 한 거요. 소저가 아니었으면 난 진작 죽었을 게요."

"…무사님."

장련은 조용해졌다. 칭찬하는 말이었다. 분명히 기분이 나쁘진 않았다. 하지만 이상하게 마음 한구석이 불안했다.

그리고 그녀의 감은 적중했다.

"잠시 장씨세가를 떠날까 하오."

장련의 표정이 확 굳어져 갔다.

"잠시 떠나는 것이오. 후유증을 안고 계속 싸울 수는 없으니까."

"방법을 찾으셨나요?"

"아직."

드륵.

광휘가 고개를 젓고는 몸을 일으켰다.

"그럼 쉬시오."

"무사님?"

뒤돌아서는 광휘를 그녀가 불러 세웠다.

"항상 고마워하고 있어요. 지금 무사님이 본 가에 남아계신 것만으로도 정말로 큰 힘이 돼요. 그러니 저 같은 것 너무 신경쓰지 마세요."

"……."

"사실 이 말을 하고 싶었어요. 정말로요."

장련은 두 손을 가슴에 모으며 웃어 보였다.

광휘는 그런 그녀를 내려다보다 어느 한 지점에 머물렀다. 그녀의 두 손이 떨리고 있었다. 보통 사람은 알아볼 수 없는 미미한 움직임이었지만 광휘에겐 또렷이 보였다.

곧장 밖을 나갈 것 같던 광휘가 다시 자리에 돌아와 앉았다. 그러고는 몇 번이나 뜸을 들이다 입을 열었다.

"임무가 참 많았었소. 맹에 들어간 날부터 칠 년 동안 하루하루를 어떻게 지냈는지 모를 만큼."

"네?"

뜬금없는 말에 장련이 의아해했지만 광휘는 계속 말을 이어 나갔다. 자신의 손을 바라본 채로.

"그 많은 임무 중에서 쉬웠던 건 손에 꼽을 정도였소. 많은 훈련을 받아 투입된 것인데도 현장은 늘 변수가 발생했고 때로는 예상이 빗나가기도 했소."

"……."

"그때마다 다짐했소. 다음에는 방심하지 않으리라. 똑같은 실수를 반복하지 않으리라. 그렇게 몇 번을 다짐했는지 모르오."

"무사님……."

"하지만 결과는 늘 장담할 수 없었소. 그렇게 계속 틀어지고 꼬이니 결국에는 임무를 수행하기 힘들 정도로 무서워지더구려."

광휘가 숨을 깊게 들이마시며 말을 이었다.

"그럴 때 극복했던 방법이 바로 동료들을 믿는 거였소. 그러기 위해선 우선 그들이 나를 믿게 하는 것이 필요했소. 그래서 더 당당해져야 했고 대범해져야 했소."

"조장, 조장은 어떻게 극복한 것이오?"

"이번엔 할 수 있겠지요? 나도 나에게 배정된 표적을 구할 수 있 겠지요?"

흠칫!

장련이 다시 몸을 떨었다. 일순간 광휘의 손이 자신의 손을 포갠 것이다.

두근두근.

장련의 심장이 빠르게 뛰기 시작했다. 그리고 떨림이 손발로 퍼져 나갔다.

"소저도 그리하시오. 장씨세가에는 칠객 중 하나라는 묵객이 있 고 천중단 출신인 명호가 있으며, 당가의 은거 고수 노천과 소림의 파불이 있소. 십만 방도를 거느린 개방과 오대세가의 하나인 모용 세가가. 십방에 촉각을 펼치고 살피는 하오문. 그리고 내가 있소."

"무사님……."

"하니 무서워하지 마시오. 두려워하지도 겁내지도 마시오. 어 떤 존재가 장씨세가를 막아선대도."

"……."

"내가 당신 옆에 있을 것이오."

*　　　*　　　*

마주 본 두 사람의 시선은 한없이 고요하기만 하다.

오십 줄에 들어선 장년인은 죄지은 것처럼 고개를 숙이고 있었고, 맞은편 노인은 이마에 손을 올린 채 그의 머리를 지탱하고 있었다.

"하아."

이윽고 노인의 입에서 한숨이 흘러나오자 무거웠던 분위기는 더욱 짙어졌다.

"정말 그랬는가?"

총관 서기종은 믿기지 않는지 재차 확인하듯 물었다.

"제가 그를 어찌 잘못 보겠습니까."

"하긴, 잘못 보려 해도 그럴 수 없는 자이지."

서기종은 실없는 사람처럼 웃었다. 임조영에게 설명을 듣고도 벌써 몇 번째 묻는 자신이 우스워진 것이다.

"그 위험한 무공을 익히고도 아직까지 살아 있다니. 대체……."

그는 자리에서 일어섰다. 뒷짐을 지며 창가 쪽으로 걸어갔다.

"칠 조였지… 아마……."

과거의 상념이 떠올랐다.

흑우단 칠 조. 살수 암살단 중에서도 가장 독특한 이력의 인물들이 모여 있는 조였다.

성격도 나쁘고, 타 조직과의 불협화음도 잦았다.

다만, 임무를 내리면 항상 그 이상을 해왔고 수뇌부에서도 불가능하다 여긴 일도 그들 손에 맡기면 해결된 일이 여러 번이었다.

급기야 나중에는 흑우단이 중심이 되어버렸다. 당시의 또 다른 핵심이었던 삼 조와 더불어서.

"하아."

또다시 한숨이 새어 나왔다.

"어떻게 하시겠습니까?"

"방법이 없지 않은가? 물어야지."

"팽 장로가 가만히 있지 않을 겁니다."

"가만히 안 있으면? 맹에 칼이라도 들겠는가?"

임조영이 잠시 침묵했다. 그럴 수도 있고, 아닐 수도 있었다. 요는 팽인호가 어떻게 반응하는지가 문제였다.

"나쁘게 본다 해도 할 수 없지. 광휘가 어떤 자인지, 어떤 일을 겪고 어떤 일을 해냈는지 우리가 하나하나 설명을 해줄 수는 없는 노릇이니."

"얘기하는 것이 좋지 않겠습니까? 그가 천중단에 있었던 당시의 일을 설득하는 데 잘 이용한다면……."

"믿겠는가?"

서기종이 툭 하고 내뱉었다.

"구대문파는? 전대 장문인들은? 그자의 무위를 직접 보고 들은 자들조차도 믿지 않았네. 그런데 한 단계 거쳐서 건너 들은 팽인호가 믿겠는가?"

임조영은 입을 다물었다. 절대 믿지 않을 터였다. 임조영 자신도 본인이 보았던 그 사실이 때로는 착각한 게 아닌가 하고 의심이 들 지경이었으니까.

흑우단 칠 조는, 그리고 광휘는 그런 자들이었다.

"팽가에도 뛰어난 무사들이 많으니 충분히 제압할 수 있다고 생각할 게야. 예전에 전대의 무림맹 수뇌들이 모두 그러했듯이."

임조영은 고개를 끄덕였다. 아무리 뛰어난 무인이라도 일개 무인이다. 수십 명을 상대할 수 있을지 몰라도 수백 명을 이길 수 없는 것은 사실이지 않은가. 일반적으로는.

"설령 광휘의 실력이 예전만큼 못하다고 치세. 그래서 그를 죽였다고 가정해 보세. 그럼 그 옆에 누가 있는가?"

"…개방이 있지요."

"그래. 만약 맹주의 귀에 들어가기라도 한다면? 일이 걷잡을 수 없이 커지네. 우리한테까지 불똥이 튀게 될 게야. 광휘는 비공식적이긴 해도 잠시나마 맹주였던 사람일세."

사박.

서기종은 뒤돌아 임조영을 바라보았다.

"그런 사내를 상대로 칼을 들이대겠다고? 끝났네. 그가 나선 순간 모든 일은 끝났어."

임조영은 고개를 끄덕였다. 이는 자신도 알고 있는 내용이었다. 맹에는 아직 그를 심정적으로 지지하는 사람들이 남아 있다. 그중 한 명이 바로 현 무림맹주다.

둘은 잠시 침묵했다. 비가 오지 않는 날씨임에도 방 안의 분위기는 스산하기 그지없었다.

"그럼 이 일은 여기서……."

콰앙!

"그게 무슨 소립니까!"

그때 문이 부서질 듯 흔들리며 한 노인이 들이닥쳤다.

임조영과 서기종의 시선이 일제히 그에게 향했다.

"총관! 말씀해 보십시오. 제가 지금 들은 것이 사실입니까?"

팽인호의 얼굴은 시뻘겋게 달아올라 있었다. 척 보아도 피를 토할 정도로 감정이 격양되어 있는 것이다.

"자네는 나가 있게."

"예."

총관의 말에 임조영은 짧게 예를 표했다. 그리고 재차 팽인호에게도 예를 표했지만 그는 전혀 응대하지 않았다.

탁.

그가 나간 뒤, 문이 닫히자마자 팽인호는 다시 언성을 높였다.

"말씀 좀 해보십시오! 이게 지금 무슨 일입니까! 손을! 떼시겠다니!"

"앉게."

"지금 앉을 상황입니까!"

팽인호에게는 상대가 무림맹의 총관이라는 건, 그에 대한 예의 같은 건 안중에도 없었다.

손이 벌벌 떨릴 정도로 감정을 억누르기도 벅찼다.

"순찰 부당주에게 얘기를 들었겠지? 맞네. 이 일은 덮을 생각이네."

"대체 무슨 말입니까! 제가 이해를 할 수 있게끔 얘길 해주십시오!"

"증인이 있었어."

"…예?"

"증인이 장씨세가에 있었다고……. 장씨세가 호위무사, 그가 증인이었어."

"……."

팽인호의 고개가 기이하게 틀어졌다. 여러 감정이 솟구치자 그의 얼굴은 벌겋게 달아올랐다. 그러다 그 얼굴이 곧 차갑게 식었다. 이제 그는 조소를 잔뜩 머금고 입을 열었다.

"대체 그자가 누구입니까?"

"말할 수 없네."

"허. 지난번에 저에게 하신 이야기와는 다르시군요? 아무도, 그 일에 관계된 증인은 아무도 없다고 자신만만해하시더니?"

"자신했었지. 하지만 그게 과신이었나 보네."

"허허!"

팽인호는 숨을 거칠게 내뱉었다. 증인은 있는데 그가 어떤 인물인지 알려주지 않는다. 어떤 이력을 가졌는지, 얼마나 고수인지도 알려주지 않는다. 그러면서 일방적으로 팽가에 손을 떼라는 요구를 했다.

상식적으로 받아들일 수가 없는 이야기였다.

"증인이 나섰으니까, 그러니까 덮어야 한다는 겁니까? 맹의 부탁에 개나 말의 수고를 피하지 않고, 은자림이 남겼던 폭굉을 찾고! 그걸 제조하는 도안과 기술자를 찾아내고! 총관의 명에 불의한 피까지 보아야 했던 팽가는요!"

팽인호의 목소리는 점차 더 커져갔다. 그런 그를 보며 서기종은 짧게 말했다.

"그건 좀 안타깝게 생각하네."

"안타깝게? 지금 그게… 허허허."

그의 얼굴이 점점 뒤틀어졌다. 표정뿐만 아니라 얼굴색, 눈동자 모두가 기이하게 틀어지고 있었다.

"총관께서 이러실 줄은 몰랐습니다. 하북은 새외나 다름없다고, 오대세가라고는 하나 무식한 촌놈들이라고 업신여기던 맹의 중진들과 하나도 다르시지 않군요."

"흐음."

"이런 개무시를 당하고도 팽가가 가만히 있을 것 같습니까?"

이제 팽인호의 목소리에는 위협까지 섞여 있었다.

총관은 오른손 검지로 왼쪽 손등을 툭툭 치며 천천히 눈을 감았다.

한참을 그리 있던 그가 입을 열었다.

"증거를 가져와 보게."

"예?"

"개방이 독을 탔다는 증거, 모두가 보고 절대 의심하지 않을 증거를 가지고 오라고."

서기종은 날카롭게 눈을 뜨며 말했다.

"그럼 도와주겠네."

팽인호는 잠시 숨이 막혔다. 그가 입을 다물자 방 안은 쥐 죽은 듯한 침묵에 빠졌다.

툭. 툭. 툭.

하지만 입은 열지 않았지만 그의 눈동자는 경련하며 바쁘게 움직이고 있었다.

생각하는 것이다. 서기종의 완곡한 거부의 명령에, 팽인호는 지금껏 살아온 그 어느 때보다 머리를 빠르게 회전시키고 있었다.

"좋습니다. 가지고 오지요."

"…뭐?"

"가지고 온다고 했소이다, 그 증거를."

전혀 예상치 못한 말에 서기종이 눈을 찌푸렸다. 선대 팽가가주의 죽음이 개방과 아무 연관이 없다는 것은 팽인호도 알고 그도 알았다.

그래서 이쯤 하면 알아듣고 물러서리라고 내민 이야기인데, 놀랍게도 팽인호가 그 말을 받아들인 것이다.

"열흘하고 이틀을 더 주시오. 내 기필코 증거를 가져와 총관의 두 눈에 직접 보여 드리겠소."

"정말인가?"

'내가 모르는 또 뭔가가 있었던가?'

서기종조차도 반신반의했다. 그런 그에게 팽인호가 이를 바득 갈며 말했다.

"그럼 거짓이겠소? 잘 들으십시오, 총관. 만약 증거를 가지고 왔음에도 불구하고 그때도 이런다면 내 결코 이번 일을 그냥 넘기지 않겠소."

서기종과 팽인호의 시선이 허공에서 교차했다. 그렇게 서로 시선을 교환하던 어느 순간 서기종의 미간에 주름이 생겼다.

'이 눈빛은 흡사……'

탐욕이 깃든 눈빛과는 달랐다. 자존심도, 문파의 자긍심도 아니었다. 마치 정조를 빼앗긴 여인처럼, 치욕을 감내하고 버텨온 삶의 근간을 뒤흔든 듯한 격한 반응이었다.

대체 무엇이 이자를 이토록 몰아붙이고 있는 것인가?

"그럼 기다리고 계십시오, 총관."

콰아앙!

이윽고 발길을 돌린 팽인호가 문을 세차게 닫고 나가 버렸다.

드륵.

서기종은 다시 의자에 앉았다. 그러고는 눈을 감고 조금 전 팽인호의 행동을 되짚기 시작했다.

어느새 굳었던 표정은 사라지고 속내를 알 수 없는 미묘한 미소만이 자리 잡고 있었다.

"증거라."

톡톡.

그가 탁자에 검지를 몇 번씩 두들기다 이내 혼잣말로 읊조렸다.

"이거, 생각해 보니 재미있겠어."

＊　　　＊　　　＊

파팟.

휙휙! 휘휘휙!

붉은 노을이 서산 위로 숨어가는 저녁.

도법을 펼치던 묵객이 놀란 표정으로 자신의 단월도를 바라
보았다.

'확실히 달라.'

그는 매순간 놀라고 있었다. 그다지 내공을 싣지 않은 손놀
림에도 힘이 느껴질 정도다. 동작도 도법도 이전과는 비교할 수
없을 만큼 빨랐다.

'확인해 봐야겠군.'

아름드리 노송 앞에 선 묵객이 나뭇가지 하나를 잘라 허공에
띄웠다. 그러고는 숨을 골랐다.

휘릭, 휘릭.

치솟은 나뭇가지가 삼 장 높이까지 올라가다 서서히 멈춰 섰
을 때쯤.

묵객이 곧장 자리에서 도약했다.

패애애액!

창졸간 단월도가 허공을 가르며 나뭇가지를 양분했다. 그리
고 그때부터 단월도가 미친 듯이 움직이기 시작했다.

쇄새애액! 쇄쇄쇄액!

도(刀)가 수십 개로 불어나는 듯 착시현상을 일으키며 요동
쳤다.

두두두두둑.

나뭇가지는 갈가리 잘려 나가며 땅으로 뿌려졌다. 동시에 땅

을 밟은 묵객은 바닥에 떨어진 나뭇가지를 보며 씨익 웃었다.

"확실히… 예전보다 몇 배는 더 늘었구나."

바닥에는 조각난 나뭇가지들이 묵객(墨客)이란 필체를 그리고 있었다. 예전에 장련이 가지고 왔던 목화솜으로 만든 것처럼.

"거 어르신이 만든 약이 대단하긴 한가 보군."

묵객은 잠시 생각에 잠겼다. 몸이 자신의 의지대로, 딱 필요한 만큼 즉각 반응한다. 공중에 떠 있거나 자세가 불안정한 상태에도 이러니 단단히 싸울 태세를 갖췄을 때는 말할 필요도 없을 것이다.

철컥.

묵객은 단월도를 집어넣고는 한쪽 그루터기로 걸어가 앉았다. 무공이 비약적으로 발전했고, 다쳤던 오른손도 아무런 이상이 없었다. 당연히 기분이 좋아야 함에도 그의 표정은 좋지 않았다.

"잘한 건지 잘못한 건지. 거참."

묵객은 이틀 전, 광 호위와 나누었던 말을 떠올렸다. 분명 주는 것 없이 미운 놈인데, 또 혼자 터덜터덜 걸어 나오는 꼴을 보니 왠지 눈에 밟혔다. 그래서 한번 장련에게 들러보라고 했다. 그래 놓고 막상 두 사람이 어찌 되었을지 생각해 보니 배알이 꼬인다.

"이럴 줄 알았다면 체면 무시하고 처음부터 적극적으로 도와주는 건데……."

묵객은 후회했다. 차라리 장련과 만났던 그 초기에 좀 노골적으로 요구를 했더라면… 장련의 호위무사가 자신이었다면 지금보다 훨씬 더 좋은 결과가 나올지도 몰랐다.

"결국 내가 모자란 탓이겠지."

묵객은 한숨을 푹 쉬고는 눈을 감았다. 하지만 얼마 있지 않아 짜증스러운 얼굴이 되었다.

옆에서 인기척이 들려왔기 때문이다.

"사부님! 사부님!"

담명이 나는 듯이 달려오고 있었다. 조금 절룩거리기는 하지만 뜀박질하는 걸 보니 다친 다리가 어느 정도 나은 모양이었다.

"왜 이리 호들갑이냐?"

"아하. 매우 놀라운 얘길 들어서 말입니다."

"놀라운 얘기?"

"예. 방금 전 장씨세가에서 경국지색에 버금하는 미녀를 보았습니다."

담명은 환히 웃으며 말을 이었다.

"해서 사람들에게 어찌 된 것인지 연유를 물어보니 놀랍게도 사부님이 데려왔다고 하던데 말입니다. 정말 사실인 겁니까?"

"……."

묵객은 눈썹을 살짝 찡그리며 고개를 돌렸다.

"오오!"

무언은 곧 긍정인 법.

담명은 반달 모양으로 눈이 변하더니 곧이어 탄성을 내질렀다.

"역시 사부님이셨군요! 정말 대단합니다! 어디서 그런 미녀를 구하신 겁니까? 아니, 그보다 어떻게 꼬드겼기에 강호에서 가장 위험한 곳인 이 장씨세가로 모셔 온 겁니까?"

"……"

"정말이지 이 전란의 와중에도 작업을 거시다니! 이 담명 감탄했습니다. 과연 사부님의 말씀대로 군자는 때와 장소를 가리지 않는다는……."

"담명아."

"예, 사부."

묵객이 시선을 돌리자 그는 화색을 보이며 대답했다. 하지만 그는 묵객의 미간에 주름이 한가득 생겨나 있는 걸 보지 못했다.

"네놈 다리 말이다. 다시 한번 부러지고 싶으냐?"

"아니, 저기……"

"공자님, 문제가 생겼습니다."

단단히 푸닥거리를 하려던 묵객이 멈췄다. 이제 보니 담명은 홀로 온 것이 아니었다.

"소저?"

시선을 돌린 그곳에는 서혜가 서 있었다.

"무슨 문제요?"

서혜가 이끈 거처로 들어온 묵객이 곧장 말을 꺼냈다.

"조사를 하던 본 문의 장주(裝主) 여섯이 갑자기 실종되었습니다."

"실종? 대체 왜?"

"그 연유도 조사 중에 있습니다."

"이런."

생각지도 못한 얘기에 묵객이 눈을 찡그렸다.

하오문은 정보를 다루는 단체인 만큼 휘하에 많은 인원들을 두고 있다. 그중 장주는 정보전의 실질적인 행동 요원들이다. 그들은 적게는 이십 명 거느리고, 한 지역의 수장으로서 일정 범위의 영역을 담당한다.

서혜가 내린 지령은 간단한 것이었고, 단지 조사를 위해 움직였을 뿐인데 그들이 갑자기 실종된 것이다.

"조사 인원이 갑자기 실종이라……. 이런 일이 자주 있소?"

"없지는 않지만 이렇게 한날한시에 여섯 명이 동시에 사라진 것은 드문 경우입니다. 이 정도면 의도적인 경고라고 보아야겠지요."

서혜는 담담히 말을 이었다.

"더는 접근하지 말라는."

묵객은 굳은 표정으로 고개를 저었다.

"본인의 소견이 좁아 이해하지 못하겠소. 애초에 소저가 조사해 본 게 어떤 거였소?"

"도성부 지부대인이 갑자기 왜 폭약에 대한 조사를 그만두게 되었는가 하는 의문이었습니다."

"그런 위험한 조사라면 분명 조심에 조심을 거듭하여 접근했을 터인데… 고작 보름도 되지 않는데 여섯이 실종이 되었다고?"

묵객은 다시금 혀를 차며 되짚어보았다.

지난번 석가장과의 사건에서 등장한 신형 폭약.

폭약이 관계된 범죄는 무림이든 상계든, 반드시 관의 조사를 받는다. 그런데 그 조사가 갑자기 중지되었다. 사유라도 알자고 사람을 보냈더니 그들까지 하루아침에 실종되었다.

생각에 잠겨 있던 묵객의 귀에 서혜의 낮은 목소리가 들렸다.

"이건 소녀의 추측일 뿐입니다만……"

"말해 보시오."

"누군가 이 건에 대해 오래전부터 주시해 왔을 가능성이 있습니다."

"누가? 이 일에 드러나지 않은 배후가 있다는 말이오?"

묵객의 눈이 가늘어지고, 서혜의 눈 또한 초승달처럼 가늘게 호를 그렸다.

"그런지 안 그런지는 이제부터 알아보아야겠지요. 그래서 드리는 말씀입니다만……"

서혜는 묵객을 향해 고고하게 시선을 치켜뜨며 말을 이었다.

"차라리 이렇게 된 것, 상대를 유인하는 것이 어떻겠습니까?"

"유인이라……"

"이번에 실종된 장주 여섯은 일류는 아니지만 그래도 나름 자기 몸을 지킬 한 수는 가지고 있던 자들입니다. 그런 이들이 흔적도 없이 사라졌다면 생각보다 무위가 뛰어날 터."

"……"

"이런 상황에선 두 가지 방책이 있습니다. 하나는 경계를 피해 조심스럽게 접근하는 것. 또 하나는 그들을 유인해서 붙잡고 직접 일의 일체를 자백받는 길입니다."

"소저의 생각은 어떻소?"

"빠른 길을 권하고 싶습니다. 상대는 드러나지 않았고, 그 뿌리가 어디까지 뻗어 있는지 아는 바가 너무 없습니다. 이럴 경우 조심해서 조사를 하다간 시간과 비용이 얼마나 들지 알 수 없습니다. 그런데 장씨세가는 지금 시간이 많지 않습니다."

"흐음."

묵객은 턱을 쓸어내렸다. 누군지 모르지만 확실히 보통내기는 아닌 듯했다. 동시에 더욱 냄새가 났다. 대체 무슨 연유로 조심히 접근하는 것조차 경계하는 것인가.

잠시 고민하던 묵객이 물었다.

"내가 어떻게 하는 것이 좋겠소?"

"우선 공자께서 소녀의 뒤를 봐주셨으면 좋겠습니다."

"내 얼굴을 아는 사람이 많을 터인데……."

"어차피 판을 벌이는 것은 공자가 아닌 다른 사람들로 할 일입니다. 그러니 인피면구를 쓰고 호위무사 격으로 나서기만 해도 충분하지요."

"인피면구……."

묵객은 거기서 조금 떨떠름한 얼굴을 했다. 당당한 사내가 자기 얼굴을 숨기고 일을 해야 한다는 것이 별로 그의 성향에 맞지 않았다. 얼굴과 정체를 숨기는 것은 주로 흑도에서나 하는 일이다.

하지만 지금 와서 그런 걸 가릴 만한 여유는 없었다.

"판은 누가 벌이는 거요?"

"상대의 간세가 어디까지 뻗쳐 있는지 저희는 모릅니다. 적을 속이려면 먼저 아군부터 속이라는 말도 있지요."

"…하오문에도 첩자가 있는 거요?"

묵객의 표정은 점점 더 굳어졌다.

"이상할 것 없습니다. 저희 하오문은 상하 관계의 조직이 아닙니다. 이익과 상황에 따라 수직과 수평은 늘 바뀌지요. 설령 하오문주라 해도 말입니다."

서혜는 정작 아무렇지도 않은 듯 담담하게 미소 지었다. 묵객은 고개만 절레절레 젓고 다시 물었다.

"하면? 어디서 판을 벌이는 게 좋겠소?"

서혜는 신중하게 시선을 내리깔며 말했다.

"오는 중 생각해 보았습니다. 관과 친밀하고, 위험을 무릅쓸 수 있는 데다 지금 이 상황에 적극적으로 나설 수 있는 곳이 어디일까?"

뭔가 번뜩였는지 묵객의 눈에 이채가 어렸다.

"그럼 그곳이……."

"그렇습니다. 아무래도."

서혜는 곱게 뜬 눈으로 묵객을 도발적으로 올려다보며 말했다.

"련 소저께 부탁을 드려야 할 것 같습니다."

*　　　*　　　*

장씨세가를 떠난 지 나흘이 됐을 때.

산속을 거닐던 광휘의 발걸음이 허름한 모옥 앞에 당도했다.

스윽.

목적지에 도착했음에도 광휘는 선뜻 안으로 들어가지 않았다. 폐허가 되었으리라 예상했던 곳이 눈에 띄게 정비가 되어 있었기 때문이다. 반쯤 기울어져 있던 대문은 단단히 고정되어 있었고 뜯겨 나갔던 울타리 역시 잘 둘러쳐져 있었다.

구마도와 괴구검을 꺼낸 뒤 대충 올려놓았던 돌들은 돌탑 모양을 하고 있었고 그 밑에는 말린 떡과 거칠지만 잘 마감된 옷가지 등이 놓여 있었다.

—신령님, 범도 물리쳐 주시고 농경지에 피해를 입히는 노루도 물리쳐 주셔서 감사합니다. 앞으로도 잘 부탁드립니다.

이곳에 머물며 산짐승을 몇 번 물리치거나 사냥한 적이 있었는데 그 이후로 사람들이 가끔씩 다녀갔다. 그러다 오랫동안 자리를 비우자 본격적으로 집 안도 정비해 놓았던 것이다. 마치 떠난 사람이 다시 오길 바라듯이.

"이것도……."

허리 높이만 한 거대한 동이를 흔들자 뭔가 출렁였다. 술이었다. 마을 사람들이 가져다 놓은 듯했다.

꾸욱.

동이를 바라보던 광휘의 눈빛이 서서히 변하기 시작했다. 그리고 이내 동이를 쥔 손아귀에 힘이 들어갔다.

좌르르르륵.

댕댕댕.

일순간 동이가 뒤집어지며 거센 물줄기가 바닥에 흘러내렸다.

광휘가 스스로 술통을 부어버린 것이다.

"이제 더는 이런 것에 의지해선 안 된다."

과거에서 멀어지기 위해 이곳에 왔다. 그렇다면 이따위 것에
더는 의지해선 안 된다.

처억.

구마도와 괴구검을 한쪽에 놓은 광휘는 돌탑 앞으로 걸어갔
다. 그러고는 돌들을 한 곳에 치우기 시작했다.

토독. 토독.

모든 돌을 치우자 흙이 보였다. 과거 구마도를 넣어 놓았던
곳이다.

삭삭삭.

광휘는 흙을 퍼내기 시작했고 어느 정도 파내자 손에 뭔가가
잡혔다.

광휘는 그것을 천천히 집어 들었다. 서책이었다.

그곳엔 소림오권(少林五拳)이라 쓰여 있었다.

"언제쯤 볼 생각이십니까?"

'혜승 선사.'

흑우단 칠 조 조장이 된 후 가장 먼저 자신에게 비급을 건넨

노인.

방각 대사의 사형인 그의 비급이었다.

"노납이 부처님을 뵙기 전에 조장이 쓰는 걸 봐야 하지 않겠습니까."

"아, 물론 이 중놈은 오래 살 생각입니다만… 사는 게 의지만 가지고 되는 일이 아니잖습니까?"

소림오권은 소림무학의 근본이다. 현존하는 거의 모든 중원의 권법이 이곳에서 파생되었다고 할 만한 원류(原流)다.

나한승이 언급했던 그 원류의 원류라고 할 만한 무공이 지금 자신이 손에 들려 있었던 것이다.

슥슥슥.

광휘는 모래를 파내기 시작했다. 그러다 또다시 한 서책을 집어 올렸는데 거기엔 태극혜검(太極慧劍)이라 쓰여 있었다.

"태극혜검은 단순히 검법이 아닙니다. 그 검에는 무당의 정수가 스며들어 있지요."

"굳이 본다면 다른 것보단 그걸 보는 게 나을 겁니다. 딱히 화산의 검 따위야. 흠흠. 아니, 화산을 폄하하는 게 아니라 뭐, 그렇다는 겝니다. 허허허."

근엄한 품위를 지키면서도 내심 속내를 숨기지 않았던 중년인.

긴 눈썹을 휘날리는 모습이 인상적이었던 무당파 장후(張厚) 도장이었다.

광휘는 이윽고 또 하나를 집어 들었다. 이번에는 풍신일도류(風神一刀流)라 불리는 글귀가 적혀 있었다.

"이 무공으로 죽이고자 한 상대를 죽이지 못한 적은 없었지요. 이걸 볼 수 있는 건 아마 천하에 조장밖에 없을 겁니다!"

요산월도 장춘마.

이 비급을 보자 항상 호탕하게 웃던 그의 모습이 생각났다.

"조장, 다른 대원들과 달리 제가 조장을 좋아하시는 거 아시지요?"

"뭐랄까. 왠지 조장의 그 과묵함이 내 맘에 든달까?"

장춘마는 자만심 때문에 세 번의 임무를 넘기지 못하고 죽었지만 광휘는 알고 있었다. 그는 삼우식처럼 순수했다.

상대가 얼마나 비열하고 치졸한 자들인지 알았다면, 그것을 인정했다면 흑우단에서 가장 오래 살았을 녀석이다.

정정당당한 그의 성격이 결국 화를 부른 것이다.

슥슥.

광휘는 다시 손을 집어넣어 비급 하나를 꺼내 들었다. 그리고 그것을 보자마자 눈빛이 흔들렸다.

"이것은……."

"아직 보지 않았소?"
"거기에 최근에 깨달은 심득을 넣어놓았다고 하지 않았소, 조장."

오호단문도(五虎斷門刀)였다. 천중단 단장이 되기 전, 마지막까지 자신과 함께 싸웠던 칠 조 마지막 조원이었던 사내.
팽진운, 그의 무공이었다.

"너는 끝나면 뭘 하고 싶으냐?"
"하하하. 글쎄 말입니다. 일단 연애부터 하고 생각해 보렵니다."
팽진운은 넉살 좋은 미소를 지어 보였다.
"팽가란 신분을 속여야 할 텐데……. 어느 집 아비가 네게 딸을 내주겠느냐?"
"강호는 싸움 잘하는 게 능력 아니겠습니까? 전쟁이 끝나면 맹에서 돈도 많이 줄 테니 한밑천 두둑이 챙길 수도 있고 말입니다."
"그것도 그렇군."
"그나저나 걱정입니다."
"왜 그러느냐?"
"제가 없어도 팽가가 잘 돌아갈지……."
말끝에 팽진운이 한숨을 쉬었다.
"내게 준 오호단문도가 있지 않느냐. 그걸 팽가에 전해 주진 않을 거고?"

"비급만 가지고 무공 고수가 나옵니까. 상승의 무공은 곧 해석하기 나름입니다. 스스로 깨달아야 하는 것이지 누군가 가르쳐 깨우치는 게 아니지요. 그리고 사실 말입니다."

"응?"

"형님 아들 한 명이 제법 영민하답니다. 그대로 자란다면 훗날 그 아이가 오호단문도의 진의를 깨닫지 않겠습니까?"

"그럼 다행이군. 그래, 그 아이의 이름이 뭔가?"

"그게……."

'대공자 팽가운. 팽자천의 아들…….'

광휘는 잠시 눈을 감은 채 읊조렸다.

거의 잊혔던, 아니 잊힌 줄만 알았던 과거의 기억이 광휘의 머릿속에 또렷해지기 시작했다.

지독히 끔찍했던 시절이라 생각했지만 이상하게도 떠올려 보니 그때보다 행복한 적이 없었던 것만 같았다.

광휘가 다시 손을 집어넣었다. 이번에는 하나가 아닌 손에 잡히는 모든 비급들을 빼내며 바닥에 펼쳤다.

화산파 무공인 매화검법(梅花劍法)이 스쳐 지나갔고 청성의 칠십이파검(七十二波劍)도 보였다.

그렇게 찾던 중 광휘의 눈이 곧 한 곳에 머물렀다.

단류십오검(斷流十五劍).

힘 있는 필체로 쓰인 그 비급이 이제야 눈에 들어온 것이다.

"통과 의례라고 들었다."

"그리 쳐다보지 마. 징그니까."

"네가 이 귀하신 몸의 조장이라고? 이게 말이 된다고 생각하느냐?"

과한 자신감이 전혀 어색하지 않았던 백중건.

다른 조원들과 단 한마디 말도 섞지 않았던 그가 광휘에게는 자주 말을 걸곤 했다. 어찌 보면 광휘에게만큼은 누구보다 관대한 인물이었다.

―네겐 생애 최고의 순간이겠지. 바로 이 몸을 부하로 둘 수 있으니 말이다.

―난 특별하다. 괜히 간섭 말고 위험이 있거든 내 뒤에 숨어라.

자만심 가득한 사내였지만 말 한마디 한마디에 멋이 살아 있었다.

상념에서 깨어난 광휘는 서책을 천천히 펼쳤다.

단류십오검.

천하십대고수의, 마지막 남은 검결이었다

第八章

배후 조사

　빌, 어, 먹, 을.

　단류십오검의 첫 장을 넘기자 광휘는 눈을 의심했다. 고작 글자 네 개가 무려 한 면에 통째로 쓰여 있었던 것이다. 잠시 그 장을 쳐다보던 광휘의 손이 다음 장으로 움직였다.

　느낌이 참 묘해. 무얼 쓸까 고민하다 보니 욕부터 나온다. 네놈이 이 글을 본다는 건 내가 죽었다는 거잖아. 애송이 칠 조 조장.

　'여전하군.'
　애송이란 글귀를 보자 광휘는 쓴웃음을 지었다. 역시나 백중건, 그다운 말투였다.

　광휘는 다시 다른 한 면의 글을 읽어보았다.

　그래도 네가 이걸 볼 때쯤이면 네 처지가 나보다 딱히 좋지는 않을 게다. 네놈 성격상 남의 비급을 허락 없이 열어볼 정도면 아마 큰 위기에 처했거나 이미 남모를 고초를 겪고 있는 와중이겠지?

　끄덕.

　마치 목소리를 듣는 듯했다. 자신도 모르게 고개를 끄덕인 광휘의 시선이 다음 장으로 향했다.

　내가 생각하는 우리 부대의 문제점이 뭔지 아느냐? 바로 그 잘난 협(俠)을 지킨다는 명목으로 뭉친 자들이란 것이다. 너는 이게 왜 문제가 되는지 내게 묻고 싶겠지?

　하나 생각해 보면 의외로 간단하다. 개인적인 이익이나 복수심은 해결해 가면서 성취감이 쌓이게 되겠지만 이 싸움은 단지 내가 아닌 남을 위해 몸을 내던지는 것이다.

　잘난 너희들이 추구하는 협(俠)이 자신의, 동료들의 희생으로 완성되어, 결국 싸움이 길어질수록 정신적으로 충격을 받을 수밖에 없다는 뜻이지.

　백중건의 글은 의외로 천중단 조직을 비난하는 것에서부터 시작되고 있었다.

소속 대원들과의 유대감이 조금 부족하기 때문일까?

하지만 광휘는 보통의 대원들과는 다른 시각으로 얘기하는 백중건의 식견을 주의 깊게 바라보고 있었다.

애초에 십대고수란 보통 무인의 능력을 초월한 자들이라 이런 접근 방식이 가능할지도 몰랐다.

그리고 어쩌면 그가 언급한 문제가 의외로 정확할지도 모르는 일이다.

뭐 어쨌든 그 협(俠)이 너희들이 추구하는 것이고, 때론 좋은 역할도 하는 것이니 더는 언급하지 않겠다. 중요한 건 너는 곤경에 처해 있고, 그렇기에 내 비급을 보고 있다는 것이니까.

사락.

광휘는 다음 장을 넘겼다.

지금 내가 네놈이 처한 상황을 해결해 줄 수 있는 두 가지 방법을 제시해 보겠다. 첫째는 철저하게 이기적인 인간이 되는 것. 자신의 행동이 옳다고 여기면 비로소 쉽게 해결된다.

하나 너 같은 녀석이 그렇게 쉽게 자기합리화를 할 리가 없겠지. 그럼 두 번째는 뭐냐? 바로 무언가에 빠져 심취하는 것이다. 심취하면 자연스레 모든 걸 잊을 수 있게 되지.

'심취하라.'

그 단어에 광휘의 눈이 번뜩 뜨였다. 잡념을 지우고 하나에 심취하라는 말이 예상외로 가슴에 깊이 각인되었기 때문이다.

그리고 보니 어릴 적 처음 검을 잡았을 때는 지금 같은 번뇌도 고민도 없이 순수하게 검 그 자체에만 매진하지 않았던가.

준비가 되었으면 뒷장을 넘겨라. 감히 다시는 볼 수 없고 앞으로도 볼 수 없는 내 독문 무공인 단류십오검이 무엇인지 가르쳐 주마.

광휘는 잠시 책에서 시선을 뗐다. 십대고수, 이례적으로 천하제일고수라고도 불리는 그의 무공을 본다는 기쁨이 아니었다.

무공을 버리고 살아왔던 지난날, 그리해서 이루었던 스스로의 시간을 부정하는 기분 때문이었다.

"아니야. 뭐든지 해봐야 한다. 이대로 손 놓고 있을 순 없어."

고민하던 광휘가 이내 손을 움직였다.

파락.

단류십오검.

명맥이 끊어졌던 그의 무공이 광휘의 눈앞에 펼쳐지기 시작했다.

*   *   *

정오가 지난 시각.

묵객과 서혜는 장련의 처소에 들렀다. 그리고 마주 앉은 자리에서 모든 얘기를 털어놓았다.

한동안 깊은 고민에 빠져 있던 장련이 고개를 들었고, 서혜를 바라보며 물었다.

"서 소저의 생각은 어떠신가요?"

장씨세가가 판을 벌인다는 말.

그 얘기를 좀 더 구체적으로 듣고 싶었던 것이다.

"장씨세가가 관(官)을 움직여 줬으면 합니다."

"관을요?"

"네."

서혜는 눈을 지그시 내리며 자신의 생각을 털어놓았다.

"도성부 지부대인이 벽력탄에 대한 조사를 시작한 뒤 얼마 있지 않아 도지휘사께서 수사 중지를 명령했습니다. 그렇다면 도지휘사 본인이나 그를 부릴 수 있는 인물 혹은 그와 연관된 세력이 있다는 말이겠지요. 어쨌거나 관(官)이 개입되어 있는 것은 명백합니다."

장련은 고개를 끄덕이며 그녀의 말을 경청했다.

"그렇다면 직접 대면하는 것이 가장 확실할 테지요. 하지만 장씨세가나 구룡표국이 움직이면 그들의 이목을 피할 수 없을 터."

서혜는 장련과 눈을 맞추며 말을 이었다.

"관(官)의 사람을 통해 자리를 마련해야 한다고 생각합니다. 물론 이번 일에 관계되어 있는 도성부 사람이면 더할 나위 없겠지요. 만약 도지휘사나 그의 측근을 불러들일 수 있다면, 배후의 세력에 한층 더 가깝게 다가갈 수 있다고 생각합니다."

서혜는 하오문 출신답게 이미 장씨세가가 관(官)과 친밀하다는 것을 알고 있었다. 하여 지부대인을 이용해 상대의 이목을 속이고, 동시에 숨겨진 세력에 대해 파헤칠 수 있다고 믿고 있었다.

"수사를 중지한 사안인데 지부대인이 쉽게 응해줄까요? 그보다 괜히 나섰다가 너무 위험하지는 않을지……."

장련이 물었다.

"설득을 해야겠지요. 이 일은 위험하지만 그만큼 가치가 있을 겁니다. 왜냐하면……."

서혜는 목에 힘을 주며 말을 이었다.

"장씨세가가 팽가의 야욕을 저지시키는 패(牌) 하나를 가질 수 있기 때문이지요."

장련의 눈이 한층 더 커졌다.

그때 묵객이 끼어들었다.

"팽가를 저지시킬 수 있다니? 그건 무슨 말이오?"

그로서는 아직 듣지 못한 얘기라 당연히 의아할 수밖에 없었다. 그런데 장련이 고개를 끄덕이며 대신 대답했다.

"이해했어요. 배후 세력이 누구냐에 따라 협상이 가능하다는 것이겠죠?"

"네, 그래요."

서혜는 약간 놀란 기색을 보였지만 이내 평소와 다름없는 얼굴을 내보였다.

"거참, 무슨 얘기인지 나도 좀 압시다."

여전히 궁금해하는 얼굴로 묵객이 말하자 그제야 서혜가 말했다.

"공자님, 예상되는 배후 세력은 두 곳입니다. 황실의 인물일 경우와 제삼의 인물이 개입했을 경우이지요."

"그건 그렇지요."

"만약 그들이 황실의 인물이라면 맹(盟)과 협상을 할 수 있습니다. 그들이 폭굉의 존재를 주시했다면 운수산을 탐하려 할 것이고 그것을 맹에 넘겨줄 마음이 없을 테니까요. 그렇다면 장씨세가는 자연스레 팽가의 압박에서 벗어날 수 있게 됩니다."

"그럼 제삼의 인물이라면?"

"그 경우 맹과 팽가를 함께 견제할 수 있을 겁니다. 당연히 폭굉이 목적일 것이니 말만 잘한다면 장씨세가에 우호적으로 바뀔 수 있지요."

배후 세력이 폭굉을 주시하고 있다는 것은 확실해 보인다. 그런 와중에 그들을 이용한다면 이 싸움은 삼파전으로 흘러가게 된다. 적어도 팽가가 자신들을 적대하고, 거기에 맹까지 동원하는 작금의 사태보다는 훨씬 여유가 생길 것이다.

"좋아요. 하겠어요."

장련은 고민 끝에 결정했다.

"단, 지부대인은 조정의 명을 따르는 자이기에 자리를 마련해 줄 수 있지만 전면에 나서기는 힘들 거예요. 설득도 어려울 테고. 그런 상황에 누군가 나서야 한다면……."

장련은 묵객과 서혜를 번갈아 보며 말을 이었다.

"제가 가겠어요."

"소저, 너무 위험하오!"

묵객이 즉각 반대했다.

"장주 여섯이 실종되었다는 말을 듣지 못했소? 그들이 누구인지도 모르는 상황에 어찌 나서려는 게요. 차라리 장로들을 시키는 것이 어떻겠소?"

"협상을 하기 위해선 결정을 내릴 수 있는 적임자가 필요해요. 그 적임자에 제가 가장 부합하고요."

"하지만……."

"무사님, 이건 기회예요. 전 이 기회를 놓칠 수 없어요."

장련의 눈이 예리하게 빛났다. 가녀린 여인에게서는 쉽게 볼 수 없는 의지가 깃든 눈빛이었다.

서혜는 그런 장련을 보며 속으로 생각했다.

'보기와는 달리 담력이 있구나.'

묵객이란 걸출한 고수가 지켜준다고는 하나 까딱하면 어떤 위험을 맞게 될지 알 수 없는 일이다. 그런 상황에서도 전혀 기가 죽거나 두려워하지 않는다.

유복한 가정에서 살아왔다면 절대로 저런 담대한 기백이 나올 수 없었다.

'마치 예전의 나처럼…….'

서혜가 혼자 상념에 빠져 있을 때 장련이 재차 목소리를 높였다.

"아, 그리고 두 분을 더 데리고 가도 될까요? 무사님과 그분들이 도와준다면 정말 큰 힘이 될 거예요."

둘을 향해 장련은 싱긋 웃어 보였다.

* * *

"하나."

"합!"

"둘."

"하앗!"

장원 한편에서 사내들의 힘찬 목소리가 울려 퍼진다. 서른 명의 사내들이 말 탄 자세를 하고선 주먹을 내지르는 소리였다.

"가장 중요한 건 하체다. 모든 힘은 하체에서 나온다. 예로부터 하체가 단단해야 잔병치레도 없다고 하지 않았느냐? 그래서 이런 수련을 하는 것이다. 알겠나? 대원들!"

"옙!"

잠시 하던 일을 멈추고 대충 옷깃을 여민 채 나온 장씨세가 사람들. 그런 그들이 곡전풍의 외침에 힘차게 응답했다.

그리고 그와 조금은 떨어진 곳에서도 비슷한 함성 소리가 들려오고 있었다.

"어깨 넓이로 다리를 더 벌리고!"

"핫!"

"더 굽히고! 너는 허리를 더 세워야 한다!"

"엡."

말을 탄 자세처럼 몸을 만들고 있는 사내들.

황진수가 그들을 모아놓고 훈련을 시키고 있었던 것이다.

"잘 듣거라! 바로 이 마보(馬步) 자세가 모든 무공의 기본이다. 이 자세만 수월하게 해도 저기 있는 덜떨어진 놈들 따위는 언제든 제압이 가능하다!"

그의 눈에는 자못 비장함이 감돌았다. 처음에는 자존심으로 시작했던 것이 이제는 자부심과 연관되어 신념(?)으로까지 상승하고 있었다.

핫! 핫!

그럴수록 장씨세가 사람들의 신음과 구령 소리는 더욱 커져가고 있었다.

"어이구, 머리야……."

한편, 멀리서 이들을 지켜보던 능자진은 고개를 젓고 있었다. 아침부터 시작된 수련이 해가 넘어가고 있는 와중에서도 쉬질 않고 있었다.

"댓바람부터 시끌시끌하더니 도통 낮잠을 잘 수가 없구려. 대체 저분들은 뭐 하시는 게요?"

그때 능자진 옆자리에 슬며시 앉으며 누군가 말을 걸어왔다. 특유의 실실 웃는 얼굴은 언제 봐도 성격이 좋은 사내, 명호였다.

능자진은 멋쩍게 웃으며 말했다.

"무공을 가르친다고 합니다."

"무공을? 왜?"

"그것이……."

능자진은 며칠 전 있었던 일을 설명했다.

얘기를 다 들은 후 명호는 피식 미소를 지었다.

"단순한 분들이구려."

"예전부터 단순한 녀석들이었습니다."

"하하하 그렇소? 어투를 듣자 하니 그간 능 대협이 고생이 꽤 많았겠소?"

"말로 다 하면 며칠은 밤을 새워야 할 겁니다."

"허허허."

능자진과 명호는 서로 마주 보며 즐겁게 웃어댔다.

그렇게 명호가 잠시 저들에게 시선을 줄 때쯤 이번엔 능자진이 물어 왔다.

"그런데 광 호위는 대체 맹에서 무슨 일을 하신 겁니까?"

"…그건 왜?"

"천하의 순찰당주란 자가 말 한마디도 하지 못하고 발길을 돌리지 않았습니까? 흡사 뭔가 질린 표정이었습니다."

"후후."

당시의 기억을 떠올린 듯 명호는 작게 웃어 보였다. 그러다 잠시 뜸을 들인 후 입을 열었다.

"그래도 순찰당주는 많이 성장한 게요."

"예? 성장하다니요?"

"예전엔 광 호위의 눈도 제대로 쳐다보지 못했었소."

"뭔가 사연이라도 있습니까?"

그때였다.

"정말로 그 대결을 하시는 건가요?"

여인의 목소리에 능자진과 명호는 자리에서 일어나 뒤돌아섰다.

그곳엔 언제 다가왔는지 장련이 환하게 웃고 있었다.

"소저, 여긴 어인 일로?"

"아프다고 들었는데… 몸은 좀 괜찮으시오?"

능자진과 명호가 동시에 묻자 장련은 배시시 웃으며 말했다.

"밤새 좀 무리를 했나 봐요. 쉬다 보니 한결 나아졌어요. 그리고 여기 온 것은 두 분께 동행을 부탁드리고 싶어서예요. 중요한 일인데 시간을 낼 수 있으시겠어요?"

그들은 잠시 서로를 바라보고는 이내 대답했다.

"언제든 불러주십시오."

"요즘 할 일도 없어 따분했는데 잘되었습니다."

장련이 고개를 저었다.

"위험한 일이에요. 얘기를 들어보고 결정하시는 것이……."

"지금 이곳보다 더 위험한 곳이 어디 있겠습니까? 아! 소저, 오해는 마시지요. 그런 뜻으로 말한 게 아니라……."

능자진이 대답했다.

장련은 웃으며 명호를 바라보았다. 명호는 말없이 고개를 끄덕였다.

"감사해요. 이 은혜는 나중에 꼭 갚을게요."

"아닙니다. 그러실 필요까지…… 아."

능자진은 손사래를 치다 움찔했다. 명호가 슬며시 그의 옆구리를 찌른 것이다.

이후, 명호는 재빨리 물었다.

"그런데 무슨 일로 가는 겁니까?"

"배후를 찾으려요."

"…예?"

둘은 의아한 듯 장련을 바라보았고 그런 그들을 향해 장련은 말없이 싱긋 웃어 보였다.

*   *   *

"하체를 좀 더 낮추거라. 팔은 수평으로 들고."

"윽! 윽!"

"버텨! 기술보다도 체력이 가장 우선인 게야!"

갑주를 찬 노인의 호통에 지부대인의 아들 담경은 신음이 계속 새어 나왔다.

그렇게 한동안 지도하던 노인이 뒷짐을 풀며 말했다.

"자. 이제 그만하고 휴식을 취하거라."

"푸하!"

담경은 그대로 바닥에 쓰러졌다. 그 뒤, 자리에서 일어나 자세를 잡고 예를 표했다.

"가르침 감사합니다."

츳츳츳.

그렇게 교관은 멀어졌고 담경은 널찍한 곳에 앉아 휴식을 취했다.

"정말이지… 체력은 쉽게 늘지가 않는구나."

담경은 석가장의 일 이후 술을 끊었다. 그리고 관내에 있는 연무장에 나와 벌써 몇 달째 무술 수련에만 집중하고 있었다.

"그때 그분은 참 대담했지."

하늘을 올려다보던 담경의 눈에 한 사내가 투영되었다.

스스로 장씨세가 호위무사라 부른 사내. 그는 그 무섭고 흉포한 적들을 실로 압도적인 무위로 제압해 버렸다. 같은 사람이라고는 느껴지지 않을 정도로.

'잘 있으려나?'

담경은 시간이 날 때마다 사람을 시켜 장씨세가의 소문을 알아보았다.

그런데 좋지 않은 소문들이 계속 들려왔다. 급기야 최근에는 팽가와 무림맹이 개입했다는 얘기까지 들었다.

"뭐, 그분이 있는 한 쉽게 무너지진 않겠지."

툭. 툭.

담경은 상념을 끝내고 엉덩이를 털며 일어섰다. 교관이 지시한 휴식은 한 식경이다. 몸을 좀 풀어놓아야 다시 수련을 하는데 큰 지장이 없다.

"공자님."

이리저리 몸을 움직이던 사이, 시비 한 명이 담경 앞으로 다가왔다.

"무슨 일이냐?"

"공자님을 뵙겠다는 손님이 있습니다."

"손님?"

그의 표정이 의아하게 변했다. 하나 이어진 시비의 말에 그의 얼굴이 밝아졌다.

"장씨세가에서 왔다고 합니다."

"그분들을 나의 거처로 뫼시거라."

담경은 급히 대답하고는 자리를 이동했다.

＊　　　＊　　　＊

"오셨습니까."

담경이 밝은 웃음으로 맞이하자 장련과 묵객, 서혜, 명호, 능자진이 자리에서 일어섰다.

그리고 대표로 나선 장련이 예를 차렸다.

"약속도 없이 불쑥 나타나 결례를 범한 건 아닌지 모르겠습니다."

"그게 무슨 소립니까? 어서 앉으십시오."

담경은 밝게 웃으며 손짓했다.

사람들이 자리에 앉자 담경이 포권으로 예를 표했다.

"못 보던 분들도 오셨군요. 저는 담경이라고 합니다."

"저는 서혜라고 합니다."

"장씨세가에 머물고 있는 능자진입니다."

"장씨세가에 식객으로 있는 명호라고 합니다."

"박승룡이라 합니다. 묵객이라 불리고 있습니다."

차례대로 소개를 끝마치자 담경이 묵객을 보며 눈을 번뜩였다.

"아, 이분이 그 칠객의 하나라는 묵객이시군요."

이름을 들은 뒤 담경이 곧장 관심을 보이자 묵객은 쓴웃음을 지었다.

"허명일 뿐입니다. 명성이야 그저 뜬구름 같아서……."

"한데 그 호위무사님은 잘 계십니까?"

그때 담경이 급히 화제를 돌렸고, 말하던 묵객이 멍한 표정을 짓다 차츰 굳었다.

"아, 실례했습니다. 너무 궁금해서……."

이내 담경은 아차 하는 표정으로 머리를 긁적였다.

그 모습에 명호와 능자진은 멋쩍은 웃음을, 서혜는 담담했고 장련은 난처한 표정으로 말했다.

"그분은, 사정이 생겨 이곳에 오지 못했습니다."

"아! 안타깝습니다! 다음에 시간 있으시면 꼭 들러달라고 해주십시오. 그리고 담경이란 사내가 열심히 수련 중이라는 말도 꼭 좀… 전해주시고요. 하하."

이번엔 담경이 멋쩍게 웃었다.

장련은 밝게 웃으며 그러겠다고 대답했다.

"한데 여긴 어인 일로 오셨습니까? 최근에 장씨세가의 사정이 어렵다는 얘기는 들었으니 솔직히 말씀해 주십시오. 제가 힘닿는 데까지 돕고 싶습니다."

담경은 관가의 사람답게 장씨세가 사람들이 단순히 예의 차원에서 들른 게 아니란 것 정도는 짐작하고 있었다.

"이왕 이렇게 된 것 단도직입적으로 말씀드리겠습니다."

그의 태도에 장련은 괜히 말을 돌리지 않고 솔직한 속내를 털어놓았다.

"저희가 하북 도성의 도지휘사와 직접 대면할 수 있겠습니까? 직접 드릴 얘기가 있어서 말입니다."

담경은 전혀 예상치 못한 듯 눈을 동그랗게 뜨며 물었다.

"무슨 일로 뵈려 하시는지……."

"그건 지금 말씀드리기가 어렵습니다. 이유는 묻지 말고 자리를 마련해 주시면 안 되겠습니까?"

이유도 말하지 않는, 언뜻 보면 무례할 수 있는 부탁. 그래서인지 담경도 난감한 얼굴로 변했다.

그러던 그때 서혜가 장련을 대신하며 나섰다.

"공자님이 못 미더워서가 아닙니다. 굳이 이유를 댄다면 첫째는 공자님이 책임을 떠안게 될 수 있는 일이기 때문이며, 둘째로는 공자님이 위험한 상황에 놓일 수 있기 때문입니다."

"……?"

"하오문의 장주 여섯이 이 사건을 수사하다 실종되었습니다. 조사를 맡은 지 열흘도 지나지 않은 시기임을 가정하면 보통의 사건이 아니라는 것이 증명된 것이지요."

"아, 그런 이유가 있었군요."

그 말에 담경의 얼굴은 다시 밝아졌다. 그는 미소를 머금으며 장련을 향해 말을 이었다.

"하긴… 제가 좀 못 미더운 구석이 있긴 합니다. 괜히 세상 탓만 하고 뭐 하나 제대로 한 적도 없지요. 술로 하루를 지새운 적이 셀 수 없이 많으니까요."

그렇게 밝았던 담경의 표정이 일순간 변했다.

"하나 이 담경 역시 사내입니다. 옳고 그름을 판단할 줄 알며, 위험한 상황이라 하여 살길만 도모하지 않습니다. 장씨세가가 하는 일이 옳고 공정한 일이라면 능히 도와줄 수 있는 배포가 있는 사람입니다."

지켜보던 장씨세가 사람들의 표정이 제각기 달라졌다. 도와주길 바라는 상대가 이렇게 나오자 그들로서도 어떻게 해야 할지 고민하고 있었다.

"신형 폭약 때문이지요?"

순간 장련의 눈이 치켜떠졌다. 하지만 담경은 역시나 하며 대답했다.

"일전에 도지휘사께서 조사를 막은 적이 있었지요. 그런 상황에서 장씨세가가 그분을 보려 하는 것이면 그것밖에 없다고 생각했습니다."

"공자님……."

"흐음. 좋습니다."

담경은 고개를 끄덕이고는 말을 이었다.

"사흘 뒤에 도성에서 열리는 만찬이 있습니다. 퇴직한 장군을 위한 모임이지만 지역 유지분들이 참석한다고 합니다. 그때 내 지인으로 같이 참석하면 좋을 듯한데……."

장씨세가 사람들은 서로 얼굴을 보았다. 일이 너무나 쉽게 풀리니 어안이 벙벙한 것이다.

담경은 그런 그들을 향해 다시금 웃으며 말했다.

"나도 꼭 참석할까 하는데… 어떻습니까? 이 정도면 나도 함께 움직일 명분이 생긴 거겠지요?"

*　　*　　*

단류십오검(斷流十五劍)은 쉽게 말해 흐름을 끊는 십오검이란 뜻이다. 이때 대상은 본인이 아닌 상대하는 적이며, 십오검은 열다섯 개의 초식이 아닌 바로 속도(速度)를 가리킨다.

광휘는 본격적으로 서책에 기록된 내용을 훑고 있었다. 책에 기록된 내용들은 대화 형식으로 적혀 있었는데 마치 글을 읽을수록 백중건이 살아서 말하는 것처럼 또렷이 들려왔다.

흔히 말하는 전광석화(電光石火)가 기준이다. 대체 어느 정도 빠른 건지 궁금할 게다. 멍청한 너에게 내 친절히 설명을 해주마.

각(刻: 15분)을 열다섯 등분 하면 분(分)이, 분(分)을 육십 등분 하면 초(秒)가 된다. 초(秒)를 삼등분하면 '순간'이 되며, '순간'을 이십 등분하면 '찰나'가 되고, 그 '찰나'가 바로 전광석화라 불리는 것이다.

보통의 무공서는 대개 어원이나 구결로 시작되는 것이 기본이나 백중건은 전혀 다른 논지로 서문을 열었다.

초(初)를 삼등분한 시간을 다시 이십 등분 한 속도.

특이한 접근법이었다.

흔히 눈 깜짝할 시간이라는 전광석화를, 그는 시간적으로 계산하여 구체화시킨 것이다. 그리고 그것이 끝이 아니었다.

십오검이란 하나와 둘, 넷과 여덟을 더한 검이다. 쉽게 말해 전광석화의 속도가 한 배, 세 배, 일곱 배, 열다섯 배까지 빨라진다고 생각하면 된다.

한 배를 일검(一劍), 세 배를 삼검(三劍), 일곱 배를 칠검(七劍)이라 하며 궁극에 오르면 열다섯 배까지 빨라지는 십오검(十五劍)을 얻을 수 있다.

난 이 단류십오검의 칠검까지 사용했었다. 즉, 속도가 일곱 배 빨라진 것만으로도 십대고수란 소리를 들었지. 이제 대충 이 무공이 어느 정도인지 짐작이 갈 것이다.

그가 구체화시킨 전광석화의 속도를 최대 열다섯 배까지 끌어올린다는 말은 광휘에겐 놀라움보다 의아함으로 다가왔다. 이 정도 극한(極限)의 검술은 생각조차 해본 적 없었기에, 대체 어느 정도 빠른 것인지 그로서도 감을 잡을 수가 없었다.

단순히 빠르기만 해서는 단류십오검을 익힐 수 없다. 극한의 쾌검에 기를 담을 수 있는 것이 기본 바탕으로 돼야 한다.

사물의 핵심을 정확히 찌를 수 있는 집중력이 필요하며 그걸 유지할 수 있는 정신력은 필수이다.

단류십오검은 상승 무공인 만큼 그는 여러 필수 조건들을 거론했다. 백중건이 말하는, 쾌검에 기를 담는다는 것은 마음[心]이 이는 순간 검이 나간다는 것이다. 흔히 절정의 경지에 올라야만 가능하다는 일수일체(一手一體)가 바로 그것이었다. 아마도 사물의 핵심을 정확히 찌를 수 있는 집중력이란 경험과 재능을 뜻하는 것일 테며, 정신력은 체력을 가리킬 것이다.

단류십오검은 총 네 가지 초식으로 이루어져 있다. 일 초는 찌르기로 일로지검(一路支劍)이라는 초식이다.

우선 초식을 알려주기 전에 네놈의 실력을 확인해 볼 필요가 있다. 네가 생각하는 찌르기가 단류십오검의 찌르기와는 어떤 차이점이 있는지 가장 확실히 알 수 있는 방법이지.

일로지검.

어떤 동작이나 호흡법, 기를 어떤 식으로 운용하는지에 대해선 서술이 없었으나 광휘는 계속 글을 읽어나갔다.

사실 단류십오검을 익히기 위해서는 수많은 경험과 훈련이 필요하다. 경지에 따라 그에 맞는 수련법이 다르기 때문이지.

하지만 내 그런 부분도 생각해 친절히 설명해 놓았다.

만약 내가 익힌 단류십오검의 비급을 익혔다면 네놈은 천 년이 넘어서도 이 무공을 익히지 못할 것이다.

이 몸이 친히 보은을 하사한 것이니 영광으로 여기며 살아야 할 것이다.

사륵.
광휘는 다음 장을 넘겼다.

너는 네 허리까지 오는 비석 세 개를 네 주위에 세우거라. 세 개의 비석과 네놈의 거리는 일 장(3미터)이어야 하며 일정한 각도를 유지해야 한다.

광휘는 자리에서 일어서 필요한 돌을 찾기 위해 주위를 두리번거렸다. 이내 쓸 만한 것들을 하나씩 들고 온 광휘는 백중건의 말대로 적당한 간격을 두고 배치하기 시작했다.

준비를 끝마쳤으면 평평한 나뭇가지가 필요하다. 칼처럼 단단한 것은 수련에 아무런 도움이 되지 않지.

탁.

회화나무로 걸어가 나뭇가지를 꺾은 광휘가 다시 돌아와 비급의 내용을 훑었다.

조약돌 하나를 삼 장 높이로 집어 던져라.

조약돌이 어깨높이에 떨어지는 그때 움직인다. 단, 돌이 바닥에 떨어지면 움직이지 않는다.

위치는 가슴 중앙이며 깊이는 닷 푼(직경 4센티미터). 정확해야 한다. 그보다 깊거나 얕으면 의미가 없다.

"무슨 의도지?"

서책을 잠시 내려놓고는 조약돌을 집어 들던 광휘가 고개를 갸웃거렸다. 나뭇가지로 돌을 꿰뚫는 것이야 기(氣)를 사용하면 된다. 흔히 말하는 검기(劍氣)를 발동시키면 되는 것이다.

하나 문제는 시간이었다. 조약돌이 어깨높이에서 바닥에 떨어질 때까지 움직이는 시간은 대략 일 초. 나뭇가지로 닷 푼을 뚫어내려면 거의 삼시간에 기(氣)를 뿜어내야 한다.

뿐만 아니라 검을 찌르고 회수하는 시간도 있었다. 다음 석비를 찌르기 위해 몸을 비트는 시간은?

찌르기에 최적화된 자세를 잡는 데에도 시간이 걸린다. 그 시간 안에 이 모든 것을 해결해야 했다.

다음 장을 절대 미리 펼치지 마라. 일단 내 말대로 펼쳐보거라. 네가 이걸 할 수 있다면 단류십오검의 일검(一劍)을 가질 수 있다.

광휘는 나뭇가지를 들었다. 그러고는 한동안 눈을 감았던 광휘가 일순간 예리한 빛과 함께 눈을 떴다.

"뭐, 한번 해보지."

第九章

도지희사 장대풍

검(劍)은 병기 중에서도 무인들이 가장 많이 선호하는 병기다. 다른 병기보다 공격법이 유용하게 쓰이기 때문이다. 그중 찌르기는 검법 중에서도 상대에게 가장 효율적인 공격법으로 알려져 있었다. 그것 때문이었는지 백중건 역시 일 초에 찌르기를 두었다.

그리고 '직접 해보기 전엔 다음 장을 미리 펼치지 마라'라고 언급한 것을 보면 순수한 광휘의 실력을 알고 싶어 하는 것 같았다.

스윽.

정오가 넘어가는 시각.

광휘가 주위를 천천히 둘러보았다. 자신을 중심으로 둥근 원

안에 세워진 세 개의 비석. 창졸간에 나뭇가지로 모두 꿰뚫어 놓아야 한다.

'방향 이동은 두 번이다.'

내공을 실어 뻗으면서 나뭇가지로 석비를 뚫는 것은, 광휘 같은 수준에 오른 고수에게 그다지 어렵지는 않았다.

하지만 몸을 비트는 시간이 가장 문제였다. 석비 하나를 꿰뚫고 난 뒤 나뭇가지를 회수함과 동시에 다른 석비를 향해 찔러야 하기 때문이었다.

팅—!

상념을 지운 광휘가 왼손으로 조약돌을 튕겼다. 조약돌은 핑그르르 돌며 회화나무 꼭대기까지 올라갔다.

꾸욱.

이내 떨어지는 것을 본 광휘가 숨을 참으며 나뭇가지를 잡은 손에 힘을 주었다.

조약돌이 눈가에 아른거리는 순간.

파파팟!

광휘의 신형이 엄청난 속도로 회전했다.

딱. 데구르르르.

돌이 바닥에 닿는 순간 불꽃이 튀듯 사방으로 휘몰아치던 광휘의 움직임이 거짓말처럼 멎었다. 그러고는 한동안 그 자세에서 움직이지 않았다.

휘이이이—.

바람이 불 때 광휘는 석비 앞에서 뻗었던 나뭇가지를 회수했다.

스윽.

광휘는 나뭇가지 끝을 바라보았다. 속이 터진 것처럼 사방으로 갈라져 있었다.

저벅저벅.

광휘가 마지막 석비 앞에 다가서더니 검지를 넣어보았다. 예상대로 일치했다. 닷 푼의 깊이로 파고들어 간 것이다.

"해냈군."

광휘는 뒤돌아섰다. 다른 석비를 확인하지 않은 것은 굳이 볼 필요가 없다고 느꼈기 때문이다.

이윽고 광휘는 바닥에 엎어 놓은 단류십오검의 다음 장을 넘기기 시작했다.

너라면 일검(一劍) 정도는 충분히 해낼 것이다.

이제는 삼검(三劍)이다. 조약돌을 오 장(15미터)까지 높게 던진 후 가슴 부근에서 세 개의 석비를 세 번 꿰뚫는 것이다.

위치는 머리, 가슴, 낭심. 깊이는 닷 푼, 열 푼, 열다섯 푼 순이다.

조약돌을 더 높이 던지는 이유는 높이가 높아질수록 시간은 더 짧아지기 때문이다.

몸을 비트는 동작이 필요한 것은, 단류십오검은 '검술'에 주안점을 두는 것이 아니라 '움직임'에 주안점을 두기 때문이다.

"허……."

광휘는 난감한 듯 목소리를 흘렸다.

세 개의 석비에 한 개의 구멍을 내는 데도 시간적 여유가 없었는데 무려 세 개라니. 거기에다 나뭇가지가 버텨줄지 의문스러울 정도로, 꿰뚫어야 하는 구멍의 깊이는 더 깊었다.

"그럼 칠검(七劍)은 대체 몇 번이나 해야 하는 건가……."

스윽.

광휘는 다시 조약돌을 들고 석비 중앙에 섰다. 이번엔 왠지 해낼 수 있을지에 대한 확신이 들지 않았지만 한번 해보기로 했다.

팅―!

이윽고 조약돌을 던졌고 광휘의 시선은 고요해졌다.

파파파! 파파팟! 파파…….

딱.

"커억!"

조약돌이 땅에 닿는 순간 마지막 석비에 나뭇가지를 찔러 넣던 광휘가 헛구역질을 해댔다. 찰나에 전력을 다한 공격을, 그걸 또 세 배로 끌어내리려니 내공을 쥐어짜 낼 수밖에 없었다.

급작스럽게 내공을 운기하다 기혈이 뒤틀어진 것이다.

"크허헉! 쿨럭!"

고통스럽게 기침하는 광휘의 뒤에서 단류십오검의 비급이 바람결에 제멋대로 넘어가고 있었다.

팔락. 팔락.

분명히 실패했을 것이다. 하하하. 네가 어리둥절해하는 게 눈에 선하구나.

실망하지는 마라. 어차피 삼검만 쓸 수 있더라도 능히 천하를 아우를 수 있는 실력이니.

내가 왜 초식에 대해 자세히 언급하지 않았는지 이제부터 설명해주마.

비급을 쓴 백중건이 지하에서 웃기라도 하듯이.

*   *   *

장련과 일행들은 며칠 동안 관(官)에 머물며 휴식을 취하고 있었다.

소홀함이 없는 대우를 하라고 고래고래 소리친 담경의 배려에 휘황찬란한 방을 배정받은 것이다.

툭툭.

몸을 씻고 나온 장련은 옷을 입고는 화장대에 앉았다. 그러고는 한동안 면경을 바라보고 있었다.

"잘 계실까?"

면경에 비친 모습은 장련 자신이 아닌 다른 사내가 대신하고 있었다. 드문드문 떠오르는 사내의 얼굴이 오늘따라 유난히 머릿속에 아른거렸다. 중요한 일을 앞두고 있어서 그런 것일까?

"잘해내실 거야. 누구보다도."

장련은 스스로 다독이며 상념을 지웠다. 그리고 면경을 바라보다 다시금 중얼거렸다.

"난 잘해낼 수 있을까?"

고위급 고관 관료가 연관된 중요한 일로, 협상에 따라선 장씨세가의 존망이 좌지우지될 만한 중요한 일이다. 그 때문에 어떤 위험이 도사리고 있을지 모른다. 그런 그들을 만나 설득하고 거래를 할 수 있는 담력이 자신에게 있을지, 그녀로서는 걱정이 앞섰다.

"주눅 들 필요 없어. 관인도 사람이야. 사람을 상대하는 일이야."

장련은 고개를 저으며 애써 위안했다. 그러고는 자리에서 일어서려는데 문에서 인기척이 들렸다.

"담경입니다."

"아, 들어오세요."

뜻하지 않은 담경의 방문에 장련은 잠시 놀랐지만 이내 그를 맞이하곤 한쪽 탁자로 안내했다.

"아……."

담경은 탁자로 걸어가는 와중에도 장련을 뚫어져라 바라보고 있었다. 워낙 피부가 흰 탓도 있지만 살짝 고뇌하는 듯, 그럼에도 스스로를 다지는 듯 꼬옥 깨문 입술은 보는 사람의 가슴을 묘하게 흔드는 구석이 있었다.

"늦은 시각, 갑자기 방문한 것이 결례가 아닌지 모르겠습니다."

"하고 싶은 말씀이 있지 않겠습니까."

장련이 이해한다는 듯 말하자, 굳었던 담경의 표정이 펴지더니 고개를 끄덕였다.

"예. 다름 아니라… 이번 도성의 연례행사에 가실 때 저와 혼약을 한 사이라고 해 줬으면 합니다."

"혼약이라고요?"

장련이 눈이 커지며 동시에 볼에 홍조가 어렸다.

담경은 그런 장련을 이해한다는 듯 고개를 끄덕였다.

"장련 소저께서 당황하실 거라고 충분히 예상했습니다. 하지만 저와 혼약을 한 사이가 되면 그들과 따로 접촉하기에 상대적으로 수월해질 겁니다."

담경은 말을 이었다.

"오히려 그쪽에서 따로 자리를 마련할 수도 있을 겁니다. 이 일에 관부가 개입되었다면 도지휘사는 소저와 저의 관계를 탐탁지 않게 생각할 터. 혹은 사람을 통해 무슨 의도로 접근한 건지 알아보려고 할 테니까요."

눈을 껌뻑이며 붉게 물들던 장련의 얼굴이 이내 평소처럼 돌아왔다. 그 역시 나름 묘안이라 할 수 있었다. 혼약한 사이라며 그에게 눈도장을 찍고 자리를 마련해 달라고 하기에도 편했다.

"소저… 혹시 지금 제 말이 결례가 되는 건 아닌지."

담경은 장련의 얼굴빛이 굳어졌다 생각해서인지 조심스럽게 물었다.

"아니에요. 할게요."

장련이 승낙하자 담경은 이내 흐뭇한 얼굴로 변했다. 그러다 뭔가 생각이 났는지 슬쩍 말을 꺼냈다.

"아 참, 방금 생각난 질문인데… 실례가 안 된다면 물음에 대답해 주실 수 있겠습니까?"

"뭔가요? 제가 할 수 있는 건 무엇이든 말씀드릴게요."

이에 담경이 큼큼 헛기침을 하더니 시선을 슬며시 낮추다 들었다.

"소저, 혹시 말입니다. 맘에 두고 있는 혼처가 있으십니까?"

*   *   *

달달달.

마차가 고원의 길을 따라 끊임없이 북쪽으로 내달렸다. 마차로 이동하는 사나흘 동안 팽인호는 군은 표정을 쉽게 풀지 못했다. 수립했던 계획이 모두 수포로 돌아간 것도 모자라 적진에게 향했던 칼날마저 오히려 팽가 쪽으로 방향을 틀었다. 자칫 잘못하다간 모든 죄를 자신이 뒤집어쓰게 생긴 것이다.

"손을 떼서야 할 것 같소이다."

순찰 부당주의 말을 들은 그는 격노했다. 그리고 찾아간 곳에서 총관의 대답은 더 가관이었다.

"증인이 있었어. 증인이 장씨세가에 있었다고. 장씨세가 호위무사, 그가 증인이었어."

기가 찰 노릇이다. 천둥벌거숭이라고 생각했던 장씨세가 호위무사. 그가 누구이기에 총관조차 증인이라 인정한 것인가.

'방법을 찾아야 한다. 이대로 가다간 꼼짝없이 당해.'

팽인호의 머릿속에는 갈라진 그림 조각들이 하나둘씩 움직이고 있었다. 지금 자신이 처한 상황에 필요한 정보들을 하나둘씩 끼워 맞추고 있었던 것이다. 그중 하나는 개방이 준 백화정분이란 영약을 독약으로 만드는 방법이다.

증거를 조작하는 것은 그다지 어렵지 않은 작업이었다. 하지만 그것을 증거로 내밀기 위해선 적당한 근거가 있어야 한다.

예컨대 장씨세가를 통해 건네받았다든지 혹은 그 약을 먹고 가주 팽자천이 아닌 본가의 사람이 죽어나갔다든지 하는 그런 것 말이다.

'어려워. 개방 거지가 준 것은 확실하고, 또한 그것을 증명하기 위해 본가의 무사들을 죽이는 것도 위험해.'

팽인호는 다른 방법을 강구하기 시작했다.

어떻게 할까. 운수산이 본시 팽가의 것이었다는 식으로 주장을 해볼까?

'곤란해. 이것 역시 통할 가능성이 낮다.'

일전에 장원태에게 준 석가장의 땅문서는 진본처럼 꾸민 사본이었다. 만약을 대비해 팽인호 자신이 진본을 가지고 있었던 것이다.

하지만 이걸로 우기기에는 명분이 약하다. 장씨세가는 수백 년 전부터 그 땅을 터전으로 삼아온 처지다. 법적인 분쟁에서라면야 문서가 효력이 있겠지만, 세상이 수백 년간 장씨세가 땅으로 알고 있는 산을 고작 문서 하나로 밀어낸다?

누가 보더라도 팽가가 위압을 하는 것으로밖에는 비치지 않을 것이다.

'결국 장씨세가가 폭굉을 만들 수 없다는 걸 강조하는 방법밖에 없나.'

방법은 그것뿐이었다.

하지만 여기에도 문제가 있다. 서기종이 바보가 아닌 이상에야 증인이란 말만 듣고 바로 손을 떼겠다고 하지는 않았을 것이다.

그 말은, 저 장씨세가 호위무사라는 자의 신분 혹은 과거가 만만치 않다는 의미일 터.

'대체 어떤 신분이었기에 언질조차 주지 않는다는 말인가.'

그에게 그것이 가장 갑갑했다.

적을 먼저 정확히 알아야 상대할 수 있다. 한데 증인이란 자가 어떤 자인지, 폭굉에 대해 무엇을 알고 있는지, 팽인호는 아는 것이 없었다.

'아는 게 없는데도 입을 막아야 한다. 그렇다면 남은 방법은 암습뿐인데……'

푸드드득.

갑자기 말이 멈추자 팽인호가 문 쪽으로 고개를 돌렸다. 이윽고 문이 열리며 팽가의 무사 한 명이 고개를 조아렸다.

"잠시 휴식을 취해야 할 것 같습니다."

"왜인가?"

"앞쪽의 마차가 워낙 험하게 몬 탓에 동료 한 명이⋯⋯."

"뭐, 그러지."

팽인호는 뭔가 알 듯한 미묘한 표정을 짓고는 고개를 끄덕이며 마차에서 내렸다.

그가 내린 곳은 이름 모를 고원이었다. 보통은 이런 작은 객잔에 말을 멈추지 않는다. 더군다나 말을 갈아탄 지 한 시진도 되지 않았다.

"조금 전 들른 객잔에서는 아무런 문제가 없다고 했거늘, 말을 제대로 몰지 못하는 자가 어찌 마부를 한단 말이냐?"

한편, 팽인호가 내린 마차 앞쪽에서 작은 소란이 일었다. 팽가의 무사 한 명이 마부를 질책하고 있었던 것이다.

옆에는 그 마부의 담당자로 보이는 사내 한 명이 고개를 숙이고 있었다.

"뛰어난 마부 한 명이 추천해 줘서 문제가 없을 줄 알았습니다."

"어디서 그따위 변명을 하는 것이냐? 문제가 생겼으니 문제가 되는 것이지 않느냐."

"죄송합니다. 정말 죄송합니다."

"쯧쯧쯧."

팽인호는 혀를 찼다. 앞서 소리치는 팽가의 무사는 유독 말을 모는 마부에게 엄격한 자였다. 아마도 이동 중 그의 심기를 건드렸을 것이다.

"중요한 분이 행차하는 마차다! 실력도 검증되지 않은 자를 내보내면 어쩌자는……."

꾸욱.

소리치던 팽가 한 명의 몸이 움찔댔다. 갑자기 자신의 어깨를 누군가 꾸욱 눌러 잡는 것이 아닌가.

"자네 방금 무어라 했는가?"

그를 잡은 건 팽인호였다.

갑자기 눈을 부라리며 바라보는 팽인호의 표정에 팽가의 무사는 멈칫하며 몸을 떨어 댔다.

"방금 무어라고 했냐고 묻지 않느냐!"

이어지는 팽인호의 호통에 당황하던 무사는 조금씩 입을 열기 시작했다.

"중요한 분이 행차하는 마차……."

"아니! 그 전에!"

"무, 문제가 생겼으니 문제가 되는 것이라 했습니다."

"문제가……."

멈칫!

팽인호가 말하다 말고 혀를 깨문 듯한 얼굴을 했다. 더 이어질 말을 기다리던 마부는 의아한 얼굴을 했다.

"그래, 그렇지."

의아하게 바라보는 그에게 팽인호는 중얼거리듯 말했다.

"문제가 생겼으니 문제가 되는 것이지."

씰룩!

한순간, 팽인호의 입가가 높이 치켜 올라갔다.

방금 자신의 입에서 나온 말. 그 말을 똑같이 자신이 들은 적이 있었다. 총관, 서기종에게.

"쯧쯧. 자넨 어떨 때 보면 참 융통성이 없어. 왜 꼭 그것을 가져와야 한다고 생각하나?"

문제가 생겼으니 문제가 되는 것이다.

그 말은 자신 역시 문제가 생기게 문제를 만들면 되는 것이다.

'내 증거 따윈 중요치 않다. 그들이 내민 증거가, 증거가 될 수 없는 이유를 찾는다면.'

팽인호는 그 생각이 들자 며칠 동안 마차에서 끊임없이 고민해 온 대안들이 한순간에 사라짐을 느꼈다. 구태여 많은 시간과 노력이 동반되어도 성공한다는 보장이 없는 길을 가는 것보단 이 편이 훨씬 수월했다.

그리고 명분으로도 더없이 훌륭하지 않은가.

"여기서 하북팽가까진 얼마나 남았나?"

팽인호는 눈치를 살피고 있는 팽가 무사를 향해 물었다.

"반나절이면 도착할 겁니다."

"그럼 말을 돌리게. 다른 곳으로 가지."

"예? 어디로 가시려고……."

영문 모를 표정으로 바라보는 무사를 향해 팽인호는 눈을 가늘게 뜨며 입꼬리를 말아 올렸다. 뒤이어 가늘게 짓던 미소는, 지금까지 보인 그 어떠한 미소보다 짙고 어두웠다.

"북경(北京). 황궁이 있는 곳으로."

*　　　*　　　*

후두두둑.

새벽에 내린 비는 오후가 지나서도 그치지 않았다. 특히나 산 속이나 지대가 높은 곳은 희뿌연 안개까지 동반되어 앞을 분간할 수 없을 정도였다.

"멈춰 서시오."

구름이 낀 건지, 날이 어두워진 건지 분간하기 힘든 시각.

이름 모를 마차 한 대가 위병소(衛兵所) 앞에 멈춰 서자 관인의 복장을 한 사내가 걸어 나와 제지했다. 이윽고 열린 마차 창문 쪽으로 바짝 다가서서 물었다.

"무슨 일로 오셨습니까?"

"이번 도지휘사께서 주최한 연방회(連房會)에 참석하러 왔소."

"소속과 이름이 어떻게 되십니까?"

"도성부 지부대인의 아들로, 담경이라 하오."

"잠시 기다리십시오."

사내는 몸을 돌려 다시 위병소로 들어갔다. 그러고는 꽤 오랫동안 모습을 드러내지 않았다.

"뭔가 문제가 생긴 걸까요?"

옆자리에 앉은 장련이 우려 섞인 말을 꺼냈다.

마차 안에는 그녀 외에도 명호와 묵객, 능자진, 서혜가 같이 타고 있었는데 다들 굳은 표정으로 앉아 있었다.

"큰 문제는 없을 겁니다. 분명 초청장이 왔으니까요."

담경은 그들을 안심시키고는 말없이 기다렸다.

잠시 뒤, 열린 마차 창문으로 좀 전의 사내가 얼굴을 보였다.

"조금 시간이 걸려 죄송합니다. 담경 공자님은 참석자로 확인 되었습니다. 다만, 담 공자님을 제외한 다른 분들은 참석이 불 가합니다."

담경이 인상을 확 구겼다.

"그게 무슨 소리요? 밑에서는 분명 확인하고 들여보내 줬소."

"전달이 조금 잘못된 듯합니다. 그리고 밑에 있는 통제소와 달리 이곳은 도지휘사의 직할 관내의 위병소라 좀 더 엄중하게 통제하고 있습니다.

"하, 하나… 알겠소. 잠시 기다리시오."

갑작스러운 통보 때문일까. 창문을 닫은 담경은 말문이 막혀 잠시 멍한 표정을 지었다.

"담 공자님, 오히려 잘됐습니다."

그런 그에게 장련이 말을 조용히 붙였다.

"초대받아 앉은 자리에 낯선 사람들이 나타나면 괜히 경계하 거나 눈총을 받을 수 있습니다. 차라리 먼저 들어가셔서 적당 한 시간에 도지휘사께 조용히 간청하시는 게 어떨는지요?"

"바빠서 다음에 보자고 하면 난감해지지 않겠소?"

"그건 그렇지가 않을 겁니다."

그때 맞은편에서 듣고 있던 서혜가 닫힌 창문을 흘깃 바라보며 조용히 말을 붙였다.

"그들 역시 신형 폭약의 재료와 무림맹 간의 싸움이 어떻게 되는지 잘 알고 있을 겁니다. 그 말을 넌지시 흘리면 그쪽에서 직접 보기를 원할 수도 있습니다."

"정말 그렇겠소?"

조금은 안색이 밝아진 담경이 물었다. 서혜가 고개를 끄덕이자 그는 이내 대답했다.

"알겠소. 내 적당한 시간에 슬쩍 언질을 해볼 터이니, 그대들은 잠시 이곳에 남아주길 바라오."

이후, 담경은 마차에서 내렸다.

그 모습에 묵객과 능자진, 명호는 어색한 미소를 보이며 별다른 얘길 꺼내지 않았다.

＊　　　＊　　　＊

"그리 오래 걸리지 않을 거예요."

담경이 떠난 뒤, 일행은 관인을 따라 간소한 방에 배정되었다.

이각이 넘게 기다려도 아무 언질조차 없자 장련이 일행의 초조함을 달래려는 듯 입을 열었다.

"연방회는 퇴역 장군들을 축하해 주는 자리라고 했어요. 그런 자리에 도지휘사쯤 되시는 분이 오래 머물 리 없어요. 홍만

돋우고 빠져나오겠죠."

"하긴, 그 말도 맞구려."

명호가 장련의 말에 고개를 끄덕였다.

도지휘사 직책 정도 되는 자라면 연회 자리가 비일비재하다. 조정에서 내려온 신하도 아니고 퇴역 장군의 연회에 신경을 써 가며 마지막까지 함께하지는 않을 것이다. 무엇보다 권력에서 손을 놓은 퇴역 장군들의 축제의 장이다. 아무래도 현 정권의 실세가 옆에 있다면 눈치를 볼 수밖에 없으니 여러모로 빠지는 것이 더 낫다고 생각할 터였다.

"그런데 묵객은?"

다른 곳으로 시선을 돌리던 명호가 말했다. 이곳에 들어오기 전, 잠시 밖을 둘러보겠다고 나간 사람이 아직까지도 모습을 보이지 않자 물은 것이다.

"묵객 님은 만약의 사태에 대비해 이 근방의 지형을 파악하러 나가셨습니다."

"만약의 사태? 그게 무슨 말이오?"

명호 외에도 다들 의아한 듯 바라보자 서혜가 조용히 말을 이었다.

"그 전에 도지휘사 장대풍이란 분이 어떤 사람인지부터 알려 드리겠습니다."

서혜는 잠시 뜸을 들이다 말을 이었다.

"그는 관부의 아들로 태어나 어릴 적부터 문무에 뛰어난 재능을 보였습니다. 그중 무에 더 관심이 많아 무과 시험을 보긴

하였지만 번번이 떨어졌고 오히려 동시, 원시, 향시, 회시, 전시로 이어지는 문과 시험에는 단번에 붙었습니다. 서른다섯에 진사(進士)에 오르고 그 뒤로부터 단 한 번의 잡음도 없이 승진 가도를 달려왔지요."

서혜는 시선을 아래로 내렸다 지그시 뜨며 말을 이었다.

"관직에 오른 사람들은 좋든 싫든 크고 작은 문제에 휘말리곤 합니다. 하나 그는 그러지 않았습니다. 대소사의 경중을 잘 따지며 시류를 잘 읽는다는 말이지요. 성격으로 보자면 화끈하다기보다 소심한 쪽에 가깝습니다."

"소심하다니. 일이 생각보다 쉽게 풀리겠구려."

능자진의 얼굴이 조금 밝아졌다.

"그 반대겠지요."

"왜? 그 반대요?"

예상외로 서혜가 고개를 젓자 능자진은 재차 그 이유를 물었다.

"소심한 자들은 권력에 주로 휘둘리기 쉽습니다. 이쪽 줄을 잡고 저쪽 줄을 잡으면 이용만 당하다 종국에는 둘 다에게 버림받는 상황이 올 수도 있지요. 하지만 그는 승승장구하며 무려 정이품이라는 한 성도의 장이 되었습니다. 아시겠습니까?"

능자진과 명호는 의아한 표정으로 서혜를 바라보았다. 장련이 나지막이 한숨 쉬며 그녀의 말을 풀어주었다.

"조금… 음흉한 자란 말이군요."

"맞아요, 장 소저. 소심함은 겉으로 드러난 성격일 뿐 가슴 깊

숙이 내재되어 있는 성격은 음흉함으로 가득 차 있을 겁니다."

서혜는 장련에게 시선을 돌리며 말을 이었다.

"하나 그것이 정말인지 아닌지 교묘하게 이용하기도 하겠지요. 만에 하나 장련 소저가 내민 협상이 어긋나거나 누군가의 지시가 내려왔을 경우……."

서혜의 눈에 이채가 서렸다.

"분명 손을 쓸 겁니다."

"그래서 묵객을 보내신 게로군요."

명호는 고개를 끄덕였다. 묵객은 아마도 만약의 경우에 대비해 탈출로를 미리 알아봐 두려는 생각으로 움직이고 있을 것이다.

말을 알아들은 능자진 역시 고개를 절레절레 저으며 탄식했다.

"이거 참, 생각 외로 만만치 않은 자로군요."

"도성의 장(長) 정도 되는 인물이라면 누구든 그렇습니다. 경계하는 것이 옳지요."

서혜가 대화의 주제를 짤막히 요약했다.

한참의 시간이 지날 즈음 묵객이 들어왔다.

서혜가 자리에서 일어나 먼저 물었다.

"어떻게 되었습니까?"

"대략 파악했소. 그리고 이쪽으로 사람 하나가 오고 있소."

그의 말대로였다.

잠시 뒤 인기척이 들려오며 한 사내가 들어왔다. 처음 자신들의 길을 제지했던 그 관인이었다.

"모두 따라오십시오. 도지휘사께서 부르십니다."

＊　　　＊　　　＊

도지휘사 장대풍.

휘황찬란한 건물 안에 들어간 장련은 그를 보자마자 안도감
과 섬뜩함이 동시에 몰려옴을 느꼈다.

생김새는 흡사 황 노인과 비슷했다. 외모상으로는 왠지 모르
게 어진 사람처럼 느껴지는데, 그게 조금 전 서혜의 경고와 맞
물리자 더욱 으슬으슬하게 느껴지는 것이다.

"어서 오시게. 이렇게 많은 분들이 찾아오셨는데 기다리게 해
서 미안하네."

움푹 들어간 장대풍의 눈이 사위를 훑었다.

느긋하게 손님을 맞이하는 도지휘사를 향해 일행들은 차례
대로 예를 표했다. 그러고는 이미 와 있는 담경 옆으로 줄지어
앉았다.

"그래, 어느 분이 경이 너와 혼약을 한 사이라고 했지?"

"예, 바로 이쪽입니다."

담경이 옆으로 고개를 돌리자 장련은 다시 일어나 예를 표
했다.

"소녀, 장씨세가의 장련이라 하옵니다."

"……."

명호와 묵객, 능자진과 서혜는 약간 놀란 눈으로 바라봤다.

갑자기 웬 혼약 이야기인가. 하지만 자리가 자리인지라 입을 열어 묻는 실수는 하지 않았다.

"허허허. 얘기는 몇 번 듣긴 했는데 이리 보니 실로 아리따운 소저였구려. 경이와는 제법 잘 어울려 보이오."

도지휘사는 허허롭게 웃으며 담경에게로 고개를 돌렸다.

"경아, 연회 경비에게도 들었는데 지금 보니 네가 처음 만났을 때부터 첫눈에 반했을 수도 있겠다는 생각이 드는구나."

"예, 대인. 매우 현명한 여인입니다."

"그러게 말이다. 보고 있자니 네 말이 정말인 줄로 알 만하지 않느냐. 누구라도 그럴 것이다."

"예……?"

담경은 한층 눈을 크게 뜨며 장대풍을 바라보았다. 그는 여전히 지긋한 미소를 지어 보이고 있었다.

'보통 사람이 아니다.'

장련은 문득 온몸에 털이 곤두섬을 느꼈다.

혼약자라고 적당히 위장했으니 온화한 분위기로 맞기를 바랐다. 그런데 지금 그녀가 느끼고 있는 것은 미묘한 적대감이었다.

도지휘사. 높은 관료답게 이 상황에도 인자하고 덕스러운 표정을 유지하고 있었다.

그는 장련을 향해 시선을 고정시키고는 입을 살짝 열었다.

"그래, 가뜩이나 험난한 상황에 놓인 장씨세가에서 여기까지 방문을 한 까닭을 물어볼까?"

"……!"

장련의 얼굴이 굳는 와중에 서혜의 눈이 재빠르게 돌아갔다.

'이미 알고 있다.'

태도로 보아 담경과 장련 사이에 약속한 위장 혼약은 애초부터 먹히지도 않았던 모양이다.

그리고 대뜸 꺼내는 말로 볼 때 그는 장씨세가의 장련을 이미 알고 있는 투였다.

"앞으로 궁금한 것이 있거든 본인에게 직접 와서 묻게. 공무가 바쁘긴 하나 차라리 그쪽이 낫겠지. 하오문의 무리가 관을 들쑤시는 것보다는."

"대, 대인……"

"아, 붙잡아둔 이들은 몸 성히 돌아갈 테니 걱정하지 말고."

뭔가 말을 꺼내려는 장련을 저지하며 장대풍이 조곤조곤 말을 이었다. 시종일관 인자한 노인의 얼굴을 유지한 채로.

'이자다.'

짧은 순간 서혜의 눈썹이 미미하게 떨리다 사라졌다. 아마도 붙잡힌 하오문도들을 문초하여 무슨 조사가 이루어졌는지 역으로 파헤쳤던 모양이다.

물론, 다행스러운 점도 있었다. 지금 장대풍의 눈이 향해 있는 곳은 장련이었다.

'모든 것을 다 파악하지는 못했군. 정말 모든 걸 다 털어냈다면 나를 보고 있었겠지.'

생각해 보면 그도 당연한 일이었다. 서혜가 이번에 잠입시킨 첩자들은 가급적 자신과 면식이 없는 이들로 가려서 뽑았으니까.

추적했다고 해도 그 꼬리의 끝은 장씨세가가 한계일 터였다.

다만 여기서 장련이 적절히 수긍하는 태도를 보여줘야 했다. 괜히 작은 환심을 사기 위해 이번 일을 자신과 따로 분리한다면 그것이 오히려 더 큰 문제를 야기할 터였다.

"참으로 큰 무례를 저질렀습니다, 대인. 본 장에 닥친 일이 워낙 중대한 터라 감히 관의 위엄에 누를 끼쳤습니다."

한데 마침 장련은 그런 것을 감지했는지 스스로 먼저 고개를 숙여 보였다.

'제법인데?'

서혜가 이채 띤 눈으로 바라볼 때 장련은 도지휘사에게 공손히 예를 표하며 한마디를 더 했다.

"소녀가 오늘 도지휘사 어르신을 뵈러 온 것은 한 가지 제안을 드리기 위해서입니다."

"제안? 흠, 말하게."

도지휘사가 넉넉하게 미소를 지었다. 이제껏 단 한 번도 변함이 없었던 푸근한 미소.

지금은 그 미소가 살이 떨려오도록 꺼려졌지만 장련은 용기를 내며 말을 이어갔다.

"신형 폭약을 만드는, 그 재료가 묻혀 있는 운수산을 내드리겠습니다."

第十章

증인의 과거

같은 시각.

팽인호는 값비싼 도자기와 옥 조각이 즐비한 방 안에서 누군 가를 기다리고 있었다.

끼이이익.

이윽고 문을 열며 노인 한 명이 들어오자 급히 자리에서 일어섰다.

"잘 계셨습니까, 나리."

"왔는가, 일 장로!"

팽인호는 관포를 입고 등장한 노인을 보자마자 얼굴에 화색이 돌았다. 그가 바로 팽가 출신의 형부를 주관하는 당상관(堂上官) 팽석진이었던 것이다.

"자, 일단 자리에 앉게."

팽석진은 웃음으로 화답하며 손을 내밀었다.

잠시 뒤, 팽인호 맞은편에 앉은 그는 깊게 눌러쓴 관모를 탁자 위에 내려놓고는 말을 이었다.

"그간 노고가 참 많았다고 들었네."

"아닙니다. 나리에 비하면 저는……."

"그놈의 나리란 말은 좀 그만하게. 우리 둘만 있는데 격식을 차릴 필요 있는가?"

"그러지요, 그럼."

팽인호는 고개를 숙인 뒤 팽석진을 올려다봤다. 좁은 미간에 팔자 주름, 허연 눈썹과 수염이 전체적으로 기품이 느껴지는 전형적인 고관대작의 얼굴이었다.

"그래, 문제가 생겼다지?"

"어떻게 아셨습니까?"

일순 팽인호의 눈이 가늘어졌다. 아무 언질 없이 갑자기 찾아온 방문이었는데, 상대는 마치 그럴 줄 알고 있었다는 투로 말을 꺼낸 것이다.

팽석진은 입꼬리를 올렸다.

"여긴 조정일세. 나라의 중요한 일이라면 당연히 눈과 귀를 열어두어야지."

나라에서도 정보를 모으는 부처가 있다. 평소에는 드러나지 않지만 마음만 먹는다면 개방과 하오문 못지않았다. 더구나 팽가의 뒤를 봐주고 있는 팽석진이라면 그간의 상황을 꾸준히 보고받았을 터.

"그렇다면 얘기가 편하겠습니다."

팽인호는 후련한 듯 말을 이었다.

"문제가 조금 생겼습니다. 다름 아닌 장씨세가와의……."

"아, 그거. 나도 들었네. 좀 골치 아프기는 하겠더군."

"예?"

팽인호는 일순 얼굴이 찌푸려지는 것을 느꼈다.

무엇을 어떻게 알고 있다는 것인가? 맹에서 얘길 듣고 곧바로 황궁으로 온 마당이지 않은가.

"뭘 그리 놀라는가. 맹도 관에 연줄을 대는 세상인데, 관이 맹에 사람을 심는 일이 그리 어렵겠나?"

'임조영이구나!'

말을 듣는 순간 팽인호는 직감했다. 이 일을 아는 자는 순찰부당주와 당주 그리고 맹의 총관이었다.

서기종은 그의 성미상 관을 오히려 피할 터였고, 그렇게 추려 본다면 언질을 할 만한 사람은 당주뿐이리라.

"…그래서 오면서 생각해 보았습니다. 우리 쪽에서 저쪽의 증인에 대해 어떤 반박 증거를 내밀까에 대해서. 그러던 중 굳이 우리 쪽 증거를 내밀 필요가 없다는 생각이 들었습니다."

"흐음."

팽인호가 이야기를 간략히 줄여서 하자 팽석진이 턱수염을 쓸어내렸다.

"그들이 내민 것은 증거가 아닌 증인입니다. 장씨세가 호위무사 광휘, 그의 말에 신빙성이 있다고 보는 것이지요. 그렇다면, 그 신빙성을 훼손시켜 버리면 일이 쉬워지지 않겠습니까?"

"좋은 생각이군. 그래서? 나를 찾은 이유는?"

"광휘가 어떤 자인지 알 방도를 찾고 있습니다. 맹은 사실을 감추고 개방은 그를 비호하는 마당입니다. 관의 힘을 동원해 정보에 대한 금제를 풀라 명하시면 그걸로 저희가 빠르게 대처를……."

"아, 굳이 그렇게 귀찮게 할 필요 없네."

팽인호의 말을 끊고 팽석진이 손을 내저었다.

딸랑. 드르륵!

그가 작은 종을 흔들자 방문 앞에 대기하고 있던 시동(侍童 : 심부름하는 아이)이 조심스레 작은 책자 하나를 가져와 두 사람 사이에 내려놓았다.

시동에게 손을 내저어 내보낸 다음 팽석진이 다시 입을 열었다.

"그 광휘라는 자에 대해서는 이미 준비를 해두었으니까."

"…당상관 어르신?"

팽인호는 이제 눈을 부릅떴다. 팽석진은 마치 자신이 무엇을 필요로 하고, 어떻게 움직일지 알고 있었다는 듯이 말만 하면 척척 모든 것을 내놓고 있는 것이다.

지금 그는 거미줄에 엉켜 조종을 받고 있는 기분이었다.

"그리 놀랄 것 없네. 그자는 맹에서만이 아니라 조정에서도 예의 주시하지 않으면 안 되는 인물이었거든."

"대체… 어떤 인물입니까, 그자가?"

팽인호는 이제 쥐어짜듯이 간신히 목소리를 내었다.

"어떤 인물이냐라……. 글쎄. 이렇게 말하면 답이 될까?"

팽석진은 가볍게 수염을 쓸어내리며 주의 깊게 말을 골랐다.

"현 자금성을 지키는 수백의 금의위(錦衣衛)를 단독으로 뚫을 수 있는 세 사람 중 하나라고."

*   *   *

팔락.

정유년(丁酉年), 임인월(壬寅月, 음력 1월).

一. 황궁은 맹(盟)에 강호 최고수들로 가칭 '천무단(天武團)'의 인원을 선발할 것을 명한다. 이에 대한 지원은 황금 삼백 관(약 1,125kg)이며 하오문을 통해 맹의 총단에 전달하였다.

二. 맹의 전주(殿主) 셋, 각주(閣主) 두 명에 금의위와 황궁의 고수들을 파견하여 가칭 '천무단(天武團)'의 상황을 정기적으로 보고하기로 한다.

"이게… 어찌 된 일이오리까?"

첫 장부터 경악스러웠다. 팽인호는 충혈된 눈을 부릅뜨며 팽석진에게 대답을 요구했다.

"뭐가 말인가?"

"천중단이⋯ 황실의 지원을 받아 이루어진 단체라니요!"

쿵!

격동한 팽인호가 탁자를 후려갈겼다.

관무불침.

관은 기본적으로 강호의 무인들을 위험하고 천한 자들로 여겼고, 강호 무인들은 관을 세금이나 약탈해 가는 악덕 관리로 보았다. 때문에 강호에는 강물이 우물물을 범하지 않는다는 말이 종종 쓰였다. 닭이 소를 보듯, 소가 닭을 보듯 서로서로 상관하지 않고 뻔히 알면서도 모른 척 내외하는 것이 일반적이었다.

한데 강호 무림의 중심이라 불리는 무림맹. 그중에서도 가장 기상 드높던 천중단이 애초에 황실의 지원으로 만들어진 단체라니?

"궁금하거든 더 읽어보게."

"당상관!"

"내가 무어라 설명해 보았자 자네에게 괜한 오해나 선입견만 심을 것이네. 그러니 직접 읽어보게. 읽고 스스로 판단하게."

부드득!

팽인호는 화를 참으며 이를 갈았다. 그리고 일단은 당상관의 말대로 다시 서책으로 눈을 돌렸다.

파스슥. 지익.

누렇게 색이 바랜, 오래된 서책의 끄트머리가 그의 손아귀 힘을 버티지 못하고 살짝 찢겨 나갔다.

정유(丁酉) 계묘월(癸卯月, 음력 2월).

一. 가칭 천무단 계획이 난항에 빠지다. 의각 회의에서 원로들이 격렬히 거부. 맹주가 최종 승인을 보류하다.

二. 이부상서(吏部尙書: 문관을 관리하는 장관)가 사절을 보내 협상을 조율했으나 실패로 돌아감.

팽인호의 표정이 놀라움으로 물들었다. 이부라면 정무를 처리하는 육부(六部: 이부, 호부, 예부, 병부, 형부, 공부 순) 중에서도 가장 권한이 높은 곳이다.

황제 직속의 최고 권력 기관에서 밀사가 따로 올 사안이라니? 그것이 천중단이라니?

정유(丁酉) 계묘~갑진(癸卯, 甲辰 음력 2, 3월)

一. 귀주, 광서, 광동을 중심으로 대량 학살 발생.

二. 감숙 난주(蘭州)의 대규모 색상(色商: 인신매매단) 발생. 여염집 처자에서 관인의 자녀까지 신분을 가리지 않는 납치. 실종 사건이 빈번히 일어남.

三. 하남 낙양시(洛陽市)의 절반이 방화로 인한 전소(全燒).

四. 호북성 의창의 남진관에 이르는 장강삼협(長江三峽)에 돌림병 창궐. 수만 명의 이재민 발생.

五. 하남(河南) 정주(鄭州) 이천 명의 집단 자살.

六. 사천 미산(眉山) 인근에 수 개의 마을이 원인 모를 흉사를 겪음.

…(중략)…

중원 전역에서 민심이 들끓고 있으며 이로 인한 국정 마비.

정유(丁酉) 갑진(癸卯) 말(末).

一. 구파일방과 오대세가가 맹을 방문. 가칭 천무단에 대한 논의가 다시 이루어지다.

二. 맹주가 가칭 천무단의 발족을 공표. 황궁에 전달. 이에 황궁이 약속했던 황금 삼백 관과 추가로 이백 관을 더한 오백 관을 지원하기로 결정.

三. 가칭 천무단을 '천중단(天中團)'으로 개칭하다.

"이제 이해했는가?"

팽석진의 말에 팽인호는 말없이 수긍했다. 천중단이 생기기 전, 중원 전체가 어지러웠던 난세(亂世)가 있었다. 양민이고 강호 인이고 가릴 것 없이 전국에서 엄청난 범죄가 일어났다.

학살, 납치, 방화, 살해, 약탈 등 나라를 다스리는 황궁은 물론이고, 심산유곡에서 도를 닦는 도인과 불제자까지도 보고 넘어가지 못할 끔찍한 목불인견.

그로 인해 구파일방과 오대세가가 팔을 걷어붙이고 나선 것이다.

"계속 읽어보게."

팽인호는 말없이 다음 장을 넘겼다.

정유(丁酉) 을사~정미(乙巳, 丁未, 음력 4~6월).

一. 무림맹은 전국의 고수들을 모으고 그중 협기가 강한 이들을 우선으로 선발.

二. 구대문파와 중소방파의 장문인들이 장로급과 은거 고수를 추천.

三. 백대고수 중 협사(俠士)들 위주로 선발.

四. 황궁에서 황궁을 대표하는 무사 금의위 위관(衛官: 대장급) 다섯을 파견. 조직 중인 단체에 합류시키다.

"황궁에서 직접 참여했습니까?"

"그렇다네. 그리고 황궁 최고의 고수도 추천해 주었네."

"황궁 최고의 고수?"

팽인호의 시선이 다시, 쓰인 글귀로 이동했다.

정유(丁酉) 정미월(丁未月, 음력 6월).

一. 절대고수급인 전(前) 대영반 이중윤을 총교두로, 무당파 원로 혁천조(赫千祚)를 초대 단장으로 삼아 정식으로 천중단 출단.

二. 전 대원의 조사 필요 요망. 출생지, 활동 영역, 혈연관계 및 세간의 평가 등. 해당 업무는 개방에서 맡다.

三. 이중윤의 추천으로 강호상의 별칭 '칠객'의 인원 중 다섯을 등용.

四. 단리형을 제외한 나머지는 천중단의 무예 수준에 미치지 못하여 특별 집체에 투입.

정유(丁酉) 무신월(戊申月, 음력 7월).

一. 맹은 천중단을 두 개로 분리. 대외적 부대를 개칭 막부단, 은자림을 상대할 살수 암살단을 개칭, 흑우단으로 편성.

*사유: 민초들이 '폭굉'을 사용하는 은자림의 존재를 알게 될 시 큰 혼란이 우려됨.

　二. 맹주를 필두로 천중단을 이끄는 단장 한 명, 각 단(團)을 이끄는 단주 한 명, 부단주 두 명. 총교두 한 명.

　*서열, 조직 체계 별첨.

"은자림……."

문득 팽인호의 눈이 부릅떠졌다.

"그래, 은자림이지. 그들이 어떤 단체인지는 자네도 알 테지?"

"…대역의 무리들이 아니오니까?"

은자림.

팽인호가 알기로는 누명을 쓰고 멸문당한 대장군가의 후예가 황실을 향한 복수를 천명하며 만든 비밀 결사 단체였다.

"혹 그 뿌리에 대해서도 아나?"

"더 있습니까?"

팽인호가 눈을 번뜩이며 호기심 어린 눈으로 그를 바라봤다.

팽석진이 느긋한 시선으로 말을 이었다.

"자네, 마교(魔敎)라고 들어보았나?"

"고황제(주원장의 시호)께서 처단하신 한림아의 후손들이 아닙니까?"

"그렇다네. 바로 그들일세."

마니교.

명교는 명나라 창업의 일등 공신이라 할 수 있다. 애초에 국호가 명이 된 것 자체가 당대 명교의 전폭적인 지지를 무시할 수 없었기 때문이다. 하지만 명의 태조 주원장은 예전 한나라의 유방이 그러했듯 창업 공신들과 그의 후예에 대해 혹독한 토사구팽을 진행했다.

"한때 정권의 가장 가까이에 있었던 자들이네. 가진 재물과 따르는 수하가 모래처럼 많았지. 조용히 숨을 죽이고 살아도 위정자들에겐 눈꼴시건만, 이들은 황실과 천하에 대한 복수를 천명했네."

"…황궁도 꽤나 겁을 먹었나 보군요."

"겁을 먹을 수밖에. 은자림에는 위험한 자들이 많았고, 황실은 고수가 부족했네. 황궁 성벽만 지키기 급급할 뿐 사방에 스며들어 어리석은 민초들을 혹세무민(惑世誣民: 세상을 어지럽히고 백성을 속이는 것)하고 선동하는 걸 알고도 막기 힘들었지."

팽석진은 기억을 되짚듯 수염을 쓸어내리며 말을 이었다.

"그야말로… 미친놈들 천지였네. 종교에서 비롯된 그들의 광기는 무공도, 정신도 보통 사람들보다 월등했지. 거기다 내재되어 있는 분노도 엄청났어. 벽력탄을 쥐고 시전에서 저녁거리를 사는 양민들 사이에서 폭사하는 광신도를 본 적 있나? 그쯤 되면 미쳤다고 봐야겠지."

"……"

"제 목숨도 버리는 자들이 재물을 모으니, 그 단체는 재력도 정보력도 대단했네. 그놈들이 수만 명을 죽이는 실험 끝에 만들어낸 미친 폭약이 바로 폭굉일세. 결국 보다 못해 맹(盟)이 나섰지. 황궁은 그야말로 반색을 하며 적극적으로 도운 것이고."

팽인호는 황궁이 그들을 얼마나 두려워했는지 알 것 같았다.

금 오백 관은 그런 금액이다. 한 개 성을 통째로 사들일 수 있는 금. 그런 돈을 쏟아내는 것은 황실이라 해도 엄청난 부담이 되었으리라.

"그럼 이 일이 우리와는 무슨 관계이오리까?"

팽인호는 눈살을 찌푸렸다. 천중단이 생기기 전의 일을 명확히 알게 된 것은 좋으나 지금의 그에게 가장 필요한 것은 팽가의 안위, 그리고 광휘의 정체였다. 옛 비사의 파급력은 경천동지할 만한 것이지만, 지금 와서 딱히 중요한 것도 아니지 않은가.

하지만 이번에도 팽석진은 고개를 내저었다.

"더 읽어보게. 마침 다음 장이군, 자네가 원하는 내용이."

팔락.

무술년(戊戌年) 세 번째 달(月).

一. 삼 조 조장이 임무 중 고립. 칠 조 대원 중 '유역진'이라는 이가 일급 살수 세 명을 처리하며 그를 구출하다.

二. '유역진'이 전공을 인정받아 칠 조 조장으로 승격.

특이 사항. 유역진은 천중단 내 '광휘'란 이름으로 불리고 있는 중.

문제 제기. 실력이 비약적으로 향상된 이유에 대해 추가 조사 필요 요망.

조사 발표. 총교두 이중윤에게 특별한 지도를 받은 것으로 파악. 천중단에 들어온 뒤 사제의 연을 맺은 것으로 결론.

"유역진?"

팽인호의 눈이 의문을 담고 돌아오자 팽석진이 끄덕였다.

"광휘라는 자의 본명이지."

"……!"

팽인호의 눈이 기광을 발했다. 팽석진의 말대로 이제야 그가 원하던 부분이 나오기 시작한 것이다.

'황실의 금의위 수백을 뚫는다고?'

부릅.

두꺼운 책자를 다시 노려보는 팽인호의 시선은 자못 비장하기까지 했다. 그가 천중단 소속이었다면 이해가 되었다. 당장 전대 천중단장 이중윤과 사제의 연을 맺었다면… 확실히 맹 안에 남은 세력 또한 무시를 못 하리라. 서기종과 임조영이 그렇게나 손사래를 친 것도.

'무엇……'

광휘에 대한 기록 위주로 읽어보던 팽인호의 눈이 이번에는 가늘게 좁아졌다.

무술년(戊戌年) 열 번째 달(月).

一. 흑우단 무사들이 집단적인 발작을 일으킴.

二. 부단주와 조장 등 중요 인원 중에서 사망자가 속출하여 흑우단 유지에 난항을 겪음.

三. 흑우단 칠조 조 장 광휘가 부단주로 거론.

四. 각 부처의 반대로 무산.

'부단주라고? 그가 그 정도의 실력자였던가?'

각 부처에서 반대했다는 말은 두 가지로 해석될 수 있다. 하나는 실력이 미치지 못해서 반대하는 것. 또 하나는 실력에 상관없이 성품이나 기질이 위험한 인물이라고 판단된다는 것.

팔락.

그게 어느 쪽인지는 팽인호가 생각하지 않아도 과거가 알려 줄 것이었다.

팽인호는 다음 장을 넘겼다.

기해년(己亥年) 춘(春: 봄).

一. 임무 중 십대고수 백중건의 사망.

*사유: 개인의 방심에서 비롯된 것으로 추정. 하나 목표와는 전혀 상관없는 지역에서 폭굉이 사용되었다는 것이 의문점.

二. 백중건을 잘 알고 그의 행적을 아는, 폭굉을 이용한 전문 살수들의 소행으로 추정 중.

추가. 천중단 내부에 외부의 첩보 조직이 있을 가능성이 대두.

三. 삼 개월에 걸친 작전 끝에 첩자 색출.

四. 삼 조 조장 이화련(李花蓮)을 칠 조 조장 광휘가 처단. 이 공로로 흑우단 칠 조 조장 광휘가 다시 부단주로 거론되나 각 부처의 반대로 또 한 번 무산.

기해년(己亥年) 하(夏: 여름).

一. 칠 조 조장 광휘가 빈번히 착란을 일으킴.

二. 임무 중 칠 조 조장이 전선에서 독단으로 이탈.

三. 칠 조 조원을 전원 투입하였으나 추적 실패.

四. 칠 조 조장이 자발적으로 흑우단으로 복귀.

五. 이레간 취조하였으나 이상 무. 삼 개월의 근신 처우.

기해년(己亥年) 추(秋冬: 가을).

一. 총교두 이중윤이 사망. 흉수는 발작을 일으킨 칠 조 조장으로 파악.

二. 각 부처에서 처형 혹은 직위 해제의 요청이 일었으나 무림맹주의 강력한 건의로 조장직 유지.

"……!"

비사를 읽어 나가던 팽인호의 눈이 한 곳에서 멈췄다.

"총교두 이중윤?"

"그렇다네. 천중단 구심점인 그였지."

타악.

팽인호가 아직 읽고 있던 책자를 팽석진이 덮어버렸다. 마치, 볼 것을 다 보았으니 더는 욕심내지 말라는 식의 행동이었다.

"이것이었습니까?"

"그렇다네."

끼리릭!

팽석진이 책자를 들고 서탁을 비틀자, 그 틈으로 비밀스러운 금고 같은 것이 나타났다.

그는 서책을 그 틈으로 넣으며 말을 이었다.

"자네 말처럼 증인을 배격하는 새로운 증거보다 기존 증인의 신빙성을 공격하는 것이 훨씬 쉽지. 십칠대 천중단장 광휘는 정신적으로 문제가 있네. 그 부분을 지적하면 어렵지 않을 게야."

"십칠대 천중단장……."

팽인호의 입에서 탄식이 새어 나왔다. 설마설마 했는데 천중단의 단장이었던 인물이라니. 그런 거물일 거라고는 상상도 못 했다. 하지만 거물이든 무엇이든, 이건 엄청난 단서였다.

'제 손으로 사부를 죽인 자…….'

강호의 무림인들이 꼽는 최악의 죄는 기사멸조. 사부나 윗사람의 위엄을 어기는 것이다. 군사부일체. 무예를 가르쳐 준 사부는 무인에게 부친이나 군왕과 같은 존재다. 그런 사부를 제 손으로 죽인 자라면…….

그저 그 부분을 언급하는 것만으로도 강호에서 얼굴을 들고 다니기조차 힘들어질 터였다.

"맹주는 어찌하실 생각입니까?"

일단 하나는 해결점을 찾았지만, 팽인호의 안색은 풀리지 않았다.

"맹주가 나설 것이라고 보는가?"

팽석진이 눈을 크게 뜨며 놀란 얼굴을 했다. 그러나 팽인호는 쯧 하고 혀를 차며 시험하지 말라는 투로 손을 내저었다.

"살아남은 천중단 출신, 그것도 은자림을 저격했던 흑우단 출신이라면 맹주는 당연히 그의 편을 들 것입니다. 그가 이 일에 개입하지 못하게 하거나, 모르도록 조치해야……."

"그래, 그렇지. 그래서 맹주는 당분간 맹(盟)으로 오지 못하게 했네."

팽인호의 눈이 커졌다.

"맹주를… 맹으로 오지 못하게 하다니요?"

그 말이 무슨 뜻인지 이해하지 못한 것이다.

"맹주 역시 은자림의 잔존 세력에 대해 촉각을 곤두세우고 있었지. 한데 우리가 계획했던 그 폭굉 말이야. 그 정보를 흘려 보냈네."

팽석진은 미미한 미소를 띠었고, 팽인호는 탄식을 흘려냈다. 과연, 본시 천중단 출신이었던 무림맹주 단리형에게 폭굉에 대한 정보는 화인(火印: 낙인)과도 같을 터. 그 정보가 확실하기만 하다면 맹주 본인이 서역(西域)이든 천축이든 끝까지 쫓아가려고 할 것이다.

"어디로 보냈습니까?"

"서역으로."

말과 함께 팽석진의 웃음이 짙어졌다.

"돌아오는 데만도 반년은 넘게 걸릴 걸세. 그 정도면 시간은 충분하지."

*   *   *

광휘는 백중건이 거론한 단류십오검의 초식을 떠올려 보았다.

일 초 일로지검(一路支劍).
이 초 무전변검(無展變劍).
삼 초 반로타검(反路打回).
사 초 역수회검(易手回劍).

언뜻 화려해 보이는 초식명이다. 하지만 실상은 기초 검법이라 할 수 있는 초식의 결합이었다.
일로지검은 단순한 찌르기였고 무전변검은 베기, 반로타검은 검 면 치기, 역수회검은 흘리기였다.

초식(招式)을 쓰면 헛동작이 줄어든다는 것을 알고 있을 것이다. 초식, 검식이란 말 자체가 어떤 동작의 시작과 끝맺음을 나타내는 최적화된 동작이라는 뜻이니까.
하지만 최적화된 동작이 최소한의 동작과 일치하지는 않는다.
단류십오검의 무공은 최적화된 동작에 덧붙여 최소한의 동작을 함께 펼치는 것에 기인한다.

광휘는 곰곰이 서책을 훑었다.

이쯤에서 의아해할 것 같은데, 만약 그렇다면 생각을 다시 원점으로 돌려라.

속도는 모든 것을 극복한다. 속도가 한계 이상으로 올라가면 결국 최적화된 동작이 되는 것이지.

한 예로, 초식은 동작과 검술의 방향으로 조합을 하는 것이 보통이다. 여기서 보폭을 줄인다면? 적어도 보폭을 내미는 그 시간을 줄인 만큼 검이 더 빨라질 수 있을 것이다.

광휘의 눈은 아래로 내려갔다. 그곳엔 몇 가지 그림이 그려져 있었는데 제각기 발을 내딛지 않고 찌르기를 하는 그림이었다.

'발을 내딛지 않고 찌르기를 하면 검에 힘을 담는 데 큰 문제가 생긴다. 이걸 어떻게 극복한다는 거지?'

광휘의 머릿속에는 당연한 의문이 스쳐 지나갔다.

하체가 받치지 않는, 상체만 쓰는 공격. 한두 번이야 가능하겠지만 연속적으로 펼치기에는 문제가 생길 터였다. 몇 번을 봐도 이해하기 힘든 해괴한 방식이었다.

보폭을 줄이는 것이 첫 번째.

어떤 상태에서도 힘의 균형을 이루어야 하는 것이 두 번째.

이 두 가지를 동시에 얻을 수 있다면 검이 몇 배는 더 빨라질 것이다.

"이건 나와 방향이 달라."

광휘는 책에서 잠시 눈을 떼고 얼굴을 찌푸렸다. 백중건이 무슨 말을 하려는지 대략 이해가 갔지만 광휘 자신은 그가 말하는 방식으로 단류십오검을 펼칠 수가 없었다.

이유는 바로 기(氣)였다. 백중건이 말하고 있는 것은 그저 손만 내밀어도 검기(劍氣)를 발현하는 최상급의 무예를 기반으로 하고 있었다.

이런 식이라면 삼검에 도달하기 위해서는 적어도 이 갑자 이상의 내공, 칠검에 이르기 위해서는 삼 갑자 이상의 내공이 필요하다.

한데 광휘 자신은 그 정도로 가공할 만한 내공을 가지고 있지 않았다. 기껏해야 반 갑자나 될까.

사락.

광휘는 다음 장을 넘겼다. 당시 백중건은 자신이 무공을 버린 사실을 알고 있었으니 혹시나 따로 언급하지 않았을까 하는 기대감 때문이었다.

이 무공은 기(氣)를 발출하는 단순한 무공이 아니다. 자세와 움직임을 극대화시키기 위해 힘의 균형을 연마하는 무공이지.

무공을 버린 너라도 충분히 익힐 수 있다고 생각한다. 다만 내가 아는 길이 아닌 너만의 길을 찾아야겠지. 애초에 너를 위한 무공이니까.

역시나 다음 장에는 그것에 대한 언급이 있었다.

촤륵.

광휘는 무공서를 덮었다. 그리고 눈을 감으며 깊은 참오에 빠져들었다.

'다른 방향. 내공 없이도 삼검으로 가는 다른 방향.'

백중건의 말대로, 모든 생각을 원점에서 다시 짚어보아야 했다. 확실한 것은 백중건은 십대고수였고, 허튼소리를 하는 사람이 아니라는 것이다.

그렇다면 분명 있을 터였다. 반 갑자에 불과한 자신의 내공으로 삼검을 펼쳐낼 수 있는 길이.

사박.

잠시 생각하던 광휘는 자리에서 일어섰다. 그리고 한쪽에 쌓아놓은 서책들로 향했다. 그곳엔 백중건 외에도 과거 천중단 대원들이 남긴 수많은 비급이 쌓여 있었다.

*　　　*　　　*

"운수산이라……."

장대풍은 자신의 턱을 쓸어내리며 시선을 옆으로 돌렸다. 그의 반응에 눈치를 살피고 있던 장련의 표정이 굳었다.

반응이 이상했다. 예상대로라면 당황하거나 반기는 기색이 있어야 했다. 그래야 몇 가지 제안을 하며 실랑이를 벌일 수 있는데 도지휘사는 너무나도 태연했다.

장련은 다시 말을 붙였다.

"아시겠지만 운수산에는 신형 폭약을 만들 수 있는 재료가 있습니다. 원하신다면 장씨세가는 언제든 대인께 내드릴 준비가 되어 있습니다."

"처음 듣는 얘길세. 신형 폭약의 재료가 거기 있다고? 정말인가?"

장대풍이 갸웃거리며 한 말에 장련은 어떻게 대답해야 할지 몰라 잠시 침묵했다. 그러다 호기심 어린 눈으로 바라보는 담경의 시선을 느꼈다.

"공자님, 잠시 자리를 비켜주시겠습니까?"

"소저, 내가 여기 있는 것이……."

"대인과 사업적인 얘기를 하려고 합니다."

"아, 알겠습니다."

뭔가 중요한 일임을 깨달은 담경은 자리에서 일어났다. 그리고 간단한 예를 차린 후 방문을 열고 사라졌다.

"대인."

그가 나가자 장련은 나지막이 목소리를 깔았다.

"말하게."

"정말로 모르신다는 말씀입니까? 석가장에서 있었던 끔찍한 폭파 사건, 그리고 그 이후에 있었던 조치 모두를 대인께서 모르신다는 말씀입니까?"

장련은 확인하듯 원점에서부터 다시 물었다. 애초에 도지휘사는 담경과 그의 부친 담대경의 화기 조사를 막은 인물이다. 아무것도 모르는 인물이 조사 중지를 명한다는 것은 말이 되지 않았다.

"뭐, 아예 모르는 것은 아니네만 그게 전부가 아니니 그러지. 내 하나 묻겠네. 그 재료가 있다면 장씨세가에서도 그 폭굉을 가지고 있겠지?"

"……."

장련의 안색이 변했다. 무언가 이상했다. 정확히 꼬집어 말할 수는 없지만 그녀는 장대풍의 말에서 강한 이질감을 느꼈다.

"모르겠지. 그럴 게야. 과거 관(官)에서도 운수산에 대한 조사를 한 적이 있었네. 하지만 그곳에서 나온 어떠한 재료로도 만들 수 없다는 것이 밝혀졌지."

장대풍은 느긋하게 앉아 있던 자세를 풀고 그녀를 향해 조금 고개를 빼고는 말을 이었다.

"지금 자네들이 하는 건 단순한 추정에 불과하네. 그것만으로는 움직일 수 없어."

"하나 대인……."

"뭐, 운수산을 주면서 어떤 제안을 하려는지 대충 알겠네. 그것을 빌미로 팽가를 막아달라고 하겠지? 하지만 자네도 알다시피 관(官)과 무림은 불가침일세. 무림인들끼리 야욕 다툼을 하는 곳에 굳이 관(官)이 끼어든다면 문제가 있지 않겠나."

이상하다.

그런 생각이 장련의 머릿속을 떠나지 않았다. 폭굉이라는 위험한 물건을, 장씨세가는 관에 자발적으로 바치겠다는 말을 했다. 이런 때에 나라의 녹을 받는 관리의 반응은 크게 두 가지.

너무 큰일이라 경악하고 겁을 먹는 것. 다른 하나는 큰일을 미연에 방지할 수 있게 되었다고 안심하는 것이었다.

하지만 장대풍의 반응은 그 둘 모두가 아니었다.

'역시 뭔가 있어.'

장련의 머리가 빠르게 돌아갔다. 확실히 자신이 알지 못하는 이유가 있는 듯했다. 하지만 그것이 언뜻 떠오르지 않았다.

혼란에 빠진 장련에게 장대풍이 말을 걸어왔다.

"그나저나 물은 것에 아직 대답을 하지 않는군. 장씨세가에서는 그 신형 폭약이라는 것, 혹 몇 개라도 가지고 있는가?"

장련은 고개를 들었다.

그 순간 번뜩이는 눈빛이 장련을 향해 집요하게 따라왔다.

"꾸짖지 않을 테니 말해보게. 정녕 없는가?"

서혜의 눈이 이리저리 움직였다. 장대풍이란 자의 행동이 우려를 넘어 위협적으로 느껴지고 있었던 것이다.

'이건… 설마?'

퍼뜩!

이제껏 생각도 하지 못했던 가정이 떠올랐다.

*　　　*　　　*

"맹주가 자리를 비운다면… 일은 해결된 것이나 마찬가지군요."

팽인호가 한시름 놓았다는 듯 가슴을 쓸어내렸다. 한데 거기서 팽석진이 쯧쯧 혀를 찼다.

"자네는 그런 부분이 부족해."

"무엇이 말입니까?"

"풀을 뽑을 때는 뿌리까지 끊어내고, 적을 칠 때는 근거지를 아예 불태워 버려야지. 언제까지 광휘 그 한 놈만 보고 있을 텐가?"

"…무슨 뜻인지를 모르겠습니다. 좀 쉽게 말씀해 주시지요."

"장씨세가."

툭 하고 떨어뜨리듯 팽석진이 입을 열었다.

개방과 모용세가를 언급할 줄 알았던 팽인호의 시선이 팽석진의 눈가에 머물렀다.

"예전에 석가장 일을 도성부가 조사한 적이 있었지? 그 일을 도지휘사가 직접 나서서 수사를 중지시킨 사건 말이야."

"예, 그랬었지요."

"그걸 다시 파헤치고 있는 듯하네, 장씨세가가."

꿈틀.

팽인호의 눈가에 미세한 살기가 감돌기 시작했다.

그 모습에 팽석진이 비릿하게 웃어 보였다.

"힘이 없다고 가볍게 보면 안 되는 자들이야. 특히 그 집안의 장련이라는 여식은 만만히 봐선 안 돼. 상계 쪽에서 그만한 수완을 보이기는, 당당한 사내들에게도 힘든 일이지. 하물며 여인의 몸임에야."

확실히 그건 예상치 못했다. 예전에 잠시 조짐이 보이긴 했으나 설마 관(官)을 의심할 줄 누가 알았겠는가.

"그래서 뭐, 겸사겸사 손을 보기로 했네. 귀찮게 코를 들이미는 쥐들도 잡고, 광휘 그자가 자리 잡은 터전 자체도 지워 버리고."

"…손을 대실 생각입니까? 장씨세가에?"

팽인호는 걱정스레 말을 이었다.

"조심하셔야 합니다. 선불리 조치했다간… 오히려 그들이 뭔가를 알아낼 수도 있으니."

"그럴 리는 없네."

팽석진은 팽인호의 말을 끊었다. 그러고는 허허롭게 웃으며 재차 말을 이었다.

"그들이 정보를 찾겠다고 제 발로 들어간 곳이 다름 아닌 도지휘사 장대풍이거든."

第十一章

묵객의 반격

"…가지고 있습니다."

분위기는 점점 묘하게 흘러갔다.

이제껏 짐짓 무심한 투로 일관하던 장대풍이 지금 이 순간은 분명한 적대감을 숨기지 못하고 표출하고 있었다.

"장씨세가에서 가지고 있다고?"

"그… 헛?"

묵객은 마침 그렇지 않다고 얘기하려다가 말이 끊겼다. 이제껏 조용히 시립하고 있던 서혜가 그의 소매를 잡아당긴 것이다.

'분명 도지휘사의 의중이 무엇인지 알아보려는 거야.'

서혜는 하오문에서 정보를 다루는 여인이었다. 때문에 누구보다 빨리 장련의 의중을 꿰뚫어 보았다.

"그걸 또 누가 알고 있는가?"

"누가 또 알고 있을까요?"

이번에 장련의 대답은 질문이었다.

이제껏 협상을 거부하는 모양새를 취하던 장대풍이었다. 그런 그가 계속해서 이상한 방법으로 압박해 들어오기에 장련은 아예 협상의 노선을 바꾼 것이다.

'허장성세. 없지만 있는 것처럼.'

그 이면에는 그의 속내를 알아내기 위한 방법을 취하고 있었다.

"대인의 말씀대로입니다. 핵심 재료가 운수산에 있는데 저희가 이제껏 폭굉을 가지고 있지 않다는 것이 더 이상하지 않습니까?"

"허허허……."

장대풍이 너털웃음을 터뜨리는 모습을, 장련은 그가 당황하는 거라 받아들였다. 그녀는 여기서 오히려 한발 더 나가 초강수를 두었다.

"원래는 대인께 드릴 생각이었습니다. 하나 이제 보니 대인께서 그 일에 흥미가 없으신 모양이니 저희는 그걸 조정에 직접 보내야겠군요."

"뭐라?"

"어떻게 하시겠습니까? 운수산을 받아주시겠습니까?"

장대풍의 얼굴에 갑자기 그늘이 생겼다. 지금 그가 느끼는 감정은 복잡해 보였다. 언뜻 보면 있으면 안 되는 것을 가지고 있는 듯했고, 달리 보면 그걸 믿으라는 건가 하는 표정이었다.

잠시 뜸을 들이던 장대풍이 고개를 저었다.

"그건 안 되네."

"왜 안 되는 겁니까?"

장련이 곧장 물었다.

"그걸 꼭 내가 알려줘야 하나?"

"말할 수 없는 거겠지요. 굳이 가져갈 필요가 없는 것이니까요."

장련의 눈빛은 고요하게 가라앉았다. 이제 그녀는 한 치의 미동도 없이 장대풍의 얼굴에서 눈을 떼지 않고 있었다.

"관부에서 수사를 중지하라고 지시한 이유는 신중에 신중을 기하기 위함이었을 겁니다. 그런데 도지휘사께서는 정작 위험 요소가 있는 것에서 손을 놓고 계십니다."

"……."

"어째서일까요? 자칫 방관하다가 팽가의 손에, 관부에서 보기엔 무뢰배나 다름없는 무가의 손에 들어갈 수 있는데도 말이지요. 소녀는 여기서 한 가지 가정을 해보았습니다. 혹시 팽가가 관부에 대고 있는 줄, 도지휘사께서 대고 있는 줄. 그리고 우리 장씨세가가 대려고 한 줄. 공교롭게도 이 세 줄이 혹시 같은 줄이 아닐까 하고."

순간 정적이 흘렀다. 그 짧은 사이 서혜는 묵객을 바라보고 있었다.

'공자님.'

'알고 있소.'

말하지 않았지만 상황이 이리되자 묵객은 천천히 몸에 긴장을 끌어올리고 있었다.

명호와 능자진도 그랬다. 장련의 대화로 이미 어떤 상황인지 짐작을 한 것이다.

"크흐흐, 크크크. 크하하하하!"

그 순간 장대풍이 웃었다. 목청이 보이도록 웃는, 듣는 이가 기분 나쁜 웃음이었다.

뚝.

이내 웃음을 멈춘 그가 눈을 치켜떴다. 그 얼굴에서 이전의 부드러운 미소는 온데간데없었다.

"가끔 상계에서 들려오는 소문들이 있었지. 냄새나는 계집 주제에 자질이 뛰어나고 담력도 강해 노회한 상인들을 상대로도 밀리지 않는다고."

주위를 한번 훑은 그는 재차 장련을 바라보며 말을 이었다.

"눈치도 빠른 데다 말솜씨도 현란해 눈 뜨고 코 베일 정도로 수완이 좋다더군. 지금 보니 제법 그럴 만하구나."

스윽.

묵객이 자리에서 천천히 일어섰다. 서혜, 명호와 능자진도 그랬다. 마치 신호를 받기라도 한 듯 그들 역시 자리에서 일어섰다.

"내가 너희들을 왜 여기서 보자고 했겠나? 너희 무림의 하찮

은 것들을 굳이 내가 이 자리까지 데려와서 말을 섞는 이유가
뭐겠는가?"

"죽이려고 한 것이겠죠."

"……!"

장련은 그때까지도 일어서지 않은 채 장대풍을 노려보고 있
었다.

"도지휘사의 거처에 일단의 무인들이 잠입, 갑작스럽게 습격
을 해 왔다. 그리하여 그들을 그 자리에서 즉참하고 근거지를
파훼한다. 이것이 대인께 있을 수 있는 가장 최상의 환경일 테
니까요."

"과연."

장대풍은 굳이 부인하지 않고 흡족한 미소를 지었다. 장련
은 어느새 식은땀이 송골송골 맺힌 이마를 훔치며 이를 악물
었다.

"하지만 그 계획은 이루어지지 않을 것입니다. 저희들이 이곳
에서 살아 나간다면 말이지요."

"내 확언하마. 그런 일은 일어나지 않는다."

"소저, 일어서시오."

묵객이 손짓을 했지만 장련은 꿈쩍도 하지 않았다. 어차피 이
리된 것, 확인할 것이 있었다. 앞으로 장씨세가의 존망이 걸린
매우 중요한 일이었다.

"대인 말씀대로 저희가 이 자리에서 죽는다면, 마지막으로 하
나만 더 물어보겠습니다. 도지휘사께서는 팽가 출신의, 황궁의

당상관인 팽석진과 손을 잡고 계신 겁니까?"

그 말에 장대풍이 입꼬리를 올렸다.

"어떨 것 같나? 영민한 여인이니 한번 맞혀보게."

"그러지 않아도 말씀드리려고 했습니다."

"소저!"

능자진이 외쳤지만 장련은 끝까지 일어서지 않았다.

"저희에게 폭굉이 있느냐고 물으셨습니다. 저희는 분명 폭굉의 재료를 말했는데 말이지요. 그다지 의미를 두지 않았습니다. 한데 지금 생각해 보니 알겠군요. 도지휘사께서는 장씨세가가 폭굉을 만드는 방법을 이미 알고 있는 게 아닌지 고심했다는 것을요. 그 말은."

"……."

"도지휘사께서 이미 폭굉을 만드는 방법을 알고 계신 것이 아니겠습니까? 즉, 당신은 팽가를 돕는 협력자가 아닙니다. 오히려."

장련은 움찔거리는 장대풍의 얼굴을 보며 나머지 말을 내뱉었다.

"팽가를 조종하는… 영민왕(永民王)의 한 팔이 되실 테지요."

"…이년!"

"잡아!"

그때였다.

와락.

묵객의 외침과 동시에 능자진은 장련과 서혜의 허리를 붙잡왔다. 그러고는 기력을 운용해 철통같이 사방을 경계했다.

구구궁!

그 순간 천장이 무너지며 열 명이 넘는 사내들이 바닥으로 떨어졌다.

콰아아앙!

뒤이어 바깥문도 부서지며 사방에서 사내들이 달려들었다.

그리고…….

콰지지직!

한쪽 벽에 걸린 여섯 개의 창틀도 함께 부서졌다. 허리에 줄을 묶은 흑의인 여섯이 그곳을 뚫고 들어온 것이다.

그리고 뭔가가 또 있었다. 그들보다 더 빨리 다가온 것은…….

쌔애애액!

한 줄기 섬광과 함께 날아든 통짜 철로 된 화살, 철시였다.

*   *   *

'내가 늦었다.'

서혜와 장련을 내려놓고 검을 빼 들려던 능자진의 표정이 구겨졌다.

화살은 이미 활시위를 떠나 날아오고 있는 상태였다. 그는 직감적으로 모두 막기가 불가능하다는 걸 깨달은 것이다.

피유유육!

그 순간 눈앞에 빛살처럼 뭔가가 튀어나오더니 화살들을 모조리 날려 버렸다. 명호의 암기였다.

피유유육!

"큭! 으으윽! 읍!"

연이어 펼쳐진 암기술.

창문을 뚫고 들어온 여섯 궁사들이 중심을 잃고 그대로 바닥에 엎어졌다.

백발백중.

하나 능자진은 그런 기쁨을 가질 시간이 없었다.

쇄왜액! 새액!

어느새 등 뒤에서 빗발치는 칼날들 때문이었다.

캉캉캉!

요란한 소리와 함께 능자진을 향하던 칼날들이 일시에 튕겨 나갔다. 짧은 사이, 십여 명이 넘는 무사들의 검을 묵객이 막아 낸 것이다.

"능자진! 뭐 하나!"

묵객이 소리치자 그제야 능자진은 정신이 번쩍 들었다.

"실례하겠습니다."

그는 장련과 서혜의 허리를 붙잡고는 다시 창문을 향해 몸을 날렸다.

콰지지익! 탁. 타탁.

능자진은 이 층 창문을 통과해 건물 밖 땅을 밟았다. 그렇게 잠시 호흡을 고르던 그는 곧바로 검을 꺼내 들었다. 주위를 순시하던 세 명의 무사들과 눈이 마주쳤기 때문이다.

삽시간에 달려 나간 능자진.

콱!

가장 늦게 반응하던 한 명의 가슴을 찌른 뒤.

쇄액!

검을 휘두르려던 다른 한 명의 허리를 베고는.

패애애액!

마지막 남은 한 명의 목을 단 일 초에 베어버렸다.

스윽.

걸음을 멈춘 능자진이 다시 빠르게 주위를 훑었다.

네 갈래 길이 펼쳐진 곳이다. 어디로 가야 될지 판단이 서질 않았다.

"정면이다! 내가 앞장서겠다!"

콰지익!

그때 창문을 뚫고 나온 묵객이 소리쳤다.

"난 뒤를 맡지."

뒤이어 뛰쳐나온 명호가 느긋하게 말을 받았다.

다다다닥.

능자진이 다시 서혜와 장련을 붙잡고는 빠르게 움직였다.

하지만 얼마 가지 못하고 멈출 수밖에 없었다. 이십여 장 달려 나가던 묵객이 무언가를 보았는지 자리에 가만히 서 있었던 것이다.

"대협, 뭐 하시는……."

"저기……."

의아한 듯 묻던 능자진은 장련의 말에 그녀에게로 고개를 돌렸다.

안색이 질린 얼굴로 채 말을 잇지 못하는 장련. 크게 겁을 집어먹은 사람처럼 반응하고 있었다.

그때 옆에 있던 서혜가 이유를 알려주기 위해 말을 덧붙였다.

능자진은 고개를 들었다.

순간.

화르르르르.

건물 위, 횃불 몇 개가 좌우로 움직이고 있었다. 시간이 지나자 그 횃불은 점차 많아졌다.

삽시간에 수십 개로 불어난 횃불이 주위를 점점 환하게 밝히고 있었다.

"단단히 작심을 한 모양이군."

명호가 재밌다는 듯 말했지만 말투와 달리 그의 안색은 어두웠다.

지붕 위 오십여 명의 궁수. 그리고 걸음을 멈춘 네 갈래 길에서 수많은 무사들이 몰려오고 있었다.

이백 명에 가까운 관군들이었다.

＊　　　＊　　　＊

"관군을 말씀이오리까?"

팽석진의 말에도 팽인호는 좋아하거나 들뜬 모습을 보이지 않았다. 물론 팽석진이 만반의 준비를 하였으리라고 생각했지만 가장 걸리는 문제가 있었다.

"관군들의 실력을 믿지 못하는 겐가?"

"솔직히 말하면 그렇습니다. 거긴 광휘란 자가 있지 않습니까?"

"후후후……."

팽석진의 미묘한 웃음에 팽인호의 미간이 꿈틀댔다.

"왜 웃으시는 겁니까?"

"자넨 관의 정보력을 너무 우습게 보는구먼."

"정보력이라 하셨습니까?"

실력이 아니라 정보력이라는 말에 순간 팽인호의 눈이 번쩍 뜨였다.

팽석진이 말했다.

"당연히 광휘란 자가 있었다면 섣불리 움직이지 않겠지."

"그 말은……."

"그래. 지금 그곳엔 광휘가 없다는 말이네. 걸리는 자가 있다면 묵객이란 사내뿐이야."

팽인호는 고개를 끄덕였지만 여전히 경직된 자세를 유지했다. 그 태도는 대화에서도 이어졌다.

"묵객 또한 칠객 중의 하나입니다. 만만히 봐선 곤란하지요."

"세간에는 백대고수라 불린다지?"

의연한 대답에 팽인호는 조용히 그의 말을 기다렸다. 확실히 자신이 알지 못하는 뭔가가 있는 듯했다.

"해서 그에 걸맞은 사내들을 보냈네. 현 금의위 소속 무사 다섯을."

*　　*　　*

"사(射)!"

대장으로 보이는 자의 구령 소리에 사방에서 화살이 쏟아졌다.

일순 서혜와 장련이 눈을 떴다.

"몸을 숙이시오!"

묵객의 외침을 곧장 알아들은 능자진은 재빨리 그녀 둘의 허리를 누르며 자신의 몸으로 그 위를 막았다.

그사이 명호가 빠르게 몸을 회전했다.

파파파파파파팟!

펼쳐진 그의 손을 따라 수백 개의 비수가 사방으로 비산했다.

만천화우.

사천당가의 비기가 절체절명의 순간 발현된 것이다.

'몇 개는 놓쳤다!'

어두운 밤하늘에 허공에서 떨어진, 무려 오십 개의 화살이다. 하지만 암기로 화살을 막는다는 것 자체가 화살로 화살을 쏘아 맞히는 묘기 수준이었다. 암기의 달인이라 불리는 명호라 하더라도 그 숫자를 다 막아내지는 못했다.

챙챙챙챙!

다행히 그들에겐 묵객이 있었다. 손바닥에서 단월도를 회전시키며 암기 사이를 비집고 날아드는 화살을 모조리 날려 버렸다.

"여기 계속 있으면 고립되고 말 거요!"

명호의 외침에 묵객은 고개를 끄덕였다.

"내가 퇴로를, 아니 그쪽을 뚫겠소. 능 대협은 두 여인들을 호위하고 따라오시오."

"묵객⋯⋯."

능자진이 뭔가 말을 하려다 멈칫했다. 오십 명이 넘는 숫자가 길을 막고 있는데 저길 뚫겠다니.

하지만 지체할 수 없었다. 좌우, 뒤쪽에는 더 많은 관인들이, 거기에다 지붕에서는 궁수들이 재차 활시위를 당기고 있었다.

'궁수가 표적을 정확하게 겨냥할 수 없게 하기 위해서라도 파고들어야 해⋯⋯.'

능자진은 입술을 깨물고 장련의 허리를 붙잡았다. 그리고 서혜를 잡으려 할 때.

"저 혼자 움직일 수 있어요."

그녀가 거부 의사를 표시했다.

"혹 무공을 익혔소?"

"신법뿐이지만요. 하지만 자신 있어요."

능자진은 고개를 끄덕였다. 확실히 한 번에 둘을 데리고 움직이는 것보다 장련 한 명만 안고 움직이는 것이 더 효율적이리라. 그편이 더 안전하기도 하고.

"서 소저, 그래도 내 쪽에 바짝 붙으시오. 화살이 쏟아지면 신법만으로는 힘드니."

"네, 알겠어요."

서혜가 고개를 끄덕였다.

"지금 가시오!"

지붕 위에 올라가 있는 궁수들을 살피던 명호가 외쳤다.

다다다닥. 파팟.

신호와 함께 묵객이 먼저 달려 나가다 어느 시점에서 크게 도약했다. 오십여 명의 관인들 품으로 파고든 것이다.

챙채채챙챙!

미처 칼을 뽑지 않았던 관인들이 검을 빼 들며 살기를 뿜어냈다. 모두들 묵객이 다가오기만을 숨죽이며 기다리고 있었다.

하지만 묵객은 그들의 예상대로 움직일 생각이 없었다.

쉬익!

허공에서 묵객이 단월도를 일(一)자로 휘두르자 관인들은 그 행동의 의미를 알지 못했다.

하나 그 생각은 오래가지 않았다.

"크악!"

"악!"

일시에 다섯이 가슴을 부여잡고 바닥을 나뒹굴었다. 단월도에서 생성된 도기(刀氣)가 그들을 무참히 날려 버린 것이다.

터억. 쉬익! 쉭쉭!

쓰러진 관인들이 있던 자리를 디딘 묵객이 연이어 도법을 펼쳤다. 이번에도 주춤하던 여섯이 저항 없이 그대로 쓸려 나갔다.

한 번의 움직임에 두 명, 세 명씩. 묵객이 한 번 움직일 때마다 맥없이 툭툭 떨어져 나갔다.

이후, 관인들은 물살처럼 옆으로 갈라졌다. 인간의 능력을 벗어난 신위에 다들 겁을 집어먹은 것이다.

"따라오시오!"

길을 연 묵객이 재차 앞으로 달려 나갔다.

하지만 얼마 가지 않아 남색 무복을 입은 사내 둘이 앞을 막아섰다.

사악! 쏴악!

또다시 묵객의 단월도에서 도기가 뿜어졌다. 당연히 저항 없이 쓰러질 것으로 보았다.

'어?'

파파파팟.

일순간 둘이 환영처럼 변했다. 묵객이 어떤 공격을 할지 파악해 도기를 피해 버린 것이다.

"이놈들……."

묵객은 직감적으로 느꼈다. 도기의 방향을 예상하고 피해낸 것만 봐도 상당한 고수였다.

그리고 그때.

묵객의 시선이 기이하게 틀어졌다.

'이것은 설마……'

패애애액!

멀리서 엄청난 파공성을 띠며 날아오는 화살.

보통의 화살보다 몇 배나 빠른 속도로 날아든 것이다. 기(氣)를 머금은 철시였다.

*　　　*　　　*

"다섯……."

팽인호는 이해하는 듯하면서도 말끝을 흐렸다.

"왜? 뭐가 또 내키지 않은가?"

"그건 아닙니다. 다만……."

"다만?"

"묵객도 그렇지만 그 외에도 장씨세가엔 실력자가 제법 있는 걸로 알려져 있으니까요. 그러니까 제 말은……."

잠시 뜸을 들이던 팽인호는 그 이유를 이내 밝혔다.

"금의위 안에서도 실력 차이가 제법 나지 않습니까? 어느 정도 실력자를 보내신 건지 솔직히 궁금합니다."

슬쩍 입꼬리를 올리는 팽석진.

마치 예상했다는 듯한 표정이 팽인호의 우려를 조금은 불식시켜 주었다.

팽석진은 이내 표정을 지우고는 잠시 천장에 고개를 들어 보였다.

"예전에 말이지, 자네에게 뛰어난 궁사 한 명을 보내지 않았나? 보다 빠른 일 처리를 위해서 말일세."

"그랬습니다."

"그때 그가 서열 몇 위라고 했지?"

"십일 위라고 했습니다. 그럼 혹시……."

팽인호가 갑자기 안색이 밝아지자 팽석진은 허허 웃으며 고개를 끄덕였다.

"그래. 이번에도 위관(衛官)급으로 보냈어. 그것도 서열 육위부터 십위까지라면 나쁘지 않겠지."

"……!"

순간 팽인호의 눈이 부릅떠졌다. 의연하게 말하던 팽석진의 반응이 그제야 납득이 된 것이다.

"흔히 금의위 평무사는 강호의 일류 고수 수준이라 알려져 있지. 조장급은 금의위 위사(衛士). 일류 고수를 뛰어넘는 실력을 보인다는 말이 있어."

팽석진은 말을 이었다.

"위관은 대장급이네. 절정에 육박한 자들이지. 그리고 서열 십위 안에 있는 몇 명은 그를 상회한다는 얘기가 있을 정도지."

"확실히… 살기는 어렵겠군요."

"내가 말하지 않았나. 하려면 확실히 해야 한다고. 여지를 주어선 안 되지."

팽석진이 다시 팽인호를 쳐다보았다. 이제는 그 웃음이 짙어져 섬뜩함으로 느껴질 정도였다.

*　　　*　　　*

'설마… 저 화살은?'

묵객과 비슷한 시점에서 감지한 명호의 안색이 어두워졌다.

유성을 연상케 하는 속사. 거기다 꽤 떨어진 곳에서 쏘았음에도 포물선은커녕 직사로 날아오는 화살.

그였다.

하북팽가에서 장련을 쏘았던 그 궁사.

"죽여라!"

캉!

하지만 명호는 그저 지켜볼 수밖에 없었다. 인해전술로 압박해 오는 관인들의 칼을 막기에도 정신이 없었다. 거기에다 암기도 다 떨어져 이미 죽은 관인들의 칼을 들고 대항하는 중이었다.

캉캉캉!

그건 능자진도 마찬가지였다. 묵객이 잠시 멈칫하는 순간 삽시간에 관인들 사이에 둘러싸였다. 장련을 품에 두고 이십여 명과 대치하고 있는 중이었다.

탓.

묵객은 공중으로 도약함과 동시에 몸을 회전해 화살을 아슬아슬하게 피해냈다.

순간 남빛 무복을 입은 사내 둘이 또다시 달려들었다.

'단번에 끝내야 해.'

굳이 도약하며 화살을 피해낸 것은 묵객의 노림수였다. 숫자가 많은 적들 사이에 이런 고수들이 있으면 도망가기가 여간 까다로운 것이 아니다. 차라리 허공으로 솟아올라 빈틈을 보이고,

서로서로 중심이 불안정한 자세에서 반격하는 것이 더 치명타를 먹일 수 있다고 생각한 것이다.

"하앗!"

몸이 팽그르르 도는 상황에 묵객은 기다렸다는 듯 단월도를 휘둘렀다. 삽시간에 뿜어낸 묵객의 도기는 다가오는 사내들에게로 뻗어 나갔다.

씨익.

'……!'

찰나였지만 묵객은 분명 목도했다. 절체절명의 순간에도 그들의 입가에 비웃는 듯한 미소가 걸려 있었다는 것을.

파라락. 파라락.

'허공답보!'

남색 사내들은 공중을 밟으며 묵객의 도기가 날아가는 방향을 피해 연거푸 도약했다.

경공술의 최상승 경지.

묵객이 도기를 사용해 공격할 것임을 이미 예상해 신법을 펼친 것이다.

'이놈들! 목적이 이제 보니!'

순간 뭔가가 뇌리를 스쳐 지나갈 때쯤.

바닥을 밟으려던 묵객의 등 뒤로 싸늘한 바람이 불어왔다. 강렬한 굉음을 내며 무언가 날아오고 있었던 것이다.

'화살은 미끼야!'

묵객의 눈에 포착된 세 개의 그림자들. 건물에 몸을 숨기고 있던 사내 셋이 엄청난 속도로 묵객을 향해 달려든 것이다. 거기에다 주위를 잠식하며 뻗어 나오는 기운은 몇 배는 더 빨랐다. 무려 세 개의 검기(劍氣)가 묵객에게로 쏟아졌다.

'모두 받아주마!'

이를 악문 묵객의 눈에 빛이 났다. 사방에서 검기와 화살이 오는 와중에 묵객은 지면을 밟지 않고 단월도를 바닥에 쑤셔 넣었다.

"크압!"

가가가가가각!

도를 이용해 창졸간 중심을 잡은 묵객이 바닥을 그으며 그대로 짓쳐 올랐다.

묵객의 괴성 소리와 함께 퍼지는 빛.

단월도 끝에서 일렁이는 기운이 거대한 광망(光芒)으로 변하는 순간이었다.

패애애애액—!

묵객이 뿜어낸 그 빛줄기는 화살을 갈라 버린 뒤 순차적으로 날아온 세 검기까지 잠재워 버렸다. 그럼에도 사그라지지 않았다.

우측으로 뻗어 나간 광채가 미처 방비하지 못한 한 사내의 허리를 너무나 간단히 관통해 버린 것이다. 그의 몸은 어떠한 저항 없이 그대로 갈라졌다.

멈칫.

광경을 지켜보던 모든 사람들의 동작이 멎었다. 앞서 묵객의 공격을 피했던 남색 괴인들, 몸을 숨기며 지붕에서 철시를 뿌린 궁사, 연이어 공격을 준비하던 남색 괴인들 역시도 그대로 얼어붙었다.

묵객이 뿌린 희뿌연 광망. 그것은 검기가 아니었다. 검기의 수준을 넘어서는 한 차원 위의 기운이었던 것이다.

"쿨럭!"

경직된 주위 반응 속에 서 있던 묵객은 갑자기 바닥을 짚으며 곧장 울혈을 토해냈다. 급작스럽게 기운을 끌어올리다 그만 기혈이 뒤틀리고 만 것이다.

'아직 이 기운을 통제할 수 없어.'

강기(罡氣).

인간의 힘을 벗어나는 그 힘은 그런 것이었다. 사용할 수 있다고 하나 원하는 순간, 원하는 만큼 빠르게 사용할 수는 없었던 것이다. 거기에다 완벽한 강기라고 하기엔 기운 역시 불안정했다.

"능 대협, 빨리 따라오시오."

피를 토해낸 뒤 급히 몸을 추스른 묵객이 손짓을 했다.

멍하니 서 있던 능자진과 장련, 서혜는 이내 고개를 끄덕이더니 묵객과 함께 그곳을 돌파하기 시작했다.

묵객의 모습을 주의 깊게 보던 명호 역시 그 뒤를 따랐다.

두두두둑.

이백에 달하는 무사들이 그들 뒤를 바짝 쫓았다. 하지만 신법을 쓰는 묵객 일행을 쫓아가기에는 역부족이었다.

"흠."

한편, 기습을 노렸던 남의인들은 여전히 그 자리에 서 있었다. 그들 사이로 다가오는 궁사에게 뭔가를 묻기 위함이었다.

"어떻게 된 일이오?"

매부리코에 눈매가 짙은 사내가 머리에 두건을 쓴 궁사를 향해 물었다.

그는 서열 칠 위인 신(晨) 위관으로, 이곳에 온 금의위 중 서열이 가장 높았다.

"들었던 것과 많은 차이가 있는 듯하오."

"차이라고? 지금 그는 강기를 썼소. 그 때문에 주(株) 위관 한 명이 죽었고."

노기를 보이는 신 위관의 발언.

궁사, 서열 십일 위 운(暈) 위관은 말을 에둘렀다.

"어찌 됐든 빨리 가야 하오. 가만있다간 놓칠 것이오."

"지금 그게……."

"그의 말이 맞소. 지금은 우선 저들을 죽이는 게 급하오."

분노를 쏟아내려 하는 신 위관을 향해 입술이 두꺼운, 호감 어린 얼굴의 사내가 제지했다.

서열 팔 위 한(漢) 위관이었다.

그 말에 신 위관은 감정을 애써 누그러뜨렸다. 책임은 나중에 따지고 일단은 그들을 잡아 죽여야 했다.

"어찌하면 좋겠소?"

한 위관이 궁수, 운 위관에게 물었다. 이곳 관청과 중원에서 꽤 오래 일을 했던 그라면 저들이 어디로 갈지 대충 짐작하지 않을까 해서 묻는 질문이었다.

"종을 치고 신호탄을 터뜨려 관내, 관외에 있는 순시병들에게 최고 경계 태세를 유지토록 해야 할 것이오. 그 후, 다들 모여 날 따라오시오. 난 이곳의 지형을 누구보다 잘 아니 저들이 어느 방향으로 간다 하더라도 충분히 따라잡을 수 있소."

탁, 탁. 타타탁.

궁사 운 위관은 삽시간에 어둠 속으로 사라졌다. 먼저 출발한 것이 아니라 아마도 이곳을 들여다볼 수 있는 건물 쪽으로 간 것이리라.

위관 넷은 별다른 말 없이 눈빛을 교환했다.

"운 위관의 말대로 합시다, 신 위관."

"신법을 쓰는 무림인들은 늦으면 쫓기 힘드오."

지금껏 입을 떼지 않았던 정(正) 위관과 유(柳) 위관이 설득했다.

잠시 뒤, 사내 넷은 그 자리를 벗어났다.

＊　　　＊　　　＊

"어디로 가는 거요?"

이동 중 바짝 거리를 좁힌 명호가 묵객을 향해 물었다. 성벽이 보이는 지점쯤에서 일행들은 후문이 아닌 정문 쪽으로 이동하고 있었다.

"남쪽으로 가오."

"북으로 가야 하는 것 아니오? 장씨세가는 그쪽인데?"

"그렇기에 북쪽은 경비가 어느 때보다 삼엄할 거요. 반대쪽인 남쪽이, 그들이 전혀 예상하지 못한 곳이오. 경계가 허술한 곳을 통과한 뒤 십여 리 밖에서 배를 타야 하오."

"배?"

명호가 의아한 시선으로 묻자 그때 장련이 대답했다.

"강을 따라 조금만 벗어나면 외주(外州)가 나와요. 그곳엔 개방이 있어요."

"아, 그렇구려."

명호는 그제야 이해가 되었다. 빨리 장씨세가로 돌아가는 것보다 조력자가 있는 곳이 더 유리했다. 개방이 돕는다면 그들의 추적을 가장 손쉽게 피할 테니까.

'일단 빠져나가는 것이 급선무지만, 그게 다가 아닌데…….'

장련이 복잡한 얼굴로 잘근잘근 입술을 깨물 즈음 멀리 성벽이 보였다.

한데 순시하는 무사들의 숫자가 생각보다 많았다. 얼추 보아도 수십. 그것도 활로 무장하고 있다. 성벽을 뛰어넘을 수야 있지만 그런 와중에 피해를 입으리라.

"할 수 없지."

가장 앞서 있던 묵객이 단월도를 다시 꺼내 들었다.

댕댕댕!

그때 커다란 종소리가 들리기 시작했다.

휘리리릭—딱!

그리고 이어지는 붉은색 신호탄. 이에 종소리는 사방에서 커졌고 신호탄 몇 개가 더 하늘로 치솟아 올랐다.

"다른 방법을 찾는 게 좋겠어요."

그것을 보던 서혜가 걱정 어린 목소리로 말했다.

묵객은 고개를 저었다.

"걱정 마시오, 서 소저. 소란 없이 제압할 수 있소."

"공자님을 믿지 못하는 게 아니에요. 지금 우리는 빠져나가는 게 중요하지, 저들을 죽이는 게 목적이 아니니까요."

말을 알아들은 묵객이 걸음을 늦추며 그녀를 바라보았다.

"시간은 고사하고 명분도 주게 될 테죠. 성벽에서, 사람들이 보는 곳에서 관병을 죽였다는 오명을 뒤집어쓸 건가요?"

"다른 방도가 있소?"

"이 근방에 주루가 있어요. 그곳을 이용하면 될 거예요."

관내의 경계에 아슬아슬하게 걸쳐 있는 주루. 이곳 관내에는 도지휘사 말고도 여러 관직을 맡고 있는 높은 자들이 있었다. 그런 그들을 만나러 온 손님들 역시 높은 신분이다. 당연히 무슨 경위로 자리를 피해야 하는 일이 생겼을 시, 비밀 창구 정도는 있을 것이다.

"관내라면 때론 마주치지 말아야 할 관인들을 위해 비밀 창구를 만들어놓지요."

"하지만 그들이 쉽게 어딘지 알려주겠소?"

"그럼요."

"어떻게……."

묵객의 계속된 질문에도 서혜는 어려워하지 않고 대답했다.

"주루는 하오문의 손이 가장 잘 뻗쳐 있는 곳이니까요."

第十二章

명호의 분노

"술맛이 참 좋구나."

"호호호!"

낮처럼 환하게 밝힌 주루에는 남정네의 걸걸한 목소리와 여인의 웃음소리로 가득 차 있었다.

그런 그들의 시선이 굉음과 함께 입구로 향했다.

쾅!

"어멋!"

"앗!"

누군가 문을 박차고 들어온 것이다.

"누구신가요?"

화려한 비단옷을 입은 젊은 여인이 물었다. 그러자 묵객에 이어 들어온 서혜가 그녀를 향해 물었다.

"예(睿) 대인은 어디에 있나요?"

"루주를 왜 찾으시는……. 당신들은 누구……."

"누구시오?"

계단에 서 있던 비대한 중년인이 그들을 꾸짖는 듯이 목소리를 높였다. 예를 차리지도 않고 들어온 것도 모자라 하는 말이 실로 가관이었다.

그런 그를 서혜가 스윽 쳐다보자 중년인 눈에 짧은 파랑(波浪)이 일었다.

"설마… 당신은?"

"잘 계셨나요?"

서혜를 보자마자 그는 급히 계단을 내려왔다. 그가 바로 서혜가 찾던 이곳 루주였던 것이다.

"여긴 어인 일이옵니까?"

"일이 있어서요. 상황이 급하니 용건만 말할게요. 혹시 이곳에 비도(秘圖: 비밀 통로)가 있나요?"

서혜는 그의 귀에 대고 속삭이듯 말했다.

중년인의 얼굴이 창백해지더니 이내 고개를 끄덕였다.

"아, 잠시만 기다려 주십시오. 사람들의 이목이 있으니 저쪽 방 안에 들어가 계시지요."

"감사해요."

잠시 사라진 그.

일행들이 그가 말한 방에 들어간 지 얼마 되지 않아 그가 지도 한 장을 들고 나타났다.

드르륵.

서혜가 지도를 보고는 한 곳으로 눈짓하며 말했다.

"저쪽이군요."

"그렇습니다."

슥슥슥.

지도를 말아 쥔 서혜가 중년인을 향해 말했다.

"어디론가 숨으셔야 할 거예요. 분명 우리를 보냈다는 의심을 받을 테니까."

"제 한 몸 빠져나갈 곳도 알고 있습니다."

서혜는 고개를 끄덕이며 슬쩍 미소 지었다. 하오문 출신답게 평소에도 뒷배를 충분히 봐놓은 것이다.

"그래요, 그럼."

그 말을 끝으로 이번엔 서혜가 앞장섰다. 그렇게 그들은 한쪽 벽까지 다가서더니 사람이 없는 비좁은 방에 들어갔다. 이후, 널찍한 판자 하나를 밀어내고는 약한 벽을 부숴 버렸다.

동혈(同穴) 하나가 보이자 그곳으로 달려 들어갔다.

콰쾅!

"루주?"

그들이 모습을 감추자마자 이를 지켜보던 사내가 루주를 불렀다.

주루의 주인이 통로를 향해 쌍장을 후려갈긴 것이다.

"너희들도 부숴라! 어서!"

"예? 아!"

하오문의 다른 문도들은 즉각 그 말을 알아듣고 실행에 옮겼다.

쾅! 콰쾅!

그들은 무기나 아니면 탁자나 의자 등을 들어 방 안의 기물과 통로를 정신없이 때려 부수기 시작했다.

"여기다!"

쿵쿵쿵!

얼마 있지 않아 한 떼의 관인들이 몰아닥쳤다. 그들을 보자마자 루주는 고함질렀다.

"여깁니다! 불순한 자들이 이쪽으로 달아났습니다!"

그의 외침에 방 안으로 관인 십수 명이 들어왔다.

루주의 고함은 더 커졌다.

"저놈들이 여길 엉망으로 만들고 이 안으로 들어갔습니다. 여기 부서진 걸 보십시오."

부서진 탁자, 의자 등으로 방 안은 거의 폐허가 되어 있었다.

"언제 갔느냐!"

백호장으로 보이는 사내가 앙칼진 목소리로 물었다.

"들어간 지 촌각도 되지 않으……"

끼기기긱!

루주가 말을 하는 가운데 비도 안쪽에서 끔찍한 기관음이 벼락처럼 울렸다. 막 들어가려던 관인은 멈칫하며 뒤를 돌아보았다.

"이게 무슨?"

"허. 저 망할 놈들이 기관을 작동시킨 모양이군요. 이래서 야……"

혀를 차는 루주는 조용히, 바닥의 기관 장치에서 발을 떼며 딴소리를 했다.

✳   ✳   ✳

구드드둥!

뒤에서 굉음이 울렸다.

"별것 아니에요. 기관을 작동시킨 모양이에요."

잠시 멈칫했던 일행은 서혜의 담담한 말에 가슴을 쓸어내렸다.

"거 관리 좀 해놓지."

들어올 때 횃불을 들고 온 묵객이 투덜거리며 앞장서 걸었다.

비도는 하오문의 거점답게 미로로 만들어져 있었다. 동굴 안은 퀴퀴한 냄새로 가득 차 있었고 바닥도 질펀한 데다 가끔씩 두 갈래 길이 나오기도 했다.

"출구는 성 바깥으로 이어져 있어요."

"성벽을 넘지 않아도 되니 수고를 덜었군요."

서혜의 말에 묵객은 횃불을 끄고는 앞으로 나가기 시작했다.

사사삭.

좁고, 몸을 웅크려야 겨우 지나갈 수 있는 동혈이 한 식경쯤 지나서 겨우 끝이 났다.

동혈 입구는 무성한 풀들이 시야를 가리고 있었다. 묵객이 앞장서 잔풀들을 제거하고는 평탄한 자리 쪽으로 이동했다.

"…어, 어?"

그러던 그때 조금 떨어진 곳에서 한 무사와 마주쳤다.

멈칫한 일행들. 무사 역시 의외의 상황에 당황한 표정을 짓고 있었다.

"저기."

거리가 있는 만큼 혹시나 이번 일을 전해 듣지 못할 가능성에, 일행들 중 묵객이 접근했다.

그러던 그때였다.

삐이—!

"컥!"

목에 건 호각을 불던 무사가 쓰러졌다.

"제길, 늦었어!"

명호가 암기를 날리고 자책했다. 다급한 상황에서도 살생을 피하려다 화를 자초한 것이다.

삐이이—!

삐이이이이—!

사방에서 울려 퍼지는 호각 소리.

그 소리가 점차 이어지더니 주변을 뒤덮을 만큼 요란하게 들리기 시작했다.

주위를 둘러보던 명호는 이내 뭔가를 결심한 듯 서혜를 향해 외쳤다.

"배가 오는 위치가 어디라고 했소?"

"예?"

"이 정도 숫자의 호각 소리를 볼 때 이곳 역시 관병들로 둘러싸여 있는 듯하오. 자칫 어두운 산속에서 수백의 관병들이 연합 공격이라도 해온다면 우린 상당히 위험해질 거요. 누군가는 주위를 끌어야 하오."

"하지만 대협……."

"시간이 없소. 배가 오는 위치가 어디요!"

명호가 버럭 외치자 서혜는 머뭇거렸다. 그러고는 천천히 대답했다.

"남서 방향으로 십여 리쯤 가다 보면 작은 목옥이 나와요. 그곳에서 남동쪽 방향으로 백 장을 이동하면 냇가가 나오는데……."

"알겠소!"

다 듣지도 않은 명호가 어둠 속으로 삽시간에 몸을 날렸다.

당황한 그녀와 장련, 능자진이 그를 멍하니 바라보았다.

스스스슥.

그때 풀 속에서 인기척이 들렸다.

"그는 강하오! 우선 몸을 뺀 뒤 생각합시다!"

묵객의 외침에 그들은 퍼뜩 정신을 차렸다. 그리고 그를 따라 다시금 달려 나가기 시작했다.

*　　　*　　　*

'제길…….'

그들이 사라진 뒤, 나무에 몸을 기댄 명호가 그들을 바라보고 있었다. 얘기와는 달리 아직 떠나지 않은 것이다.

'하필, 화살 하나가……'

명호는 자신의 가슴 밑을 바라보았다. 그곳엔 부러진 화살이 허리춤에 깊숙이 박혀 있었고 그 주위에는 새어 나온 핏물로 흥건했다.

건물 밖을 탈출했을 때 날아든 수십 개의 화살.

묵객과 자신이 대부분 쳐냈다고 생각했는데 어느새 숨어든 화살 하나를 막지 못한 것이다. 아니, 정확히 말하자면 비수가 그 화살을 튕겨내지 못한 것이다.

'그놈이었어.'

쩝.

화살 주위에 새어 나온 피를 찍어 혀에 갖다 댄 명호가 인상을 찡그렸다.

수많은 독을 다룬 명호에게 이 화살은 분명 낯이 익었다. 단지 활 쏘는 솜씨로만 판단한 게 아니었다. 화살촉에 묻어 있는 그것이 그를 더욱 확신하게 만들었다.

'재수 없게도 청산혈독이라니……'

명호가 내공으로 독의 기운을 몰아내고 있지만 그것이 한계였다. 조금 전부터 머리가 조금씩 어지러워지기 시작했던 것이다.

"독선 어르신과 단장님이 보시면 무뎌졌다고 엄청 혼을 내시겠군."

명호는 쓴웃음을 흘렸다.

선선한 바람이 불어오는 좋은 날씨였다. 왠지 오늘 이 밤이 앞으로도 그리워질 만큼, 그 정도로 명호에겐 특별하게 다가왔다.

*   *   *

파파팟.

수풀이 흔들림과 함께 무사 네 명이 달려 나왔다.

쉬이이익!

창졸간 묵객의 도가 불어난 듯 네 방향으로 퍼졌다. 그리고 도(刀)를 회수했을 때 그들은 그대로 바닥에 자지러졌다.

"계속 뛰시오!"

말을 하던 중간에 다시 세 명의 무사들이 나타났다. 이번엔 묵객 쪽으로 모두 도약하며 검을 뽑은 것이다.

탓.

상대가 도약한 것을 뻔히 보면서도 묵객은 그들을 따라 뛰었다.

그러고는 재빠르게 도를 회전시키더니 세 방향으로 휘둘러 베어 버렸다.

'엄청난 무위!'

뒤따라가며 묵객의 움직임을 보던 능자진은 경탄했다.

나아가던 속도를 전혀 줄이지 않는다. 거기에다 도 자루를 이용해 상대의 시선을 현혹한 뒤 속도를 몇 배로 끌어올려 쓰러뜨린 것이다.

이는 관병들을 어떤 상황에서 어떻게 상대할지를 깊이 이해하고 있어야 할 수 있는 행동들이었다.

'나였으면 분명 고립되었을 거다.'

개개인과 싸우는 것은 쉽다. 숫자가 어느 정도 되어도 무공을 익히지 않은 자들을 상대하는 것은 그리 어렵지 않았다.

하지만 적들에게 둘러싸이면 문제가 된다. 더구나 그 수가 수십 명이 넘어가 버리면 장련과 서혜를 지키기는커녕 자신의 몸도 지키기 쉽지 않을 터였다.

그런 가능성을 묵객이란 존재가 미연에 파괴해 버린 것이다.

쇄애액! 쇄액!

그 뒤에도 적들은 계속 나타났고 묵객의 도는 멈추지 않았다.

좁아지는 소로에서 여섯, 다시 오르막길에서 다섯, 비탈길에서 열둘을 쓰러뜨린 후에는 한동안 적들이 나타나지 않았다.

한 식경쯤 지났을 때 처마에 영롱한 유등 하나가 내걸린 목옥 한 채가 보였다.

그것을 보자 묵객이 곧장 몸을 남동쪽으로 틀었다.

"이쪽이오."

그리고 나타난 냇가.

그곳을 넘어 조금 더 걷자 멀리서 나룻배 한 채와 함께 인기척이 들려왔다.

"오셨습니까?"

곧 빛 속으로 모습을 드러낸 자는 담명이었다. 그가 이곳에 나타난 것이다.

그런데 평소처럼 말끔한 모습이 아니었다. 차림이 엉망으로 흐트러져 있고, 소매와 옷깃에는 붉은 선혈이 튀어 있었다.

"무슨 문제가 있었느냐?"

"이곳 주위를 배회하는 관인들과 마주쳐서 말입니다. 다짜고 짜 공격하기에 적당히 때려눕혔지요."

몇 명이라 했지만 꽤 많은 무리가 있었던 듯 보였다. 담명 역시 명문 무가에서 교육을 받은 자인데 행색이 이 정도로 흐트러졌으면 꽤 난처한 상황에 노출되었을 가능성이 높았다.

"한데……."

터억. 터억.

능자진이 장련과 서혜를 태울 때쯤 손가락을 움직이던 담명이 말했다.

"명 대협은 어디 계십니까?"

"일이 좀 생겼다."

묵객이 말하고는 등 뒤를 한 번 훑었다. 아직 주위는 조용했다. 발소리, 동물의 인기척 하나 들리지 않았다.

"사부님, 빨리 서둘러야 합니다. 이대로 있다간 관인들에게……."

묵객은 담명의 말을 끊고 말했다.

"너는 이분들을 데리고 먼저 떠나거라."

"예? 사부님께서는?"

묵객의 돌출 행동에 배 안에 탄 사람들도 그를 바라보았다.

주위를 둘러보던 묵객이 뱃머리를 잡으며 말했다.

"지금부터 제 말 잘 들으시오. 능 대협은 장 소저와 서 소저를 부디 안전하게 개방이 있는 곳까지 데리고 가주시오."

"아뇨. 저희도 명 대협을 기다릴 거예요."

"무슨 생각이신 건가요?"

장련과 서혜가 거부하듯 목소리를 높였다. 하지만 묵객은 진지한 표정으로 고개를 저었다.

"그건 좋은 방법이 아니오. 장 소저, 서 소저. 이렇게 있다간 모두 다 죽을 것이오."

"어떻게 우리만 갈 수 있어요? 못 해요."

"묵객께서 가지 않으면 소녀도 가지 않을 겁니다."

"저도 그렇습니다."

장련과 서혜에 이어 이번엔 능자진이 나섰다.

"이대로 가는 건 정말 아닙니다. 차라리 우리 모두 명호 대협을 데리러……."

"능 대협, 수백의 관인들 사이를 뚫을 자신이 있소?"

"예……?"

"필시 명 대협은 위중한 상황에 놓여 있을 것이오. 그러니 조금이라도 도움이 되는 내가 가야 하오."

"묵객……."

"내 말 못 알아듣겠소? 당신들은 방해가 된단 말이오!"

묵객의 외침에 능자진은 머뭇거렸다. 직설적인 말이었지만 거부할 수 없는 사실이기도 했다.

"소녀는 가지 않을 겁니다!"

하지만 서혜는 전혀 물러설 생각이 없었다. 그녀에게는 묵객이 모든 것이었다. 죽더라도 같이 죽을 생각이었다.

"서 소저, 소저의 맘이 어떤지 알겠소. 하나 난 묵객이오. 패배를 모르고 살아온 사내요. 그러니 능 대협, 부탁하오."

"무슨 말을 하시든 소녀는 공자님을 혼자 두고 절대로……."

그때였다. 멀리서 웅성거리는 소리가 조금씩 들리기 시작했다.

묵객의 얼굴이 다급하게 변했다.

"담명! 훈혈!"

"…옙!"

탁탁.

담명은 급히 배 위에 올라 두 여인을 점혈해 버렸다. 삽시간에 점혈을 당한 장련과 서혜가 눈을 감으며 쓰러졌다.

휘릭휘릭.

이후, 담명은 뱃머리의 줄을 풀었다. 그 뒤 힘껏 뱃머리를 밀며 배를 강물에 띄웠다.

"꼭 돌아오셔야 합니다."

능자진이 걱정과 죄송스러운 표정으로 묵객을 바라보았다.

"걱정 마시오. 난 묵객이오. 칠객 중 하나지."

묵객은 자연스럽게 손을 흔들어 보였다. 여유 있는 모습을 유지한 채.

그렇게 그들이 조금씩 멀어져 갈 때쯤 인상을 구긴 묵객의 시선이 뒤로 향했다.

조금씩 다가오는 관인 다섯.

하지만 묵객의 시선은 삐져나온 바위 위에 올라선 궁사에게 향했다.

'다섯.'

팟.

순간 묵객의 신형이 환영으로 변했다. 그리고 일순간 궁사 위로 나타난 그가 각각 훈혈을 도로 강하게 찔렀다.

'범상치 않은 자들이 있었다.'

아까부터 머릿속을 맴도는 불쾌한 기분.

검기를 쓰는 자들을 본 것만 해도 세 명, 거기에 명사수도 있었다. 제아무리 명호라 해도 관인들에 둘러싸인 와중에 그들이 덤벼든다면 난처한 상황에 처할 것이다.

"명 대협, 조금만 기다리시오!"

자지러지는 궁사들을 뒤로하고 묵객은 지나온 산속을 향해 미친 듯이 되돌아가기 시작했다.

*   *   *

사각거리는 풀잎 소리.

툭, 투욱.

나뭇가지가 튕겼다가 돌아오는 소리.

어두운 숲속 한편에서 소리들이 점차 커져 가고 있었다.

명호의 주위를 일순간 메운 사내들이 대략 백 명. 거기에다 위에 있는 바위 곳곳에는 궁수들로 보이는 사내들도 포진되어 있었다.

"다 왔는가?"

명호는 나무 사이에 모여든 사내들을 보고 느긋하게 웃어 보였다.

"한 사람을 상대로 이리 많이 오다니 대접이 후하군."

일전에 명호가 보인 무위 때문인지 다들 말이 없었다.

일정 거리를 벌린 것도 그 이유였다. 그래도 숫자가 숫자인지라 두려워하는 눈빛은 없었다.

"참고로 말하마."

한숨을 푹 쉰 명호는 주위를 빽빽하게 둘러싼 관인들을 보며 입을 열었다.

"살고 싶은 자들은 미리 빠져라. 눈감아 주마."

고요한 바람 소리가 들리는 가운데 명호는 말을 이었다.

"너희들 중 동료애로 혹은 우연치 않게 이곳으로 온 자들이 있을 것이다. 너희들은 제대로 된 무림인들을 상대로 싸운 적이 없기에, 이 싸움이 어떻게 흐를지 전혀 모르고 있을 것이다."

명호는 말을 이었다.

"참고로 나는 반평생 사람을 죽이는 수련만 해온 무인이다. 보통의 무인들과도 달라. 그러니 그냥 조용히 가거라. 부모님께 효도하고 친우들과 정을 나누며 살아가라. 여기서 개죽음당할 필요가 없다."

그의 말에도 다들 꿈쩍하지 않았다.

오히려 그때 한 사내가 어둠 속에서 나타나더니 목소리를 높였다.

"강호인 중에는 정상적인 놈들이 없다고 하더니… 정말로 미친놈이 있긴 있구나."

금의위 신 위관이었다. 그는 성을 내며 말을 이었다.

"개소리 집어치우고 네놈의 패거리는 어디 갔느냐! 어디 숨겨두었어!"

명호는 대답하지 않고 그저 말없이 그를 바라보았다.

그러자 그가 입꼬리를 올렸다.

"하긴, 뭐… 굳이 여기서 들을 필요 없겠지. 네놈을 실토하게 만드는 일쯤이야 우리에겐 우습지도 않은……."

"금의위 감찰대로군."

갑작스러운 말인지 신 위관의 눈이 커졌다.

명호는 의연하게 말했다.

"놀랄 것 없다. 네놈들의 움직임만 봐도 대충 알 수 있다. 내가 알던 사람이 그곳의 무예를 가르친 적도 있었고."

"뭐?"

"검기를 쓸 수 있는 실력자라면 위관급이겠지. 넷인가? 아니지. 한 명이 더 있지, 아마?"

명호가 고개를 들었다. 한 관인이 들고 있는 횃불에 언뜻 비치는, 두건을 쓰고 있는 궁사를 본 것이다.

"그쯤 알았으면 상황이 힘들다는 것도 알겠군."

"확실히 힘들겠어. 전력을 다하지 않는다면……."

"전력?"

신 위관은 코웃음을 쳤다. 어느새 그의 옆에 있던 위관들도 어이없는 웃음을 흘렸다.

명호는 자신의 몸을 슬쩍 내려다보다 비릿하게 웃었다.

"아, 잘못 말했군. 어차피 전력을 다할 수밖에 없는 상황이었지? 크큭."

"더는 못 들어주겠군. 이제 그만 끝내지?"

"아, 그 전에 말이야."

툭, 툭, 툭.

명호는 손가락으로 몸의 여러 부위를 누르기 시작했다. 그러고는 다시 고개를 들어 신 위관을 향해 말했다.

"방금 내가 어떤 곳을 짚었는지 아나?"

"…천령혈(天靈穴)?"

"그래. 온몸의 힘을 원래대로, 아니, 그 이상 발휘하게 해주는 혈 자리다."

명호는 주위에 모여 있는 관인들을 향해 목소리를 높였다.

"다시 말하겠다. 너희의 입장이 있으니 도망가라고 얘기하진 않겠다. 다만 내가 움직일 때 검을 내리거나 활시위를 내게 겨누지 않는다면 살려주겠다. 이건 너희에게 해주는 마지막 내 배려다. 하나 내 말을 따르지 않을 시……."

명호는 팔을 슬쩍 걷어 올리며 말을 이었다.

"새로운 경험을 하게 될 게다."

팟.

말이 끝남과 동시에 명호의 신형이 환영처럼 사라졌다.

선공이었다.

*　　　*　　　*

궁수 한 명이 표적을 잃고 잠시 주위를 두리번거렸다. 그러고는 활을 쏘기 위해 활시위를 조금 내려놓았다.

그의 고개가 오른쪽으로 움직이는 그때.

사아… 사아… 화아아악!

바람이 스치는 순간 눈앞에 사내가 나타나며 그대로 기절해 버렸다.

"여기다! 쏴라!"

순간적으로 움직임을 놓친 신 위관이 소리쳤다. 그사이 명호는 그의 등 뒤, 활통의 활을 꺼내고는 몸을 비틀며 도약했다.

파파파팟.

화살은 명호가 있던 자리와 움직인 방향으로 연거푸 쏟아졌지만 명호의 몸은 건들지 못했다.

푹푹푹푹푹!

그리고 어느 시점에서 명호가 던진 다섯 개의 화살.

화살을 날린 궁수들에게 쏟아지며 그들은 픽픽 쓰러져 나갔다.

지이이잉.

명호가 바닥을 딛는 순간 검에 기운을 담은 위관들.

그것을 본 명호의 움직임이 몇 배로 빨라지며 사람들 사이를 파고들었다.

"읍!"

"헉!"

사방에서 쏟아진 검기에 애꿎은 관인 여섯이 영문도 모르고 쓸려 나갔다.

다시 나타난 명호는 관인들이 떨어뜨린 검 두 개를 집어 들고는 두 칼날을 일부러 부딪쳤다.

카아앙!

기이한 쇳소리와 함께 칼날이 부서지며 파편들이 공중에 솟아올랐다.

짧은 시간, 명호의 눈이 주위를 빠르게 훑었다.

'정면 여섯, 좌 셋, 우 다섯, 뒤 둘.'

창을 들고 달려오는 관인. 다시 활시위를 겨누는 궁사.

몸을 낮추며 천천히 접근하는 관인들의 숫자를 계산했다.

촤악.

이윽고 허공에서 흩날리는 파편들을 맨손으로 낚아챈 뒤.

파파파파파파파파팟.

거의 숨 쉴 시간도 없이 사방으로 던져 버렸다.

"윽!"

"컥"

"헉!"

동시에 열여섯 관인들이 추풍낙엽처럼 쓸려 나갔다. 너무나 빠른 공격이었는지 이미 죽은 자들임에도 여전히 눈을 부릅뜨고 있었다.

쇄애액.

또다시 눈앞에 나타난 신 위관.

명호의 무릎을 향해 맹렬한 속도로 검을 휘둘렀다.

탓.

명호가 뒤로 빠르게 빠지자 검이 기다렸다는 듯 변화했다. 속도가 전혀 줄지 않고 구불거리며 찔러 들어왔다.

'허수추평(虛手追平)!'

금의위 살인무예(殺人武藝)인 팔룡검(八龍劍)의 초식.

뒷발에 무게중심을 싣고 일부러 막거나 피하게 만든 뒤 그 순간을 파고드는 강력한 일격의 초식이었다.

'스쳤다.'

명호가 아슬아슬하게 피해내자 신 위관의 표정이 어두워졌다. 분명 죽일 기회였는데 상대의 신법이 워낙 빨라 간발의 차로 잡지 못한 것이다.

'검기!'

그의 검을 가까스로 피해낸 명호는 호흡을 고를 시간도 없이 자리에서 도약했다. 때마침 그 자리를, 일렁이는 기운 하나가 스치고 지나갔다.

"큽!"

그렇게 도약하던 명호가 갑자기 바닥에 쓰러졌다. 무리하게 몸을 뒤틀다 등 뒤에 길게 뻗은 나무가 있는 것을 차마 보지 못한 것이다.

"끝났……!"

푸슉!

명호의 몸을 내리찍던 신 위관의 검이 맨바닥으로 박혀 들어갔다.

하나 그곳엔 명호가 없었다. 눈 깜짝할 사이에 검기를 날렸던 유(柳) 위관 쪽으로 달려가고 있었다.

근처 창과 검을 든 관인들이 우르르 몰려들며 명호의 앞을 막아섰다.

빽!

명호는 제일 처음 마주한 무사의 턱을 팔꿈치로 쳐올린 뒤.

쏴악!

그가 떨어뜨린 검을 잡자마자 재차 앞을 막은 관인의 목을 베어버리고는.

쇄액쇄액!

옆에 있는 두 명의 목을 날리며.

콱!

"컥!"

도약하는 사내의 복부에 검을 쑤셔 박은 뒤 저돌적으로 밀어버렸다.

"하앗!"

주춤하는 사이 어느새 거리를 좁힌 신 위관이 검을 수직으로 내리그었다.

캉!

명호가 몸을 뒤틀어 사선으로 검을 막았다.

그리고.

슈우우우욱!

뒤로 밀려나는 그를 향해 기다렸다는 듯 몇 배나 빠른 속도로 찔러 넣었다.

'이건!'

그것을 본 신 위관은 주춤했다. 아니, 주춤할 수밖에 없었다. 이것은 분명 금의위만이 아는, 조금 전 그에게 선보인 허수추평이었다.

콱!

"우욱!"

찰나의 방심이 결국 화를 불렀다.

명호가 신 위관의 복부에 칼을 찔러 넣자, 그의 허리가 반으로 꺾였다.

"내가 분명 말했지?"

명호가 천천히 고개를 들었다. 한순간 피가 역류했는지 신 위관의 입가에는 붉은 피가 뚝뚝 떨어지고 있었다.

"새로운 경험을 하게 해주겠다고."

피로 점철된 명호의 얼굴에는 한 줄기 싸늘한 미소가 퍼지고 있었다.

第十三章

천하의 셋 중 하나

좌악.

명호가 검을 빼자 신 위관은 천천히 바닥으로 엎어졌다. 동료 위관들이 소리치는 와중에도 그는 움직이지 않았다. 이미 유명을 달리한 것이다.

스윽.

명호는 뒤돌아서며 고개를 들었다. 그곳엔 평소의 밝고 온화한 미소는 보이지 않았다. 오직 섬뜩한 조소만이 자리 잡고 있었다.

"그럼 또 시작할까?"

슈슈슈슈슈슉!

말이 끝나자마자 허공에서 수십 개의 화살이 비처럼 쏟아졌다. 몸이 세 개로 불어난 듯 움직이던 명호는 삽시간에 그들이 쏜 지점을 벗어났다.

"하압!"

관병 백 명을 지휘하는 백호장, 관무(寬武)는 눈앞에 나타난 사내를 포착하고는 장창(長槍)을 재빠르게 찔러 넣었다. 자신의 병기가 상대의 몸에 파고들자 찰나 그의 얼굴에 화색이 도는 듯했다.

하지만 사내의 몸은 이내 허상으로 변했고 그의 고개가 대상을 찾기 위해 획 꺾였다.

"이미 늦었다."

픽.

명호의 주먹이 그의 가슴에 꽂히자마자 그대로 고꾸라졌다. 그러고는 게거품을 물며 덜덜 떨어댔다.

"죽여!"

그사이 그를 비호하던 십호장 여섯이 다가왔다.

명호는 곧장 백호장의 장창을 집어 들고 맞서 휘둘렀다.

따따닥! 딱 딱!

장창끼리 맞부딪치자마자 십호장 셋은 병기를 놓쳤고.

푹! 푹! 푹!

나머지 셋은 차마 병기를 휘두르지도 못하고 명호의 창에 찔려 바닥에 쓰러졌다. 힘도 힘이지만 육안으로 볼 수 없을 만큼 공격이 너무나 빨랐다.

패애애애액—!

그때 명호에게 또다시 날아온 철시.

한데 이번엔 반듯한 직사로 날아오지 않고 휘어지듯 기이한 호선을 그렸다.

'활에 회전을 넣었군.'

명호는 창을 비스듬히 세우며 정신을 집중했다. 그리고 화살이 지척까지 다가오던 순간을 포착, 옆으로 강하게 휘둘렀다.

콰직!

명호의 지척에서 굉음이 터졌다. 장창의 창대가 화살의 동선을 막아버린 것이다.

철시는 힘을 잃고 바닥으로 떨어져 박혔다.

쑤욱.

명호는 곧장 철시를 집어 든 뒤 바위 위에 있는 궁사의 위치를 확인하고는 말했다.

"회전은 그렇게 넣는 게 아냐."

퍼애애액.

명호는 집어 든 철시를 곧장 던졌다. 그러자 손으로 던진 화살이 활로 쏜 것처럼 엄청난 파공음을 내며 날아갔다.

그걸 본 금의위 궁사는 급히 뒤로 몸을 뺐다.

"……!"

휘릭.

일순 궁사, 운 위관의 눈이 부릅떠졌다. 놀랍게도 철시의 방향이 꺾였다. 어떻게 예측했는지 그가 몸을 뺀 방향 쪽으로 정확히 날아온 것이다.

운 위관이 눈앞의 화살을 바라보며 어찌할 바를 몰라 하던 순간.

"하압!"

까아앙!

금의위 무관이 나타나 화살을 걷어내 버렸다.

"쳇. 운이 좋은 놈이군."

지켜보던 명호가 아쉬운 듯 입맛을 다셨다. 그러고는 재차 주위를 훑기 시작했다. 제법 많은 수를 줄였음에도 주위에는 여전히 관병들이 빼곡 차 있다. 긴 시간 동안 관 밖에 소란이 일어났기 때문인지 오히려 이전보다 더 많아진 것 같았다.

"네놈, 금의위 무공을 어떻게 알고 있지?"

금의위 무사, 유 위관이 나서며 명호를 향해 물었다.

명호는 바닥에 놓인 장창을 집어 들고는 대답했다.

"늘 배웠던 것이니까."

"배워? 황궁 금의위의 무공은 아무나 배울 수 있는 게 아니다!"

"그럼 아무나가 아니겠지."

"뭐? 이놈이⋯⋯."

"잡소리는 그쯤 하고."

명호는 고개를 좌우로 움직이며 주위를 한 번 더 훑어보았다. 그리고 얼굴에 묻은 피를 털어내며 말을 이었다.

"계속 덤벼라. 내겐 시간이 많지 않다."

＊　　　＊　　　＊

"창을 줘라!"

금의위 궁사를 제외한 무사 셋은 관병들을 향해 손짓했다. 연거푸 검기를 날렸기에 그들 역시 체력이 떨어진 상태였다.

이럴 때는 장창을 이용한 연합 공격이 더욱 효율적이었다.

"저놈은 절대 살아남을 수 없다!"

"고작 한 놈이다!"

"우릴 믿어라!"

각기 금의위 위관들은 떨어진 사기를 북돋우며 자진해서 한 발 나섰다.

그들은 추호도 자신들의 패배를 의심하지 않았다.

주위를 둘러싼 관병 백오십. 몸을 엄폐한 궁사 사십과 한발 앞서 걸어 나온 백호장 둘과 십호장 열둘. 거기에 특급 금의위 궁사까지 준비되어 있으니 이곳은 저놈이 무슨 짓을 해도 빠져나갈 수 없었다.

"언제 시작하나."

명호는 그런 압박감 속에서 여유로운 미소로 화답했다. 그 상태로 잠시 뜸을 들이다가 표정을 굳혔다.

"슬슬 기다리기 지루해지던 참인데……."

휘릭! 휘릭! 휙휙휙!

기다렸다는 듯 수십 발의 화살이 공중을 뒤덮자 명호는 정면으로 달려 나갔다.

같은 방향에 있던 금의위 세 명 역시 마음을 먹은 듯 곧장 움직였다.

피유유육―!

그때 그들 뒤로 철시가 공중으로 치솟았다. 상당히 높이 올라가던 철시가 이내 수직으로 떨어지며 명호에게로 향했다.

타앗. 타앗.

동시에 금의위 세 명이 힘껏 뛰어올랐다. 그리고 명호를 겨냥해 창을 힘껏 찔러 넣었다.

휘릭!

명호의 창(槍)도 함께 반응했다.

하나 처음 향한 곳은 자신을 향해 찔러 오는 좌우도, 정면도 아닌 위였다.

딱!

철시를 튕겨내자마자 명호의 창이 재차 변화했다. 좌우에서 찔러 들어오는 창대를 겨냥한 것이다.

딱! 딱!

재빠르게 상대의 창대를 걷어낸 명호. 그의 창이 이번에는 정면으로 움직였다.

"……!"

일순 명호의 얼굴이 금이 간 듯 굳어졌다. 몇 번의 방향 전환 때문인지 정면에서 금의위가 찔러 오는 창의 속도를 이겨내지 못했다. 정확히 말하자면 이미 늦은 후였다.

푹!

명호의 어깨에 한 위관의 장창이 파고들었다.

순간 한 위관의 얼굴에 희열이 흘렀다. 상대에게 정확히 타격을 주었다고 생각해서였다.

"하하핫! 끝났……."

말을 잇던 그의 웃음이 어느 순간 뚝 멎었다. 고통에 몸부림쳐야 할 상대가 눈 하나 깜짝이지 않고 자신을 노려보고 있었기 때문이다.

"뭐?"

"……."

"이게 뭐 어쨌다는 거냐?"

빠각.

명호는 장창을 놓고 몸에 박힌 창대를 손으로 부러뜨렸다. 그러고는 창날을 어깨에서 뽑는 것과 동시에 한 위관의 목에 쑤셔 넣었다.

"꺼억!"

한 줄기의 신음이 울음처럼 퍼졌다. 이내 그의 몸이 뻣뻣해지더니 그대로 뒤로 넘어갔다.

파팟.

지켜보던 금의위 둘은 동료들의 죽음에도 눈 하나 깜짝하지 않았다. 그들은 경험 많은 무사답게 곧장 자세를 가다듬으며 곧장 명호를 향해 덤벼들었다.

퉁.

그사이 명호는 한 위관이 떨어뜨린 장창을 잡으며 다른 한 손으로 흙 한 줌을 집어 촤악 뿌렸다.

"큽!"

흩뿌려진 모래는 유 위관의 시야를 방해했다.

그의 창 궤적이 아래로 꺾인 것을 확인한 명호는 곧장 몸을 날렸다.

한순간, 시간이 느리게 흘러갔다.

"……!"

눈앞의 상대를 놓친 유 위관.

"……!"

그런 유 위관의 창대를 밟고 올라선 명호.

"……!"

명호가 도약하는 위치를 잘못 예상한 정 위관의 장창.

파아아앗!

마치 멈춘 것 같던 시간은 명호의 창(槍)이 움직이는 순간 다시금 빨라졌다.

"컥!"

유 위관의 가슴에 명호의 창이 그대로 적중.

촤악!

명호의 장창이 재차 반원을 그리며 정 위관에 적중.

유 위관은 주춤주춤 뒷걸음질 쳤고 정 위관은 뒤로 쭈욱 밀려 나가다 바닥을 굴렀다.

'어?'

한데 창을 회수하던 명호의 표정이 좋지 않았다. 급히 뭔가 확인하는 듯 그는 자신의 손을 펼쳐 바라보았다.

'힘이……'

내공이 실리지 않았다. 분명 모든 힘을 짜낸 공격이었는데 힘이 실리지 않은 것이다.

"괜찮으십니까?"

쓰러진 유 위관과 정 위관에게 장병들이 몰려들었다.

유 위관과 정 위관은 찔린 가슴을 확인하더니 손을 저었다.

그리고 다시 명호를 찾던 그때.

픽!

누군가 쏜 화살이 명호의 팔에 정확히 꽂혔다.

그 모습을 보던 위관들의 눈이 커졌다. 평범한 화살이었다. 그런 화살을 그가 피하지 못한 것이다.

덜덜덜.

거기에다 그는 온몸을 떨고 있었다. 마치 큰 경기를 일으키 듯 서 있는 것도 위태해 보였다.

잠시 고민하던 유 위관은 급히 움직였다. 삽시간에 다가서 그를 향해 창을 찔러 넣었다.

"읍!"

창은 허벅지에 정확히 박혀 들어갔다. 상대의 손이 반격하려 는 듯 크게 튀어 올랐지만 유 위관의 창은 그 손을 찍고 다시 창날을 쑤셔 박았다.

푹!

강철이 육신을 찢는 소리가 들렸다. 동시에 뿌드득 하며 뼈가 아닌 이가 갈리는 소리도 함께 들려왔다.

유 위관은 상대가 반격하는 줄 알고 급히 몸을 일으켜 방비 했지만, 상대의 손은 턱은 고사하고 가슴께까지도 올라오지 못했다.

"지쳤군?"

"……."

희번덕거리며 물어오는 상대의 눈에 명호는 잠시 암담한 얼굴이 되었다.

그 말대로 명호는 지쳐 있었다. 육신의 피로함이 아니라 영혼까지 고갈된 듯한, 전신 경락에 한 올의 기운도 남아 있지 않았다.

"아직 멀었어."

부들부들 떨리는 얼굴을 간신히 굳히며 한마디 더 내뱉는 게 고작이었다.

"멀었다는군. 어쩔 텐가, 정 위관?"

"글쎄……."

명호의 말에 유 위관이 이빨을 드러냈다. 이름이 불린 정 위관이 슬쩍 뒤를 돌아보았다.

그러자 대기하고 있던 백호장 한 명과 십호장들이 의미를 알아차리곤 곧장 움직였다.

푹! 푹! 푹! 푹!

수십 개의 검과 창날이 명호를 찌르기 시작했다.

힘이 빠진 명호는 사방에서 찔러 드는 창날에 어떠한 저항도 하지 못했다.

"아직 멀었지? 어때? 아직 모자라지?"

"크큭. 물론이지."

이죽거리는 관병들의 도발에 비웃으며 명호는 안간힘을 끌어모았다.

한 푼. 한 푼의 힘만 있으면 된다. 하지만 이미 메말라 버린 그의 아랫배는 기력을 끌어내기는커녕 숨도 쉬기 힘들어 했다.

푸욱!

"……!"

그런 그의 아랫배를 창날이 쑤셔 박았다. 마치 병든 사자의 절망적인 신음처럼 비명이 터져 나왔다.

"이쯤 하면 괜찮겠나?"

"한참 모자라. 분이라도 풀어야지."

유 위관의 말에 정 위관은 분기가 아직 남은 얼굴로 씨근거렸다. 도지휘사 직할의 정병 사백 중 이백 명이 이번 일로 죽거나 폐물이 되었다. 그중 이 빌어먹을 놈 하나에게 백 명 가까이가 죽거나 불구가 되었다.

"어이! 더 모여봐!"

목표로 하던 장씨세가 인물들은 죽이지도, 잡지도 못하고 대부분 빠져나갔다. 아마 정 위관도, 유 위관도 이 일에 대해 책임을 지게 될 터였다.

승진 가도는 고사하고, 한직에 내몰려 평생 밥버러지나 될 처지. 정 위관은 그 일의 원흉인 명호에게 분풀이라도 하기 위해 창날을 까닥거렸다.

푸욱! 푸욱! 픽! 픽!

끔찍한 구타와 괴롭힘이 이어졌다.

동료의 피를 본 관병들의 복수는 악랄하고 지독했다.

"크큭."

그런데 뭔가 이상했다. 고통 속에 울부짖는 것이 당연한데도, 그것이 정상임에도 명호는 단 한 번도 비명을 지르지 않았다. 오히려 비웃음 소리만이 들려올 뿐이었다.

"너희는 내가 누구라고 생각하는가?"

잔혹한 손속이 잠시 멎었다. 그리고 온몸에서 피가 줄줄 쏟아지는 명호에게로 모두 시선이 쏠렸다.

"난 전문가다. 이 정도 고문은 수도 없이 당했지. 내게 바라는 게 살려달라는 비명이라면 포기하는 게 좋을 게야."

그 말에 얼굴이 시뻘게진 유 위관이 소리쳤다.

"더 고통스럽게 만들어라!"

푸욱! 푸욱! 푸욱! 푸욱!

"읍!"

엄청난 고통 속에서 명호는 이를 악물며 버텼다. 팔이, 다리가, 온몸의 근육이란 근육이 갈가리 헤집어지고 있었지만 눈 하나 깜짝하지 않고 그들을 노려보며 맞섰다.

'단장……'

그리고 그 와중에 마지막 얼굴 하나를 그리고 있었다. 전에도 이런 적이 있었다. 그때도 이렇게 끔찍하게 당했었다.

그런 자신을 구해내며 차갑게 웃었던 그 남자가 지금은… 없었다.

'미안하오……'

이윽고 근육이 찢어지고 관절이 부서졌다. 경맥과 신경이 흩어질 정도로 고통받고 있었다.

픽! 픽! 으드득!

눈앞이 아득해졌다.

어깨, 다리, 허벅지로 날카로운 쇠붙이가, 묵직한 창대가 날아들었다. 마치 지치고 병든 사자를 승냥이 떼가 물어뜯는 듯한 모습이었다.

시야 저편으로 별이, 빛이 부서져 나갔다. 살점이 베여 찢기고, 뼈가 부러지는 격통 속에서 명호는 마지막으로 바랐다.

'함께 모여 오래 살자는 그 약속… 지키지 못하고 떠납니다.'

터억! 멈칫!

마지막 생각을 마치려는 순간, 그에게 쏟아지던 공격이 멈췄다.

툭. 으득. 픽!

무언가가 부서지는 소리.

콱! 콱! 콸콸콸.

터지며 흘러내리는 소리.

아아악! 으아아악! 어어억!

비명과 함께 생명이 흩어져 나가는 소리가 일었다.

"이게… 대체 무슨 일이오?"

이건 꿈인가? 아니면 환각인가?

지금 저 떨리는 목소리로 자신을 부르는 건 누군가.

"형장이 왜 이런 몰골로 있냐는 말이오!"

산채가 떠나갈 듯 찢어지는 목소리.

명호는 마지막의 마지막 힘을 끌어모아 눈을 들었다. 반밖에 남지 않은 시야. 피로 온통 붉어진 세상 속에서 그가 서 있었다.

"집에 갑시다……. 함께 갑시다, 형장……."

묵객이었다. 온몸에 빼곡히 상처를 입고, 목이 잘려 나간 관군의 머리를 집어 들고 있는 그가.

눈에 눈물이 가득 고인 채로 흐느끼고 있었다.

"…그래요."

명호는 가늘게 숨을 쉬었다. 그리고 마지막 힘을 짜내 지그시 웃어 보였다.

"갑시다, 집에……."

*　　　*　　　*

덜컥.

명호에게로 향하던 창대 하나가 움직임을 멈췄다.

창의 주인인 십호장의 고개가 뒤로 돌아갔다. 그곳엔 이름 모를 사내가 자신의 창대를 잡고 있었다.

"넌 누구……. 으악!"

좌악!

십호장이 입을 여는 순간, 창대를 잡고 있던 그의 손이 잘려 나갔다. 하지만 비명이 채 이어지지 못하고 그의 머리채가 사내의 손에 붙잡혔다.

박박박박!

네 번.

묵객의 손에 붙잡힌 십호장의 머리가 땅을 찍었다.

박박박!

또다시 세 번.

온몸을 흔들어 대던 그의 몸이 더는 움직이지 않았다.

"누구냐!"

"이놈!"

낯선 이의 등장에 십호장 옆에 있던 관병들이 덤벼들었다. 그리고 거짓말처럼 순식간에 목이 잘려 나갔다.

"죽여!"

이번엔 주위 관병들이 모두 합세했다. 하지만 그들도 별반 다르지 않았다. 묵객의 일 도(一刀)에 허망하게 목숨을 잃었다.

오싹.

그들과 조금 떨어져 있던 유 위관과 정 위관의 얼굴이 굳어졌다. 엄청난 내공이다. 모든 일 검에 기(氣)를 뿜어내며 공격하고 있었다. 그로 인해 무공을 익히지 못한 관병들은 제대로 된 저항을 하지 못했다.

"저는 가담하지…… 윽!"

변명하던 이도.

"살려 주십…… 컥!"

사정하며 손을 비비던 관병도 봐주지 않았다. 명호 곁에 모여 있던 삼십여 명의 관병들 중 누구도 저항하지 못한 채 그렇게 목숨을 잃었다.

스윽.

명호 주위의 관병들을 모두 처리한 묵객은 주위를 살폈다. 그러고는 싸늘한 목소리로 물었다.

"나머지 녀석들은… 덤비지 않을 건가?"

어떠한 대답도 들려오지 않자 묵객은 고개를 끄덕였다.

"좋다. 그럼 내가 가지."

팟.

신형이 환영처럼 사라지는 순간, 조금 떨어져 지켜보던 관병 서너 명이 쓸려 나갔다.

"고작 한 명이다! 물러서지 마라!"

묵객의 무위에 유 위관이 소리쳤다.

하지만 관병들은 예전의 그들이 아니었다. 명호의 무위를 경험한 관병들이 그에 필적할 만한 무위를 보자마자 겁을 집어먹은 것이다. 설상가상으로 바위 위에 엄폐하고 있던 궁사들의 지원사격도 없었다. 상황이 어렵다고 판단하고 이미 몸을 뺀 것이다.

관병 수십이 멀찍이 물러서고 주위에 두 위관만 덩그러니 남았을 무렵.

"후우. 후우."

잠시 호흡을 고른 묵객이 싸늘한 시선으로 고개를 들었다. 그러곤 자세를 가다듬으며 그들을 향해 달려 나갔다.

탓. 탓.

두 금의위 역시 창대를 잡고 맞섰다.

"…도기(刀氣)요!"

이 장의 거리를 두고 휘두른 단월도.

그 칼날 끝에서 일렁임이 일자 그들은 다른 방향으로 도약
했다.

이이이잉.

그 순간 도기가 변했다. 정면으로 발출한 기(氣)가 두 방향으
로 갈라지며 각각 그들 앞으로 다가온 것이다.

하나 그들 역시 황궁을 대표하는 무사들. 각기 창끝에 기(氣)
를 발출하며 도기에 맞섰다.

쩌어어엉.

강한 파동이 그들의 눈앞에서 터져 나왔다. 그리고 둘의 신
형이 휘청하더니 뒤로 주욱 밀렸다.

'제길, 힘을 너무 소비했어.'

내공에서 밀린 정 위관이 자세를 잡지 못하고 휘청거렸다.

그 순간.

"……!"

정 위관의 눈앞에 묵객이 나타났다.

그는 급히 창대를 위로 막았다.

쇄액!

하지만 단월도의 강한 힘을 이겨내지 못하고 창대가 잘려 나
갔다. 이후 잘려 나간 두 창대를 잡고 필사적으로 저항했다.

캉캉캉!

몇 번의 교전.

이후, 그에게 빈틈이 생겨났다. 묵객의 도가 그 사이로 파고 들자 때마침 유 위관이 그 동선을 분쇄해 버렸다.

"합!"

캉캉캉! 쇄쇄액! 파팟!

묵객은 또다시 두 위관과 십수 합을 겨루었다.

단월도가 정 위관의 허리를 삼 촌(9센티미터) 깊이로 베고 지나가자 결국 그는 무릎을 꿇었다. 그 찰나를 파고든 단월도가 정 위관의 창을 날려 버렸다.

동료 정 위관의 위기.

유 위관은 모든 힘을 짜냈다.

"하압!"

급히 생성한 창기(槍氣)를 묵객에게 뿌리자 정 위관의 목을 베려던 묵객이 멈칫했다.

이후, 신형이 환영처럼 변하며 뒤로 물러섰다.

타탓.

삼 장의 거리를 두고 선 묵객은 자신의 다리를 바라보았다. 허벅지에서 붉은 피가 뚝뚝 떨어졌다. 간발의 차로 스친 것이다.

"이놈! 네놈이 지금 무슨 짓을 하고 있는 줄 아느냐?"

위기에서 벗어난 정 위관이 이를 바득 갈며 외쳤다. 한 번도 아닌, 무림인에게 두 번이나 당했다는 수치심에 얼굴이 시뻘게져 있었다.

"나라를 위해 헌신하는 관병들을 수없이 죽였다! 거기에다 지금 그 얄팍한 무위를 자랑삼아 나라에 정면으로 도전을 하고 있어! 이러고도 네놈이 무사할 줄 아느냐!"

"……"

"칠객? 강호에선 대협의 표상이라고 불렀다지? 한데 지금 네놈이 하고 있는 짓을 보거라! 능력이 있으면서 나라에 몸을 바치지도 않고 그저 명분 없는 살인을 즐기다니. 그러니 강호 놈들이 민초들의 고혈을 뽑아 먹는 자들이라 불리는 것이다!"

묵객은 대답이 없었다. 하지만 이전과 달리 그들의 얘기를 귀담아듣고 있었다.

"난 금의위 위관으로 재직 중인 유서명이란 사람이네."

정적이 흐르자 이번엔 유 위관이 나섰다.

"자네도 대충 짐작하겠지만 우린 금의위 무사일세. 나라의 부름을 받고 헌신하는 사람들이지. 지금 우리가 하고 있는 일역시 그중 하나이고."

"……"

"우리도 많은 관병들을 잃었네. 금의위 무사들이 죽기도 했고. 이게 정도를 표상하는 칠객, 자네가 걷는 길인가?"

"방금 협(俠)이라 했느냐?"

순간 묵객의 입꼬리가 올라갔다. 그러곤 처음으로 입을 열기 시작했다.

"그렇다. 협이다."

"그럼 네놈들이 힘없는 무인 한 명을 상대로 싸우는 것도 협인 것이냐?"

"그놈은!"

그때 정 위관이 끼어들었다.

"그놈은 일개 무인이 아니다. 그를 제압하기 위해 어쩔 수 없는……."

"어쩔 수 없었다고?"

묵객의 눈이 다시 매서워졌다. 두 무인을 번갈아 보던 그가 재차 입을 열었다.

"힘을 잃고 쓰러진 적을 매서운 창으로 뚫고 찢어발겨 놓고는 어쩔 수 없었다고?"

"그거야……."

"네놈들은 이미 무인이 아니다. 그러니 더는 설명하려 하지도 이해시키려고 하지도 마라. 지금 내 머릿속엔 온통……."

묵객은 단월도를 비스듬히 세우며 말을 이었다.

"네놈들을 죽여야 한다는 생각뿐이니까."

"……!"

말이 끝나자마자 묵객은 눈 깜짝할 사이 그들 앞에 나타났다.

두 위관은 잡고 있던 창을 휘두르려 했지만 이미 늦었다는 걸 깨달았다. 체력이 모두 떨어진 마당에 또다시 도기를 막을 힘이 없었던 것이다.

촤악.

"으악!"

"악!"

일순간 터져 나오는 괴성.

둘은 허벅지가 베이며 쓰러졌다.

묵객은 그중 한 명인 정 위관에게로 향했다.

촤악.

이후, 머리채를 재빨리 붙잡고 바닥에 그대로 찍어 넣었다.

박박박박박!

바닥에 수도 없이 정 위관의 머리가 박혀 들어갔다. 그 머리에서 난 붉은 피가 바닥을 뒤덮었을 때 천천히 손을 뗐다.

"이런! 이런 망할 자식이!"

한쪽에서 잘려 나간 허벅지를 붙잡고 유 위관이 소리쳤다. 그 모습을 본 묵객의 단월도가 빠르게 움직였다.

촤악.

단번에 잘려 나가는 유 위관의 손.

"악!"

그리고 다리.

"악악!"

마지막에 목이 잘려 나가자 더는 소리가 들리지 않았다.

터억. 터억.

묵객은 잘라낸 유 위관의 머리를 들고 명호를 향해 터벅터벅 걸어갔다. 슬픔보다는 온몸에 힘이 빠졌기 때문이다. 감정 조절의 실패 때문인지, 아님 명호를 이리 보낸 것에 대한 분노 때문인지, 몸속 내공을 거의 다 소진해 버린 상태였다.

'살아 있어!'

힘없이 그를 바라보던 묵객의 눈이 커졌다.

명호의 눈꺼풀이 가늘게 떨리는 모습을 본 것이다.

"형장… 대체 어떻게 된 일이오."

"……."

"형장이 왜 이런 몰골로 있냐는 말이오!"

산을 뒤흔드는 고함 소리에 명호가 반응했다. 떨리던 눈꺼풀이 점점 올라가더니 이내 묵객과 초점을 맞춘 것이다.

"집에 갑시다. 형장……."

얼굴이 일그러지던 묵객의 눈가로 한 줄기 눈물이 흘러내리고 있었다.

모든 게 자신 탓인 것 같았다. 조금만 더 빨리 당도했더라면, 조금만 더 적들을 빠르게 처리했더라면.

"……."

그러던 그때 명호가 중얼거렸다. 정확히 들리지 않았지만 분명 알 수 있었다. 자신의 말에 화답한 것이라고.

툭.

묵객은 유 위관의 머리를 던져 버리고는 명호의 곁에 다가갔다.

시뻘겋게 변한 나무숲.

묵객과 명호는 지친 몸을 이끌고 그곳에서 빠져나왔다.

*   *   *

"뭐! 놓쳤다고!"

쾅!

장대풍은 탁자를 후려갈겼다.

상관의 격한 반응에 백호장 위명(斉明)은 머리를 재차 박고는 말을 이었다.

"묵객 외에도 알려지지 않은 고수가 더 있었습니다. 그는 정말 엄청난 실력자였습니다. 태어나 그런 무위를 본 적이 없을 만큼……."

"그래서?"

변명의 말을 가로챈 장대풍이 날카로운 눈빛을 띠며 물었다.

"이백이 넘는 관병과 금의위 무사들이 전부 죽을 수밖에 없었다는 말이냐?"

"그것이……."

"이노오놈! 지금 그따위 말을 변명이라고 하느냐!"

콰앙!

"읍!"

장대풍이 발로 찬 탁자에 맞은 백호장이 신음했다. 이윽고 한 줄기 붉은 피가 그의 이마로 흘러내렸다. 하지만 그는 움직이지 않고 고개를 숙이고 있었다.

"너무 흥분하지 마십시오, 대인."

"운 사관(史官)께서 언제……."

부채로 얼굴을 가린 사내.

그가 열린 문으로 들어오자 장대풍의 감정이 조금 누그러졌다. 그러나 자세는 이전보다 조금 굳어 있었다.

"그럼 저는 이만 나가 보겠습니다."

분위기를 읽은 백호장이 고개를 숙이며 방을 빠져나갔다.

쿵.

문이 닫히자 운 사관이라 불린 사내가 말을 이었다.

"묵객과 그 은둔 고수를 사로잡았다면 좋았겠지만 그렇지 않다 하더라도 꼭 손해만은 아닙니다. 이미 그들은 우리에게 명분을 주었지요. 관부에 도전한 것보다 더 큰 중죄가 있겠습니까?"

"그건 그렇습니다만……."

"대인께서 무슨 걱정 하시는지 압니다. 하나 이번 피해로 인해 관이 나서 장씨세가에 협력하는 모용세가와 개방을 사로잡을 명분 또한 가지게 된 터. 지금 그들이 무엇을 할 수 있겠습니까?"

"아!"

순간 장대풍의 눈이 커졌다. 관의 피해는 곧 무림불가침을 깰 수 있는 명분을 가지게 된다. 그렇다면 문제는 생각보다 쉽게 해결될 수 있다.

"모사라 함은 하나의 책략을 가지고 움직이지 않지요. 만약 일이 틀어질 때를 대비해 두세 개의 책략을 가지고 있어야 하지요. 이 모든 것도 다 계획 아래에 있는 것들입니다."

그는 부채를 슬쩍 내리며 고개를 숙였다.

"대인의 공이 적지 않으십니다."

그의 얼굴을 본 장대풍의 눈엔 묘한 이질감이 어렸다.

관직의 품계는 낮지만 여러 면에서 자신보다 뛰어난 자. 그런 그가 고개를 숙이자 흡사 대단히 추앙받고 있다는 느낌이 들었다.

장대풍은 말했다.

"그럼 앞으로 일 처리는 어떻게 하면 좋겠습니까?"

"일단 당상관께는 제가 잘 얘기하겠습니다. 그리고 그 이후는 저에게 맡겨주십시오."

"운 사관이라면 능히 믿을 만한 분이시지요."

그는 그제야 얼굴이 밝아졌다. 그러다 문득 뭔가를 떠올리며 말했다.

"한데 운 사관."

"예, 대인."

"장씨세가에 광휘란 자가 맹주와 친분이 있다고 들었습니다. 만약 그가 나서면 매우 난처한 일이 벌어질 게 아닙니까?"

"아직 소식을 못 들으셨나 봅니다."

"무슨……?"

"맹주는 지금 서역 경계에서 목숨 건 싸움을 하고 있을 겁니다."

서역에 있다고 하니 장대풍은 일단 안심했다. 하지만 그로 인해 또다시 의문이 드는 건 어쩔 수 없었다.

"맹주는 현 천하제일고수라 불리는 잡니다. 그런 그에게 대적할 수 있는 상대가 있을지……."

"그분 역시 천하제일고수라 불렸던 잡니다. 비록 과거지만 말이지요."

"예?"

당황하는 장대풍을 향해 운 사관이란 자는 부드러운 미소로
말을 이었다.

　"현 천하의 셋 중 하나가 바로 그분입니다."

第十四章

자각몽

곧 비가 억수같이 쏟아질 것 같은 새벽 날씨에 능시걸은 빠른 걸음으로 어디론가 걸어가고 있었다.

그가 향한 곳은 양면이 경사진 인(人) 자형 지붕.

장씨세가와 이백여 리 떨어진 곳으로 하북 이십여 개의 분타주, 그곳의 중심 건물이었다.

스윽. 스윽. 스윽.

그가 문을 들어서자 긴 원탁에 앉아 있던 거지들이 급히 기립했다.

능시걸은 간단히 손을 내저으며 한쪽 방으로 들어섰다.

"오셨습니까."

방 안에는 세 명의 사내가 있었다. 후개 백효와 짚으로 꼰 줄로 만든 머리띠를 한 중년 거지 하나, 그리고 관모를 쓴, 관인으로 보이는 무인이었다.

능시걸이 간단히 목례를 하고 다가서자 중년 거지가 한 발짝 걸어 나왔다. 그리고 준비해 놓았던 양피지 한 장을 탁자 위에 펼쳐 보였다.

"여길 보십시오."

하북의 전도(全都: 도시 전체)가 한눈에 기록되어 있는 지도였다.

"사건이 벌어진 곳이 어디냐?"

"이곳입니다."

"위녕(衛寧)이라면… 도지휘사사(都指揮使司)?"

"예."

"이런……."

중년 거지가 찍은 지점을 본 능시걸의 눈썹이 살짝 치켜 올라갔다. 하필 지방 관아의 최고직이 있는 곳이라니.

능시걸은 잠시 뜸을 들이다 말했다.

"지금 누가 오고 있다고 했지?"

"장 소저와 서 소저, 그리고 능자진이란 무인이 함께입니다. 관정(璀正) 분타주의 비호 아래 움직이고 있습니다."

"묵객과 명호는? 그들도 함께 갔을 텐데?"

"근방에 방도들을 풀었지만 생사가 확인되지 않았습니다. 다만 도지휘사의 성 외곽에 관인 수백이 죽은 것으로 파악되었습니다."

"뭐?"

능시걸이 되물으며 관복을 입은 사내에게로 시선을 돌렸다. 그러자 그가 낮은 음성으로 조용히 입을 뗐다.

"어젯밤 관병들에게 침입자를 사로잡으라는 도지휘사의 명이 있었다고 합니다."

"싸움이 일어났구나."

능시걸은 생각했다.

설마하니 이쪽에서 칼을 휘두르진 않았을 테고 이는 관인들이 먼저 살수를 뻗었다는 것을 뜻하는 게 아닌가.

"혹시 장련 소저가 도지휘사에게 무슨 제안을 했는지 물어봤느냐?"

일단 원인부터 알기 위해 능시걸이 묻자 이번엔 백효가 대답했다.

"운수산을 내준다고 했답니다."

"그런데 칼을 들이밀었다고?"

"예."

"이런……."

능시걸의 표정이 점점 어두워졌다. 운수산을 받지 않는다는 것, 관무불침이니 그것까지는 이해할 수 있었다. 그런데 칼을 들이댄 것은 달랐다. 이는 팽가와 어떤 식으로든 관계되어 있다는 말이 아닌가.

그러던 그의 머릿속에 문득 경고하듯 말하는 목소리가 떠올랐다.

"제 뒤에 누가 있을 것 같습니까?"

'팽인호······.'

자신감에 가득 찼던 그 미소.

그가 말했던 '뒤'라는 곳은 이제 보니 맹이 아닌 관이었던 것이다.

"어떻게 하실 생각입니까?"

굳어 있는 능시걸을 향해 백효가 말했다.

"묵객과 명호부터 찾아라. 쉽게 당할 자들이 아니지만 도지휘사 쪽에 뛰어난 무장이 있을 수도 있다. 안전부터 확보하는 것이 우선이야."

이후 능시걸은 관인으로 보이는 무사에게 말했다.

"도지휘사 쪽에서 따로 지침이 나온 것이 있느냐?"

"아직까진 없습니다. 다만 의심스러운 행동이 있었습니다."

"그게 무엇이냐?"

"도지휘사사에서 전서구 몇 마리가 날아올랐는데 그 방향이······."

잠시 뜸을 들이던 그가 말했다.

"황궁이랍니다."

"흐음."

능시걸은 이해가 된다는 듯 고개를 끄덕여 보였다.

지방의 최고 관리가 움직였다는 것. 당연히 독단적인 행동이 아닐 터였다. 어떤 경로로든 황궁과도 연계되어 있음을 뜻하는 것이다.

'설마 황상과 이어진 것은 아닐 테고. 그곳이라면… 당상관인가?'

팽가와 연이 가장 밀접하게 닿은 곳.

형부 쪽이니 금의위와도 관계가 있을 터였다.

"알겠다. 또 새로운 소식이 있거든 나에게 알려주거라."

"어디에 계실 생각이십니까?"

능시걸이 뒤돌아서자 백효가 물었다.

"장씨세가. 가서 이 일에 대해 의논해야지."

능시걸은 짧게 대답하고는 그렇게 그곳을 떠났다.

*　　　*　　　*

"이렇게 아낌없이 지원해 주시니 정말 큰 힘이 됩니다."

팽인호의 얼굴에 본연의 미소가 돌아왔다. 과연 황궁에서도 열 손가락 안에 드는 직위를 가진 사람다웠다.

맹과 팽가의 관계, 그리고 관과의 관계까지.

계속 어긋나던 일들이 그가 직접 개입하자 순탄하게 돌아가고 있었다.

"힘들면 서로 도와야지. 우린 한배를 탄 게 아닌가?"

팽석진이 화답하듯 말했다.

"맞습니다. 이제 일만 잘 풀리면 우린 제대로 된 폭굉을 가질 수 있게 될 겁니다. 그리되면……."

팽인호는 잠시 생각하듯 머뭇거리다 이내 눈에 힘을 주며 말을 이었다.

"혈겁 이후, 살아남은 은자림의 세력들을 없애 버릴 수 있을 겁니다."

은자림.

팽인호가 이번 일에 가담하게 된 가장 큰 이유였다.

과거 맹이 제안을 해왔을 때는 그저 도우려고 움직였지만 맹이 가리킨 그곳에는 폭굉을 제조하는 도안뿐만 아니라 그들의 흔적 또한 남아 있었다. 과거의 세력이 살아남아 어딘가 존재하고 있었던 것이다.

해서 그들을 죽이고 팽가가 중원 제일가로 떠오르기 위해 오로지 그 길만을 목표로 하고 있었다.

"흐음."

한데 당연히 화답할 줄 알았던 팽석진의 반응이 미진했다. 뭔가 고민에 빠진 모습으로 한 손을 올려 턱을 괴고 있었다.

"대인, 무슨 일이 있으십니까?"

팽인호가 의아한 듯 물었다.

"그냥… 우리가 뭔가 잊은 게 아닌가 하는 생각이 들어서."

"예?"

팽석진은 고개를 내리다 슬며시 눈을 치켜뜨며 말했다.

"혹시 자네 말이야, 이 일을 하고 있는 가장 큰 이유가 무언가?"

"당연히 팽가의 번영을 위해서지요."

"팽가의 번영이라……."

"아닙니까?"

"뭐……."

팽인호의 물음에 팽석진은 알 수 없는 미소를 흘렸다. 이내 고개를 끄덕이며 나직이 말했다.

"맞는 말이긴 해. 나라의 번영을 위해 팽가 역시 번영해야 하는 거니까."

"……?"

"그렇기 때문에 자네의 힘이 필요하네. 맹과의 조율, 그리고 팽가와의 조율이 무엇보다 중요하니까."

팽석진의 대답에 팽인호는 이상한 느낌을 받았다.

팽가의 번영과 나라의 번영.

비슷한 말인 것 같지만 사실 전혀 다른 대답이었다. 무림과 관의 지향점은 엄연히 다르지 않은가.

'설마…….'

"허허허. 그럼 또 문제가 있으면 말하게. 내 언제든 귀를 열어 두고 자네의 고견을 들을 테니."

스윽.

모호하게 대답하고 자리에서 일어난 팽석진. 그는 여전히 듬직한 미소를 흘리고는 천천히 발길을 돌렸다.

"나리."

그렇게 몇 걸음 걸었을 때쯤.

팽인호가 목소리를 내리깔며 그의 발을 붙잡았다.

"왜? 아직 할 말이 남았는가?"

"언제부터였습니까."

"뭐가 말인가?"

팽석진이 돌아보며 물었다.

팽인호가 그런 그를 올려다보며 말을 이었다.

"언제부터 은자림과 손을 잡으신 겁니까?"

＊　　　＊　　　＊

사사사삭.

"하아. 하아."

사사사삭.

명호를 등에 업은 묵객은 어두운 숲속을 빠르게 뛰어가고 있었다.

이미 얼굴이 일그러질 정도로 호흡이 가빠져 가는 상태.

하지만 묵객은 그런 것에 연연할 시간이 없었다. 그만큼 명호의 상태가 좋지 않았기 때문이다.

'이 근방만 지나면 분명 마을이……'

묵객은 점점 초조해졌다. 시간은 계속 흘러만 가는데 의원한 명은커녕 사람 한 명 보기도 힘들었다. 작은 마을은 고사하고 숲속에 터를 일군 화전민조차 보이지 않았다.

"형장께서 홀로 날 구하러 온 게요?"

그때 등 뒤에서 작게나마 목소리가 들려왔다.

주위를 두리번거리던 묵객이 호흡을 고르며 대답했다.

"구한 건 아니오. 그냥 돌아온 거지."

무신경한 대답.

그 말에 명호의 목소리에 조금 더 힘이 실려 돌아왔다.

"과연 협을 아는 자요. 내가 여자였으면 반했겠소."

절박한 상황에서도 농을 건네는 명호.

그 모습에 묵객은 눈시울이 점차 붉어졌다. 감정을 추스른 묵객은 한번 입을 꾹 다물다 천천히 열었다.

"말을 아끼시오. 살려면 체력을 비축해 놓아야 하오."

묵객은 다시 빠르게 움직였다.

주위에는 온통 높아 보이는 산만 가득하다. 지형을 모르는 그로서는 어떻게든 일단 산을 넘어야 한다고 생각했다. 그러니 더 빨리 움직일 수밖에 없었다.

그렇게 반 각이 지났을까. 명호가 말을 걸어오지 않자 문득 걱정된 묵객이 말을 붙였다.

"걱정 마시오. 내 무슨 일이 있더라도 형장을 살릴 것이오. 온전한 몸으로 장씨세가에 꼭 데려갈 것이오."

"……"

대답은 들려오지 않았다.

묵객은 문득 불안한 얼굴로 불렀다.

"형장?"

"……"

"형장!"

"아직 안 죽었소."

그제야 묵객의 얼굴이 급히 밝아졌다.

"그렇지요. 형장이 이리 쉽게 갈 리가 없지요."

"……."

하지만 이번에도 대답이 들려오지 않았다.

너무나 가느다란 숨소리. 마치 곧 생명을 잃을 것 같은 느낌이 강하게 들었다.

그런 불안감이 드는 그때 명호가 말했다.

"너무 애쓰지 마시오. 늦었소. 난 내상만을 입은 게 아니니까."

멈칫.

묵객이 걸음이 뚝 하고 멈췄다. 그러고는 등에 업은 명호 쪽으로 비스듬히 고개를 돌리며 물었다.

"내상만 입은 게 아니라니, 그게 무슨 소리요?"

"청살혈독에 당했소."

"청살… 혈……. 허허허. 해독하면 되지!"

명호의 말을 따라 대답하던 묵객이 헛웃음을 흘리며 얘기했다. 하나 태연한 척 명호를 받치고 있던 두 손의 떨림까지는 숨길 수 없었다.

이미 극심한 외상과 내상, 거기에 독상이라니. 숨만이라도 붙여 놓으려고 안간힘을 쓰는 그에게는 청천벽력 같은 소식이었던 것이다.

"매복해 있던 틈에 하나가 껴 있었던 것 같소. 아마 장련 소저를 공격했던 그 궁사일 거요."

"그놈이……."

묵객이 이를 갈았다.

이제야 이해가 되었다. 명호가 당한 건 관병의 수도, 금의위의 실력이 아닌 바로 독 때문이었다.

'하필이면 다른 독도 아닌…….'

청살혈독은 당하는 순간 그대로 정신을 잃을 만큼 극독이다.

명호는 그 악랄한 포위 공격 중에서도 내공의 반 이상을 그 독을 억누르는 데 쓰지 않으면 안 되었다. 그러지 않았으면 벌써 죽었으리라.

"죽기 전에 부탁이 있는데… 들어봐 주시겠소."

"누가 죽는다고 그러시오!"

묵객이 소리치듯 말했다. 그의 외침과 떨림이 명호에게는 신선하게 다가왔다. 그리고 고마웠다. 걱정해 주는 자가 이 순간 함께할 수 있다는 것에 대해.

그렇기에 더 얘기를 털어놓아야 했다.

"강이나 바다가 보고 싶소. 마침 이곳에도 보이는구려."

묵객은 고개를 돌렸다. 꽤 높은 지대를 올라왔는지 멀리 호수 같은 것이 보였다.

"물이 흐르는 곳엔 동료들의 혼이 있소. 그 근처에서 가장 많이 죽었거든. 내 첫 번째 부탁이오."

묵객은 대답하지 않았다. 고민하고 있는 것이다.

단 일 푼의 희망이라도 붙잡느냐. 아님 마지막 그가 원하는 대로 해주느냐.

처억.

그렇게 고심하던 묵객이 발길을 돌렸다.

"고맙소."

명호는 감사의 말을 건넸다.

"포기한 게 아니오. 수원지가 있는 근처에 마을이 있을 테니까."

말은 그러했지만 묵객은 가슴이 아리는 느낌을 받았다.

명호의 체중이 가벼웠다. 피를 너무 많이 흘렸다. 이 정도면 독 때문이 아니라 피가 모자라서라도 먼저 명을 달리할 수 있었다.

"또 있소? 뭐요?"

이번엔 묵객이 말했다. 말을 붙이는 것은 명호의 상태를 살피기 위해 가장 필요한 일이었다.

명호는 숨을 연거푸 몰아쉰 뒤 말을 이었다.

"이건 부탁이라 하긴 그렇고 그냥 내 사견이오."

잠시 대답이 나오지 않았다. 묵객이 다시 물으려 할 때 그제야 들려왔다.

"강해지고 싶다면 강기(罡氣)를 아끼시오."

"강기를……?"

"형장이 지금 오른 경지는 아마도 나보다 높은 경지일지도 모르오. 난 강기를 쓰지 못하니까. 하나 그 순간이 가장 위험한 상태일 수도 있소."

명호의 목소리는 들릴 듯 말 듯 작았지만 의미는 또렷하게 전달되었다.

"과거 내가 몸담았던 곳에는 실로 강한 자들만 모여 있었소. 그리고 형장처럼 강기를 구현할 수 있는 실력자도 많았지."

'천중단……'

묵객은 명호의 말에 귀를 기울였다.

"하지만 그들 대부분이 강기를 쓰지 않았소. 그 이유가 뭔지 아시오?"

"내공의 소모?"

"그건 당연한 것이고, 강기는 사용할 때 많은 집중력을 필요로 하오. 그 집중을 하려다 방심하는 순간 목이 날아갔소."

"……"

"싸움에는 항상 변수가 존재하오. 검기는 말할 것도 없고 강기를 쓰고 난 뒤에 더욱 빨리 죽었지."

그 말에 묵객도 반박하지 못했다. 일전에 관병에게 썼던 강기는 어쩔 수 없었다기보다는 과시하고 싶은 마음이 컸다. 강기가 아니더라도 대응할 수 있는 방법들이 분명 있었다. 명호는 그걸 지적하는 것이다.

"기본을 더 다져야 하오. 부단히 수련과 경험을 쌓아야 할 것이오. 딱히 쓰려고 쓰는 것이 아니라 검을 휘두를 때 자연스럽게 나갈 수 있도록 해야 하오. 검기든 강기든."

"…그게 무슨 말인지 알고나 하는 소리요?"

묵객은 기가 막혔다.

검이 나가는 검로에서 자연스럽게 검기와 강기가 함께 나간다? 그건 전설로나 전해지는 의형살인(意形殺人: 의지만으로 상대를 죽일 수 있는 경지), 혹은 신검합일이 아닌가.

"알고 하는 소리요. 거기에 이미 목을 맨 사람을 우리 둘 다 알고 있지 않소."

"…제기랄."

묵객은 대답 대신 욕만 했다. 한때는 자기 아래라고 여겼고, 얼마 전에는 살짝 자신보다 위라고 여겼는데.

이제 보니 어마어마하게 앞에서 달리고 있었다는 이야기가 아닌가.

사사사삭.

그렇게 시간이 조금 흘렀을 무렵, 묵객의 걸음이 더욱 빨라지기 시작했다. 점차 눈앞에 목적지가 보였던 것이다.

그리고 잠시 뒤.

철썩철썩.

물살이 부딪치는 소리와 함께 사방이 뚫린 곳에 도착한 묵객의 얼굴이 급히 밝아졌다.

"형장!"

강이었다. 드디어 도착한 것이다.

"도착했소, 형장!"

묵객은 환희에 찬 듯 소리쳤다. 그러나 대답은 들려오지 않았다.

"형장, 강에……."

묵객이 재차 소리치려던 그때.

투욱.

가슴에 있던 뭔가가 툭 하고 떨어지는 느낌을 받았다.

스윽.

묵객의 고개가 천천히 아래로 떨어졌다. 그리고 자신의 허리춤을 두드리며 맥없이 흔들리고 있는 명호의 두 팔을 발견했다.

"강에 왔는데……."

묵객은 넋이 나간 듯 중얼거렸다. 조금 전까지 자신의 목을 감싸고 있던 그의 손이었다. 그 손이 힘을 잃고 편안하게 늘어져 있었다.

"……."

묵객의 시선이 천천히 강으로 향했다. 극심히 요동치던 감정이 얼굴에 드러나다 점점 멍한 표정으로 바뀌어져 갔다.

철퍽. 철퍽.

물살이 부딪치는 소리가 들려온다. 세상은 여전히 평온해 보였다.

그것이 묵객의 가슴을 더욱 찔러오고 있었다.

"여기 오면서 말하고 싶은 게 있었는데 말이오."

그렇게 한참을 바라보던 묵객이 말했다.

"형장이 펼쳤던 그 만천화우 말이오. 가만 생각해 보니 그때 그 대결에서 그걸 쓰는 건 반칙이란 생각이 들어서 말이오. 생각해 보시오. 난 도를 쓰는 무인인데 어찌 암기술로 형장과 대결하느냐 이 말이오."

"……."

"다음엔 도로 겨뤄봅시다. 딴건 몰라도 도 하나만큼은 형장에게 이길 자신이 있소. 내 별호가 괜히 풍운도귀겠소?"

"……."

"도박판에서 이기고 일어서는 게 제일 치사한 짓이오. 그렇지 않소? 아, 대답하지 않아도 괜찮소. 형장도 분명 알고 있을 테니까."

터억.

묵객이 천천히 무릎을 꿇었다. 업혀 있던 명호의 엉덩이가 흙바닥에 닿았다.

하얗게, 핏기가 너무도 빠진 그의 얼굴은 마치 깊은 잠에 빠져든 사람처럼 평온했다.

"일단 한숨 푹 주무시고 일어나시오. 자고 일어나면 다시 대결해 보는 거요."

주르륵.

묵객, 풍운도귀의 거친 손이 가늘게 떨렸다. 그의 뺨에 한 줄기 물기가 흘러내렸다.

"그동안 난 열심히 수련할 것이오. 내 다시는, 두 번 다시는 형장에게 지지 않을 게요."

툭. 툭.

묵객의 눈물이 명호의 옷섶에 계속 흘러내렸다. 곧 흥건할 정도로 축축해졌다.

"그동안 많이 고마웠소, 형장……."

명호의 어깨를 잡고 있던 묵객의 고개가 바닥에 닿았다.

그리고 바닥을 또다시 적시기 시작했다.

＊　　　＊　　　＊

달달달.

마차는 대나무 숲을 지나 점점 대로로 접어들고 있었다.

봄이 찾아왔음에도 날씨는 선선했다. 길은 얼어 있었고, 꽃은 새싹을 틔우지 못한 채 언제 내렸는지 모를 눈으로 덮여 있었다.

다라락.

때마침 마차 한 곳에 난 작은 창문이 열렸다. 왜소한 몸에 주름진 얼굴의 노인.

그는 스쳐 가는 경관을 말없이 바라보고 있었다.

"언제부터 은자림과 손을 잡으신 겁니까?"

팽인호의 물음에 팽석진의 자세가 조금은 경직되었다. 여유 있던 미소도 조금씩 사라져 가고 있었다.

"대인, 소인은 대인과 한배를 탄 몸입니다. 그러니 대인의 솔직한 대답을 꼭 들어야겠습니다."

부담스러운 질문 때문이었을까.

팽석진은 곧장 대답하지 않고 시선을 돌려 버렸다.

"인호야."

그러다 잠시 시간이 경과된 후에야 팽인호에게로 시선을 두었다.

"이 세상에 은자림은 존재하지 않아."

"대인, 제가 드리고 싶은……."

"세상에는 말이야, 두 종류의 인간들밖에 없어."

팽인호가 반사적으로 부정하려 하자 팽석진은 그의 말을 가로챘다.

"나라에 충성하는 자, 그리고 충성하지 않는 자지."

"그 말씀은 대인께서 은자림과 손을 잡았다는 얘기가 아닙니까?"

"허허. 인호야!"

쾅쾅.

팽석진은 처음으로 언성이 높아졌다.

"이 나라가 지금 어떠냐? 과거에는 주(周)가 왕권을 틀어쥐었어. 그리고 수(隋)나라였지? 이후 당(唐)나라였고 그다음은 원(元)이, 지금 명(明)이지."

"……."

"은자림도 원 말기에는 우리의 우군이었던 자들이다. 함께 달자(韃子: 몽고인)들과 싸웠던 같은 한인들이고 같은 명의 창업 공신이다. 그들이 어떤 출신이고 어떤 짓을 한 게 뭐가 그리 중요하냐?"

"……."

"고 황제께서 마교를 적대하지 않으셨다면 그들이 황군과 싸울 일은 없었을 것이야. 무림맹이 황실의 편을 들지 않았다면 그들과 우리가 적대할 일도 없었을 것이야. 입장을 바꾸어 생각해 봐라. 마교의 입장에선 외려 우리가 그들의 원수이지."

"……."

"한때 은자림의 거두였던 이들은 이미 무덤에 들어간 지 오래다. 언제까지 옛날 이름 때문에 적대를 유지하는, 그런 소모적인 사람처럼 행동하려 하느냐? 아니라고 나는 믿고 싶구나."

당상관은 차갑게 웃었다. 팽인호는 그것이 우회적이지만 분명한 경고임을 알 수 있었다.

'왜, 왜 하필 은자림인가…….'

창가를 향하고 있던 팽인호의 표정이 일그러졌다.

은자림이 원래 뭐 하던 곳인가 하는 것은 그에게 중요하지 않았다. 중요한 것은 그들이 팽가의 주춧돌이라 할 수 있는 팽진운(彭眞運)과 팽설웅, 팽가의 가장 중요한 비기를 잇고 있던 두 정예를 앗아갔다는 것이다.

팽가는 그날 가문의 최고수 둘과 선대의 찬란했던 무공 지식을 함께 잃었다.

그 뒤로 팽가가 겪은 일은 그야말로 참담했다. 수백 년을 이어 오던 비기와 깨달음의 전승자가 끊어졌다. 그런 팽가에게 당상관은 더욱 가혹한 말을 했다.

"그저 비극이라 생각하게. 그쪽은 그쪽대로 살기 위해서 투쟁했을 뿐이니까."

'그저 비극으로 받아들이라고?'

트득!

팽인호가 깨문 입술에서 피가 흘러내렸다.

하북의 팽가. 오로지 그 이름만을 위해 평생을 걸었고 극악한 죄까지 지은 팽인호는, 어쩔 수 없었던 것이니 잊으라는 말을 결코 받아들일 수 없었다. 그는 현실을 살아가는 사람이 아니라 과거에 매여 있는 사람이었다.

'하지만 당상관과 손을 잡지 않으면… 팽가는 당장 앞으로 몇 년도 기약할 수 없다.'

문제는 그것이었다. 과거의 원한을 씻자니 미래가 불투명해지고, 팽가의 이름을 위하자니 그 자체로 팽가를 위태롭게 한다.

"후-우-우……."

팽인호는 지독한 모순에 빠져 괴로운 한숨만 내쉬었다.

"인호야, 같이 가야지?"

팽석진의 마지막 말이, 그 목소리가 아직도 팽인호의 귓가에 아른거렸다.

그들과 손을 잡으면 그간 팽가가 받은 모든 수모를 되갚을 수 있고, 오히려 이전보다 더한 영예와 권세를 누릴 수 있다.

그 달콤한 유혹은 팽인호가 살아온 세월과, 목표로 하고 있는 굳은 심지까지 흐트러뜨리고 있었다.

'같이 갈 수 없으니 문제지요.'

하나 팽인호는 선뜻 결정을 내리지 않았다. 척 보기에도 팽석진이 가는 길은 팽가가 지향하는 길이 아니었다. 팽가의 목표는 중원 제일가이지, 당상관이 손대는 나랏일이 아니었다.

'이제 나는 어떻게 해야 한단 말인가.'

덜컥.

팽인호가 고민하고 있던 중 마차가 멎었다. 그는 창문 밖을 한번 보더니 마차에서 내렸다. 그곳엔 팽가의 무사 몇 명이 고개를 숙이고 있었다.

"고생 많으셨습니다."

"고생하셨습니다."

팽인호는 손을 내저었다.

"고생은 무슨, 그보다 별일 없었느냐?"

"그렇습니다. 한데……."

한 무사가 한 발짝 나서더니 팽인호를 향해 귓속말로 나직이 말했다.

"바삐 가보셔야 할 것 같습니다. 대공자께서 모셔 오라 하셨습니다."

"대공자께서?"

"예. 그런데 그것이……."

사내는 한 곳을 힐끗 흘겨보더니 말을 이었다.

"기색이 심상치 않으십니다."

"……."

짧은 말이었다. 하지만 가뜩이나 어둡던 팽인호의 얼굴을 더욱더 어둡게 하는 말이었다.

*   *   *

"단장님."

"……."

"단장님?"

이름 모를 산 중턱.

분명 화창한 날씨인데도 안개가 낀 것처럼 주위는 뿌옇다. 그런 풍경 속에서 장삼을 입은 중이 그 앞에 서 있었다.

"한참 찾지 않았습니까. 여기서 뭐 하십니까?"

광휘는 멍한 눈으로 중을 바라보았다.

"단장님, 빨리 오십시오. 염악(閻嶽)이 조촐하게 밥 한 끼 대접한답니다."

"염악?"

언뜻 낯익은 이름이 머릿속을 스쳐 지나가자 광휘는 되물었다.

"예, 염악입니다."

"……."

"아무튼 빨리 오십시오. 그럼 먼저 가 있겠습니다."

귓가에 생생히 들리는 목소리에 광휘는 잠시 그를 멍하니 바라봤다. 그러다 주위를 둘러보던 중 눈을 의심할 만한 장면을 목격했다.

'꽃이…….'

나뭇가지 끝에 꽃이 펴 있다.

앙상할 정도로 마른 나무인데, 꽃이 피지 않는 노송(老松)인데도 수많은 꽃이 만개해 있었다.

'여기가 대체 어디지.'

광휘는 주위를 두리번거리다 몇 발짝 멀어지던 중을 불렀다.

"저기, 혹시 말이다."

"예, 단장님."

중이 뒤돌아보았다.

"그 염악이란 자가… 막부단 부단주 염악은 아니겠지?"

"맞습니다. 그가 막부단 부단주 염악이 아니면 누구겠습니까?"

이게 무슨 소린가. 광휘는 급히 물었다.

"염악은 죽었다. 죽지 않았더냐?"

"죽다니요, 단장님……. 하는 짓이 모자라고 제대로 쓸데가 없긴 하지만 그래도 살아 있습니다. 몇 남지 않은 천중단 생존자 아닙니까."

"천중단 생존자?"

광휘는 또다시 혼란스러웠다.

확실히 이상하다. 그의 기억으로 천중단 생존자는 자신을 제외하곤 단 두 사람밖에 없었다.

"그럼……."

뒤돌아서려 하던 그를 향해 광휘는 되물었다.

"넌 누구냐?"

"예?"

"너는 누구냐고 물었다."

"……"

젊은 중은 조용히 침묵했다.

광휘는 다시 한번 묻기 위해 그에게 한 발짝 다가서며 그를 또렷하게 바라봤다.

'얼굴이……'

얼굴이 보이지 않았다. 이렇게 가까이 있음에도 그의 얼굴이, 짙게 그늘이 진 것처럼 보이지 않았던 것이다.

"단장님, 아직 여기 계셨습니까?"

그때였다. 어디선가 목소리가 들리자 광휘는 뒤돌아봤다. 젊은 중과는 달리 꽤 친근한 얼굴의 사내가 다가오고 있었다.

'이 사내는……'

이자의 얼굴은 확실히 보였다. 자신이 기억하고 있는 것보다 조금 앳되어 보이는 얼굴이었지만 분명 아는 자였다.

그가 도착하자 젊은 중은 손을 내저으며 말했다.

"단장님이 좀 피곤하신 듯하다. 내가 먼저 자리를 봐둘 테니 천천히 뫼시고 오너라."

젊은 중은 그렇게 한마디를 던지고는 뒤돌아섰다.

"단장님, 왜 그러십니까?"

그가 시선에서 사라질 때쯤 사내가 물었다. 광휘는 그에게 서서히 시선을 돌리고는 나직이 말했다.

"명호."

"네, 단장님."

"지금 이거 말이다."

"예."

"자각몽을 꾸고 있는 것 같다."

"예……?"

"내가 지금 꿈속에 있다고."

자각몽(自覺夢).

꿈이란 것을 인식한 채로 꿈 안에 머물러 있는 상태.

마른 가지에 꽃이 피고, 화창한 날에도 주위가 뿌연 현상. 상대방의 얼굴조차 제대로 보이지 않는 것에서 광휘는 분명 확신하고 있었다.

"단장님, 꿈이라고요? 거참 말도 안 되는……."

명호는 실실 웃어 보이며 머리를 긁적였다. 하지만 이내 광휘를 향해 나직이 바라보았다.

"눈, 치, 채, 셨, 군, 요."

말을 뚝뚝 끊는 명호의 대답에 광휘의 온몸에 소름이 돋았다.

자신이 자각몽을 꾸고 있다는 걸 꿈속의 명호는 어떻게 알고 있는 것인가.

"그냥 모른 체하고 저를 따라오시지요. 방 안에 천중단 동료들이 기다리고 있으니까요."

"동료?"

광휘는 명호가 한 말의 의미를 되새길 여유가 없었다. 눈을 몇 번 깜빡이다 보니 어느새 그를 따라 방 안으로 들어가고 있었던 것이다.

*　　　*　　　*

"왜 이리 늦게 오십니까?"

명호와 함께 허름한 목옥 안으로 들어서자마자 자신을 반기는 사내를 보았다.

이 사내 역시 얼굴이 없었다. 아니, 눈과 코와 귀는 보이지 않고 그저 시커멨다.

"단장께서 왔으니 그럼 내 먼저 소원을 말하겠습니다."

'소원?'

광휘는 궁금했지만 일단은 지켜봤다.

"녹림에 돌아가 산적들을 바른길로 인도하겠습니다. 노동으로 돈을 벌게 하고 뜻깊은 일을 하도록 이끌겠습니다."

"염악 시주, 누가 누굴 바른길로 인도하겠다는 건지 심히 걱정이구려. 본인이 칠십이채주 중의 하나로 산적 중의 산적인 사람이…… 끌끌."

조금 전 자신에게 말을 건 젊은 중이 그에게 혀를 찼다.

"그럼 네 꿈은 뭔데?"

사내가 씩씩거리자 중은 웃으며 말했다.

"소생은 빈민가를 돌며 돈 없는 중생들을 구원하는 것이외다. 이 땡중이 익힌 의술을 사바세계에 두루 펼치는…… 뭐 이 정도는 되어야 꿈이라 할 수 있지."

"결국 무지렁이 백성들에게 약을 팔겠다?"

"참으로 말을 못 알아 처먹는 마구니로다!"

그들은 서로 손가락질하며 다시금 목소리를 높였다.

광휘는 그 모습을 빤히 지켜보다 옆에 서 있는 명호에게 고개
를 돌렸다.

"저 사내는… 누구냐?"

"염악입니다."

"염악……."

순간 머릿속이 지끈거렸다. 희미하게 눈앞을 스쳐 가는 그림
들이 있었다. 메아리치던 웃음, 이야기 소리가 점차 또렷이 들렸
다. 그리고 그늘 속에 가려져 있던 염악의 얼굴이 선명히 드러
났다.

"단장님, 불편하면 언제든 말씀하십시오."

"따르겠습니다. 흑우단의 말이라면 당연히 들어야지요."

일도파산(一刀破山) 염악.

사파로 분류되는 녹림칠십이채 중의 하나.

특이한 이력을 가지고 천중단에 들어온 자.

막부단 부단주직을 수행했고 마지막까지 살아남은 대원들 중
한 사내였다.

"그럼 저자는… 방호(方浩) 대사인가?"

"예, 그렇습니다."

명호의 대답에 또다시 목소리들이 들리기 시작했다.

"단장직이 불편하지 않으십니까?"

"부담스러워하지 마십시오. 대원들 모두가 인정하고 있습니다."

신비혈랑(神秘血狼) 방호.

소림사 장경각주(藏經閣主: 무공 비급과 불교의 경전들을 관리하는 장)로 천중단에 들어올 때부터 주목을 받았던 승려. 마지막까지 살아남아 막부단 부단주직을 수행한 자였다.

본래 승려였던 이가 싸울 때는 어찌나 손속이 잔인한지 명호에 혈 자와 랑 자가 붙었다. 기억이 떠오르자 이번에도 방호의 천진난만한 얼굴이 보였다.

"이번엔 제가 말하겠습니다."

노인 한 명이 천천히 걸어 나왔다. 한눈에 보기에도 지팡이를 잡고 있는 것이 어딘가 불편한 곳이 있는 듯했다.

"무관을 차릴 생각입니다. 무지한 아이들에게 글을 가르치고 힘없는 아이들에게 무공을 가르칠 것입니다."

그때 명호가 자신을 힐끔 보더니 말을 붙였다.

"저자는……."

"무당파 전대 장문인 구문중(求門重)."

막부단 단주 구문중.

무당파 제자들에게 함구령을 내려가며 천중단에 들어온 노인.

세속에 거의 모습을 드러내지 않아 천중단 대원 중 누구도 그의 신분을 제대로 아는 자가 없었다. 특히나 맹인이라는 것 때문에 한동안 그의 존재가 부각되지 않았다.

"난 말이오."

구석진 곳에 앉아 있던 엄청난 거구의 장정. 그가 고개를 들며 말했다.

"하은(河恩)이란 소녀가 있소. 그 아이와 함께 설원 지역으로 가서 행복하게 살 것이오."

광휘는 그 말이 무슨 뜻인지 기억했다.

막부단 임무 도중 부모를 잃어버린 소녀가 한 명 있었다고 했다. 막부단 육 조 조장이 그 소녀를 거두었고, 자랄 때까지 보살피겠다는 의중을 내비쳤다.

'진주언가(晋州彦家) 가주 웅산군(熊山君)……'

그리고 뒤이어 떠오르는 기억들. 그 역시 신분을 속이고 온 자로, 막부단을 대표하는 고수였다. 존재를 숨겼지만 무당파 장문인이라는 구문중보다 더욱 빨리 발각되었던 자다.

육 조 조장으로 천중단 마지막까지 살아남았다.

"그럼 제 차례군요."

명호가 입을 떼자 티격태격하던 염악과 방호가 동작을 멈추고 그를 바라봤다.

"전 두 가지입니다. 첫째는 제 주위 사람들이 행복하게 살았으면 하는 것이고, 둘째는… 흑우단 단주 단리형과 단장님처럼 강하면서 따듯한 사람이 되는 것입니다."

"허허허. 소원이 참 멋있구려."

"그것참."

"크큭."

웅산군을 제외한 저마다 한마디씩 했다. 그들 속에서 광휘는 심각한 고뇌에 빠져들고 있었다.

'왜 이제껏 기억하지 못했을까.'

천중단의 임무 후에도 살아 있는 대원들이 있다는 사실을.

아니, 기억하지 못했던 게 아니었다. 만약 그랬다면 천중단 생존자인 명호 역시도 기억해 내지 못했어야 한다.

그렇다면 남은 결론은 단 하나.

'잊고 있었던 거겠지…….'

기억들이 머릿속에서 사라진 것이 아니라 단지 잊고 있었다는 것. 아마도 발작으로 인한 후유증으로 부분적인 기억상실을 했다거나…….

"단장. 이젠 단장의 차례요."

"…나?"

광휘가 묻자 웅산군이 끄덕였다.

"그렇소, 입 무거운 단장. 우리가 항상 궁금했던 게 바로 단장이라오. 단장의 소원은 뭐요?"

염악이 첨언했다.

"이 모든 일이 끝나고 난 뒤, 단장이 살고 싶었던 삶. 뭐… 나는 단장이 주루에 처박혀서 그 좋아하는 술 퍼마시면서 산다는 데 열 냥 걸었소."

"너 이 자식아!"

방호가 염악의 머리를 끌어안고 데굴데굴 굴렀다. 언제나 아 웅다웅하는 저 둘의 작태를 보고 광휘가 피식 웃었다.

원래 저랬다. 막부단은 자신이 속해 있던 흑우단과 달리 항 상 밝았다. 그 중심에는 저 둘이 있었고.

"내 소원은……."

자신이 입을 열자 모두의 시선이 쏠렸다. 웬만해선 관심을 가 지지 않는 웅산군조차도 노골적으로 그를 바라보고 있었다.

"난, 오래 사는 거다."

"에… 그게 무슨 소원입니까?"

명호가 끼어들며 말했다. 염악도 합세했다.

"단장, 소원이란 건 그렇게 쉬운 게 아니라 어려우면서 거창한 것 아닙니까? 천하제일미라든지 아니면 강호 제일의 거부(巨富)라 든지……."

"이건 너희가 생각하는 것처럼 쉬운 소원이 아니다. 나 혼자 는 이룰 수 없는 것이니까."

그는 고개를 저어 보이며 말을 이었다.

"사람들과 함께, 다 같이, 마음 편히 오래오래 사는 것. 그 게……."

"그게 소원이었군요, 단장."

그때였다. 갑자기 눈앞이 어둠으로 물들어갔다. 곧 광풍이 휘 몰아치더니 염악, 방호, 구문중, 웅산군의 몸이 바람처럼 사라 져 버렸다.

"제가 이루어 드리겠습니다."

"…명호?"

광휘는 고개를 돌렸다. 이상하게도 명호는 사라지지 않았다. 어두컴컴한 세상에 자신 옆에 홀로 서서 밝게 웃고 있었다.

"제가 이루실 수 있도록 돕겠습니다."

"명호, 그게 무슨 말이냐?"

명호 그만은 미소를 보였다. 그리고 점점 사라지고 있었다. 마치 유령처럼 온몸이 흐릿하게 변하고 있었던 것이다.

"명호야… 그게 무슨 말인지 대답을 해줘야 할 것 아니냐."

"……."

명호는 대답하지 않았다. 왠지 섬뜩한 불길함에 사로잡혀 광휘는 크게 외쳤다.

"명호야!"

第十五章

노신

짹짹짹.

참새 몇 마리가 대청마루에 모여 먹이를 쪼아 먹고 있었다. 그중 한 마리가 방 안으로 들어가더니 먹을 것이 없나 이리저리 돌아다니고 있었다.

"으으음."

소리 때문인지, 자고 있던 광휘가 천천히 눈을 떴다. 열린 문으로 햇빛이 먼저 그를 반겼다.

스윽.

광휘는 눈을 비비며 자리에서 일어나 고개를 들었다.

휑하고 허름한 방.

천장에는 온통 거미줄이 쳐져 있고 용마루나 도리, 서까래는 썩은 나무처럼 그슬려 있었다.

"언제 잠들었던 거지……."

끼이익.

대롱거리는 문을 열고 나온 광휘는 마당을 둘러보았다.

마당 중앙에는 세 개의 석비가 놓여 있고 조금 떨어진 곳에 괴구검이 땅에 박혀 들어가 있었다.

대청마루 한 곳에는 대원들의 서책들이 수북이 쌓여 있었다.

벌컥벌컥.

한쪽 동이로 걸어간 광휘가 물을 급히 떠 마셨다. 며칠 전에 내린 빗물로 동이에 물이 가득 채워져 있었다.

쓰읍.

"갑자기 왜 명호가 꿈에 나타난 거지?"

악몽만 꾸던 광휘에게 명호가 나타난 이유가 의문스러웠다.

"살아남은 천중단 대원들이 있다는 걸 알려주려고 한 건가……."

광휘는 문득 그럴지도 모른다는 생각을 했다.

명호와 함께 천중단 대원들이 나타난 이유. 잊고 있었던 기억들을 떠올릴 수 있게 하는 것.

하지만 그런 의문들보다 광휘의 뇌리를 더욱 자극하는 궁금증이 있었다.

"눈치채셨군요."

그는 뭔가 알고 있었다.

광휘가 꿈이라고 여긴 그 상황에서, 그는 광휘의 생각을 알고 있었다. 마치 광휘의 자각몽이 아니라 명호 그 자신의 자각몽처럼 느껴진 것이다.

"무슨 일이 있는 건가."

서걱.

잠시 고민하던 광휘는 이내 생각을 머릿속에서 지워 버렸다. 명호쯤 되는 자가 무슨 화를 당할 리는 없을 것이다.

그 생각에 광휘는 이내 괴구검을 빼 들며 수련을 하기 위해 석비 쪽으로 한 걸음 걸어갔다.

수련 열하루 차.

석비는 온통 검에 파이고 그어진 흔적이 난무했다. 다만 백중건이 지시한 내공 수련, 즉 구멍을 뚫은 흔적은 그다지 보이지 않았다.

"균형을 잃지 않는 부드러움. 그것이 무당이 나아가야 하는 무공이지요."

"화산이 화려한 검법이라 알려져 있으나 이는 정확한 힘을 배분하는 데 의의가 있습니다."

광휘는 동료들의 무공에서 여러 길을 보았다. 그리고 자신이 걸어간 길을 떠올리며 거기서 깨달음을 얻었다.

상대를 제압하는 적당한 힘.

그것을 중시하는 점이 백중건의 방향과 달랐다.

스윽.

한 손에 조약돌을 들며 광휘는 곧바로 수련에 들어갔다.

이윽고 조약돌이 하늘로 올라갔고 어깨에 머무르는 순간 검이 회전했다.

파파파파팟!

불꽃이 튀기듯 사방의 석비에 일 촌(一寸) 깊이로 구멍이 나기 시작했다.

딱.

조약돌이 바닥에 닿는 순간 검이 멎었다. 그리고 한 석비 쪽으로 광휘의 고개가 돌아갔다.

"하나가 모자라……."

세 개의 석비에 세 개의 구멍을 내야 하는 수련.

두 개의 석비는 해냈지만 마지막 석비에 구멍이 모자랐다.

'그래도 점점 근접해지고 있어.'

방법을 달리하니 삼검에 부쩍 도달한 기분이 들었다. 느낌이 아니라 결과가 그것을 증명하고 있었다.

'이번엔 베기다.'

이 초식 무전변검.

광휘는 다시 조약돌을 던지며 곧장 수련에 박차를 가했다.

파파팟.

카카카카캉!

수련은 반나절이나 계속되었다. 보통은 적당한 휴식과 수련을 병행하곤 했는데 지금은 멈춤이 없었다. 오늘따라 머리가 맑아지고 잡념이 떠오르지 않았다. 그래서인지 몸도 가벼웠다.

광휘는 단류십오검의 초식 네 개를 끝없이 펼치며 쉬지 않고 움직였다.

그렇게 오후가 될 무렵.

광휘는 잠시 검을 한쪽 바닥에 내려놓고는 눈을 감았다. 며칠 동안 간단한 요깃거리만 먹어서인지 그의 몸은 부쩍 메말라 있었다. 그러나 눈빛만은 기광이 서릴 만큼 맑았다.

그만큼 무(武)의 수련은 광휘에게 친숙했다. 그리고 수련을 하면 할수록 예전의 그 힘들었던 과거의 기억이 떠오르고 있었다. 예전에는 그토록 고통스러웠던 순간이었는데 지금은 오히려 좋았던, 설레었던 기억들로 남아 있었던 것이다.

"네가 칠객 출신의 유역진인가?"

"그렇습니다."

"반갑구나. 난 총교두 이중윤이라고 한다. 널 추천했던 사람이지."

'사부님.'

총교관 이중윤.

칠십이 넘어가는 나이와 달리 삼십 줄로 보이는 멀끔한 외모를 지닌 자였다.

처음엔 나이를 속이나 싶었지만 후에 알게 되었다. 무의 극에 오르면 나타나는 젊어지는 현상, 즉 반로환동(返老還童)의 고수란 걸.

"우식이?"

"조장……."

흑우단 조장이 되었던 그해, 우연히 창고에서 같은 조원이었던 삼우식을 목도한 적이 있었다.

"여긴 막부단 창고다. 이곳에 오면 안 된다는 걸 잊었느냐?"

"배가 너무 고파서 말입니다……."

"……."

"다른 대원에겐 얘기하지 마십쇼. 알면 얼마나 놀려댈지……."

"체할라, 천천히 먹어라. 내가 뒤를 보마."

"…조장?"

"조장이란 자가 대원이 배곯는 것도 몰랐으니 망 정도는 봐줘야 하지 않겠느냐."

"…고맙소이다."

삼우식.

덩치만큼이나 먹을 것을 꽤나 밝혔던 녀석이다. 순박했던 그의 얼굴을 떠올리자 광휘의 입가에 미소가 지어졌다.

"조장, 훈련 좀 그만합시다. 힘들어 죽겠소."

"이번 임무에는 한 명도 안 죽었으니 휴식을 취해야 하거늘, 왜 훈련이 두 배로 늘어난 것이오?"

강무, 은서.

훈련을 할 때마다 투덜거렸던 놈들이다. 하지만 늘 시키는 대로 따라와 주었던 믿음직한 수하들이기도 했다.

"그럼 제 차례군요. 전 두 가지입니다."

옛 기억을 떠올리던 그때 광휘의 머릿속에 문뜩 떠오르는 목소리.

바로 명호였다.

'이상한 꿈이었어.'

광휘는 고개를 저었다.

이상했다. 왜 갑자기 명호가 꿈에 나타난 것일까. 그리고 왜 자신의 소원을 물은 것일까.

"전 두 가지입니다. 첫째는 제 주위 사람들이 행복하게 살았으면 하는 것이고, 둘째는⋯ 흑우단 단주 단리형과 단장님처럼 강하면서 따듯한 사람이 되는 것입니다."

"⋯그렇게 대단한 사람이 아니다. 단리형도 나도."

광휘는 자리에서 일어섰다.

어느덧 붉은 노을이 마당을 내리쬐고 있는 시각. 잠시 쉬었으니 또다시 수련을 해야 할 시간이었다.

"그게 소원이었군요, 단장."

멈칫.
순간 광휘의 발걸음이 멈췄다. 기억 속 명호의 대답은 계속 이어지고 있었다.

"제가 이루어 드리겠습니다."

"끌끌끌. 네가 어떻게 말이냐?"
광휘는 자신도 모르게 피식 웃음이 나왔다. 두 손을 불끈 쥐며 자신을 향해 웃어 보이는 모습에 왠지 웃음이 났던 것이다.
광휘는 이내 고개를 젓고는 바닥에 비스듬히 박아 넣은 괴구검 앞에 섰다.
지이이잉.
"응?"
순간 검 자루를 잡으려던 광휘가 흠칫하며 뒤로 물러섰다. 검 자루에서 느껴지는 뭔가 오싹한 느낌 때문이었다.
지이이잉.
그때였다. 주위의 모든 물체들이 요동치고 있었다. 마치 제각기 살아 움직이듯 이리저리 움직이고 있었다.
"이건……."
낯선 광경이었다. 그리고 익숙한 장면이기도 했다.

갑갑한 공간에 들어설 때나 피를 볼 때 나타는 특유의 공간 지각 능력이 발휘된 것이다.

다만 문제는…….

오 척. 삼 척. 이 척.

삼 보. 여섯 자. 열 걸음. 이 척의 높이.

피를 본 적도 없고, 닫힌 공간에 들어선 것도 아닌데 감각이 일깨워지고 있었다.

지이이잉.

광휘의 눈이 비석을 바라볼 때였다. 그의 눈앞에 자신이 수련했던 수백, 수천 개의 움직임들이 휘몰아쳤다.

조약돌이 올라간 높이에서 휘두르는 초식들.

찌르기, 베기, 검면치기, 흘리기.

그것이 투영되고 있었다.

"아!"

당황하던 광휘가 뭔가를 보고는 또다시 뒤로 물러섰다.

지이이잉.

계속 귓가에 아른거리는 소리.

바로 괴구검이 울고 있는 소리였다. 검이 살아 움직이는 것처럼 반응하고 있었다.

*　　　*　　　*

"들어오시지요."

드르륵.

팽가운이 입을 열자 문이 열리며 팽인호가 방 안으로 들어왔다. 서책을 바라보던 팽가운이 재차 입을 열었다.

"앉으시지요."

팽인호는 냉담한 분위기를 온몸으로 느꼈다.

갈라지는 음성, 시선 처리.

이는 대공자가 매우 감정이 격양된 상태일 때 나타나는 행동이었다.

드르륵.

맞은편으로 걸어간 팽인호가 자리에 앉으며 짧게 말을 붙였다.

"그간 심려가 크셨을 겝니다. 소인, 자리를 비운 죄는 이후에 달게 받겠습니다."

"당연히 받아야지요. 아버님께서 죽고 난 직후 팽가를 떠났고 얼굴 한번 보이지 않았으니까요."

팽인호는 고개를 숙이고 있었다. 마치 죗값을 받기 위한 사람처럼.

"이유나 한번 물어봅시다. 대체 얼마나 대단한 일이기에 아버님이 별세하시고 나서 얼굴도 보이지 않는 불충을 저지른 겝니까."

"…대업을 위해서였습니다."

"대업? 그게 무슨 말입니까?"

그 말에 팽가운은 그제야 팽인호에게 시선을 돌렸다.

"장씨세가를 처리할 방도를 찾는 것입니다."

"장씨세가… 그게, 그게 대업이라고요? 하하하. 하하하하!"

팽가운은 방 안이 떠나갈 듯 웃었다. 넋이 나간 것처럼, 그렇게 미친 듯이 웃어댔다.

그런 그가 뚝 하고 웃음을 그쳤고 이내 팽인호와 시선을 맞추고는 입을 열었다.

"그래서? 이루셨습니까? 그 대업이라는 것을?"

"……."

팽인호는 팽가운의 감정을 느끼고 있었다. 지금 그의 눈은 가리기 힘들 정도로 분노가 치솟고 있다는 것을. 애써 비웃음으로 그것을 가리고 있다는 것을.

"장씨세가 따위가 본가의 대업이라는 것이 참 재미있습니다만. 예, 그쪽에는 지금 개방과 모용세가가 붙었지요. 과연 일 장로께서는 선견지명이 있으시군요."

"……."

팽인호는 침묵했다.

노골적인 비아냥거림. 당신이 괜히 들쑤시는 바람에 일이 더 어려워진 것 아니냐는 말이었다.

그 모습을 본 팽가운의 비웃음은 점차 심해져 갔다.

"저 역시 보는 눈과 듣는 귀가 있습니다. 일 장로가 맹에 가서 무슨 얘기를 했는지, 그리고 지금 어떤 식으로 상황이 흘러가는지 말입니다."

"……."

"힘드셨을 테지요. 천하의 일방이라는 개방과 오대세가 중 하나라는 모용세가를 상대로 싸우려니까요. 맹에서는 손을 들어주지 않고 일은 하나같이 틀어지며 점점 고립되어 가니까… 아닙니까?"

"……."

팽인호는 여전히 입을 닫은 채 말하지 않았다.

으득!

팽가운이 이를 갈며 나지막이 물었다.

"내가 잘못한 겁니까?"

"……?"

"아버님의 사인이 미묘하다고, 좀 더 자세히 파보자는 다른 장로들의 의견을 막았습니다. 세력은 약하나 혈맹이나 다름없는 장씨세가에, 일 장로가 강압적으로 굴 때 그 반발을 나는 최소화했습니다."

"……."

"모두가, 모두가! 일 장로 당신이 방향을 잘못 잡고 있다고 했을 때 나는 끝까지 당신을 지지했습니다. 팽가를 향한 충심! 방향은 그릇되었을지라도 그 애절한 충심만큼은 단 한 번도 의심해 본 적이 없습니다. 그래서 당신의 손을 들어주었습니다……."

"……."

팽인호는 이제 꾸욱 눈을 감았다. 어느새 팽가운의 목소리에는 축축한 물기까지 어려 있었다.

"그런데! 그런데 지금 이게 뭡니까! 일 장로! 대체 무슨 짓을 하고 있는 겁니까! 대체 당신은 무슨 자격으로 우리 팽가를 파멸의 길로 몰아세우려는 거냔 말입니다!"

팽가운의 분노에 찬 목소리가 방 안을 쩌렁쩌렁 울리며 퍼져 나갔다.

팽인호는 한참을 눈을 감고 있다 무겁게 입을 열었다.

"피할 생각 없습니다. 소인의 죗값은 달게 받겠습니다. 하나 장씨세가가 끝난 뒤에 처분을 내려주시겠습니까."

"끝까지⋯⋯."

팽가운의 눈에 살심이 피어올랐다. 당장에라도 죽일 듯 노려보고 있었다.

스윽.

팽인호가 그제야 고개를 들었다. 매우 수척해진 얼굴로 그는 천천히 말을 이어 갔다.

"장씨세가는 곧 끝날 겁니다."

팽인호가 말을 끊으며 대답했다. 그러고는 부릅뜬 팽가운의 눈을 보며 말을 이었다.

"개방의 발은 곧 묶일 것이고 모용세가는 본가로 돌아갈 겁니다. 구룡표국 역시 뒤로 한 발짝 빠질 테고요."

"참으로 낙관적이시군요. 일이 그렇게⋯⋯."

"일이 그렇게 되도록 조치해 놓았습니다. 염려하지 않으셔도 됩니다."

팽가운의 표정이 미미하게 떨렸다. 팽인호의 반응이 뭔가 낯설었다. 팽가의 거목이자 야심만만하던 모사꾼이 지금 이 순간 세상을 등진 노인처럼, 뭔가 큰 의지를 잃어버린 사람처럼 보이고 있었다.

"그렇기에 노신(老臣)이 한마디만 아뢰겠습니다. 대공자, 아니… 가주님."

털썩!

"……!"

팽가운의 눈동자가 경악으로 커다래졌다. 팽인호가 그의 앞에 무릎을 꿇은 것이다.

"강해지셔야 합니다."

"……"

팽인호가 몸을 굽혔다.

"강한 자가 살아남는 것이 아니라 살아남는 자가 강한 것입니다. 그러니 가주께서는 지금보다 더욱더 강해지셔야 합니다."

두 손으로 바닥을 짚고 머리를 조아렸다.

"…대체 무슨 말씀을 하시는 겁니까."

"아직은, 아직은 때가 아닙니다. 조금만 더 기다리소서."

오체투지라고까지 부르는 큰절을 마치고, 팽인호는 천천히 일어섰다.

스윽.

"강녕하소서, 가주."

그러고는 다시 한번 읍을 해 보이고는 천천히 뒤돌아섰다.

턱.

문이 닫힐 때까지 팽가운은 입을 떼지 못했다.

뭔가 큰 결심을 한 사람처럼 그렇게 그는 떠나갔다.

팽가운은 팽인호가 자신을 부르던 말에 이루 말할 수 없는 혼란을 느껴야 했다.

"노신이라고? 대체 팽인호 당신⋯⋯."

팽인호.

그간 무슨 일이 있었던 것일까.

그리고 지금 그는 무엇을 하려 하는 것일까.

*　　　*　　　*

팽인호는 자신의 거처로 들어오자마자 창가로 걸어갔다.

푸드드득.

그곳엔 새 한 마리가 한쪽 다리를 들고 날갯짓을 하고 있었다.

치익.

팽인호는 새 다리에 묶인 전서(편지)를 떼어내고는 내용을 급히 훑었다.

一. 하북 도지휘사사에서 관인 이백여 명 사상자 발생.

二. '대대적인 역병에 대비하라'는 도지휘사의 명에 따라 지부(知府), 지주(知州), 지현(知縣)에게 하달.

三. 도성에서 궁사 오십 명과 병사 오십, 도합 관군 백 명을 팽가에 지원하겠다는 의사를 밝혀옴.

四. 정사지간인 화월문과 천의문이 본가의 협력 요청에 적극 응함.

두 문파의 지원 병력 약 삼백 명.

"시작된 건가."

팽인호의 시선이 창밖으로 향했다. 이백여 명의 사상자란 글귀에서 잠시 머물렀지만 곧 종이를 접어버린 것이다.

당상관의 말대로라면 황궁의 정예 고수라는 금의위가 도지휘사사에 머물러 있는 상황. 제아무리 묵객이 강하다 하더라도 이백여 명의 사상자가 발생할 수는 없었다. 하여, 사상자를 일부러 부풀려 알렸을 거라 판단한 것이다.

이는 관(官)이 움직이기 위해서라도 필요했다. 그 정도 사상자가 발생했다는 언질이 있어야 명분이 서기 때문이다.

푸드드득.

마침 창가로 날아오는 다른 새 한 마리로 인해 팽인호의 시선이 올라갔다. 그 새의 발목에도 뭉친 전서가 묶여 있었다.

치익.

팽인호는 다시 손을 움직여 전서를 떼어내 훑었다.

* 총관 서기종의 회신.

一. 열흘 뒤 순찰 부당주, 중수운을 필두로 본 가에 풍운검대 급파. 단, 당주 임조영은 거부 의사 표시해 참여하지 않을 듯.

二. 강호인들이 납득할 수 있는 죄목과 최후통첩 필요.

팽인호는 최후통첩이란 말에 눈살을 찌푸렸지만 이내 고개를 끄덕였다.

팽가는 명문정파다. 강호인의 눈과 귀를 생각하지 않으면 안 된다. 장씨세가를 공격하기 위해선 합당한 명분과 대외적인 선 포가 필요했다.

터억.

자리로 돌아간 그는 의자에 걸터앉았다. 틀어졌던 계획이 다 시금 제자리로 돌아가고 있지만 가슴 한구석이 허한 느낌을 지 울 수가 없었다.

"어디서부터 꼬인 것일까."

원래 이렇게까지는 꼬일 수 없는 계획이었다. 어느 순간 뒤돌 아보니 자신의 손을 벗어날 정도로 일이 커지고 있었다.

"대체… 어떤 인물입니까, 그자가?"

하는 일마다 번번이 나타나서 자신의 계획을 가로막았던 사내.

그 단초에는 항상 그 사내가 있었다.

"현 자금성을 지키는 수백의 금의위(錦衣衛)를 단독으로 뚫을 수 있는 세 사람 중 하나라고."

"네놈이 누구든 이제 상관없다!"

쾅!

그를 상기하다 격분한 팽인호가 탁자를 내려쳤다. 어느새 그의 얼굴은 잘 벼린 칼처럼 날카로웠다.

"설령 경천동지할 무공을 익히고 있다 해도 말이다!"

第十六章

광희가 나서다

　광휘는 말없이 자신의 검을 바라보고 있었다. 조금 전까지 울어대던 괴구검은 현재 아무런 변화도 보이지 않는다.

　하지만 두 눈으로 분명히 보았다. 검이 울고 있던 그 순간 깨어났던 감각 역시 여전히 살아 있었다. 예전처럼 완벽하진 않지만 분명 이것은 공간과 지각을 단번에 꿰뚫어 보는 능력이었다.

　'괴롭지 않아.'

　달라진 또 다른 점은 바로 그것이었다.

　이제껏 광휘의 공간지각 능력.

　닫힌 방 안이나 좁은 공간에 들어설 때 나타나는 특유의 감각은, 때에 따라서는 대단히 유용했다. 하지만 그 감각이 발현되는 순간부터 지독한 통증에 시달렸고, 이후에는 환각이라든지 현실감각을 상실하는 등 끔찍한 후유증이 따라오곤 했다.

그런데 지금은 아무런 느낌도 없이 편안하다. 그런 와중에서도 특유의 감각이 유지되고 있었다.

'대체 왜 이런 현상이 일어난 거지……'

스윽.

광휘는 괴구검을 슬쩍 들고는 검신을 바라봤다. 조금 전까지 자신에게 공명하듯 울리던 검은 현재 어떠한 변화도 보이지 않는다. 그렇게 생각을 접고는 다시 석비 앞으로 다가가려던 광휘가 멈칫했다.

"아……"

눈앞에 환영이 나타났다. 세 개의 석비를 향해 찌르는, 이제껏 자신이 수련했던 그 모든 움직임이 환영이 되어 눈앞에 펼쳐지고 있었다.

'이건……'

그리고 일 초식부터 사 초식까지 모두 다 성공해 내고 있었다. 어떠한 방법으로도, 어떠한 자세로도 전부 다 실패 없이 완벽히 구현해 냈다. 모든 초식이 성공한 뒤에는 흐릿해지며 이내 시야에서 사라졌다.

"확인해 봐야 해……"

터벅터벅.

광휘는 괴구검을 잡은 채 세 개의 석비 중앙에 섰다. 그리고 바닥에 놓인 돌 하나를 집어 들었다.

단류십오검의 일로지검.

일 초식부터 시작하기 위해 검을 세웠다.

광휘가 숨을 고르자 주위는 쥐 죽은 듯 고요해졌다. 바람 소리와 참새 소리 외에는 어떠한 소음도 들리지 않았다.

획.

돌을 던지며 광휘는 호흡을 멈췄다. 그 뒤 숨을 죽이며 돌이 떨어지기만을 기다렸다. 그렇게 조약돌이 어깨높이까지 다다를 무렵.

스팟.

광휘의 괴구검이 빠르게 움직이기 시작했다.

팍팍팍!

세 개의 석비에 찌르기 한 번.

팍팍팍!

세 개의 석비에 찌르기 두 번.

팍팍!

뒤이어 광휘의 검이 살짝 멈추는 듯했다. 하지만 느리게 움직이던 광휘의 검은 궤적이 바뀌며 더욱 빠르게 휘둘렀다.

쇄액!

반으로 잘린 돌이 허공으로 치솟았다. 이미 각 석비에 구멍을 뚫은 것도 모자라 떨어지던 조약돌을 겨냥해 잘라 버린 것이다.

툭. 투욱.

바닥에 떨어질 때까지 광휘는 검을 휘두른 상태에서 움직이지 않았다. 가만히 검에 시선을 둔 그의 얼굴에 한 가닥 당황이 피어났다.

"환영이 또……."

흐릿하게 생성되는 환영.

잠시 사라졌던 환영이 또다시 광휘의 눈앞에 나타나 석비에 구멍을 뚫고 있었다.

"……."

백중건이 겨우 도달했다는 경지.

이번의 환영은 뚜렷하게 단류십오검의 칠검(七劍)을 펼치고 있었던 것이다.

*　　　*　　　*

장련과 서혜, 능자진은 장씨세가 정문에 들어서며, 문 앞에 나와 있던 장웅을 발견했다.

"잘 다녀왔느냐?"

"오라버니, 저는……."

장련이 그를 보고는 말을 잇지 못했다. 능자진도 서혜도 그저 말없이 고개를 숙일 뿐이었다.

"괜찮다. 우선 들어가자꾸나. 모두들 기다리신다."

장웅은 그들을 데리고 장원태의 서재로 향했다.

잠시 뒤, 방에 들어서자 장원태가 그들을 맞이했다.

"우선 앉거라."

이미 자리에 앉아 있던 능시걸과 모용상.

맞은편에 앉은 장련은 무거운 분위기에 문득 긴 한숨을 쉬었다.

"죄송합니다. 소녀가 멋대로 움직이는 바람에 이런 일이 벌어졌습니다."

"아닙니다. 장련 소저보다 소녀에게 더 책임이 있습니다. 이 일의 책임은 온전히 저에게……."

"너희들 잘못이 아니다."

장련과 서혜의 말을 장원태가 끊었다.

"방향은 나쁘지 않았다. 나라 해도 똑같이 움직였을 게야. 문제는 도지휘사가 저들과 손을 잡고 있다는 거겠지만… 지금이라도 알게 되었으니 오히려 소득이라 할 수 있다."

장원태가 장련을 위로하자 능시걸이 고개를 끄덕이며 첨언했다.

"장 가주의 말이 옳소. 설마 팽가가 손을 잡은 곳이 관이라니……. 이건 강호의 정보통을 자처하던 본 개방도 몰랐던 일이오. 저들의 야욕이 어느 정도인지, 그들과 손을 잡은 무리가 또 얼마나 더 있는지 원점에서 재고할 필요가 있소."

"관부의 인물 중에서 사상자가 생겼습니다. 저들이 쉽게 넘어가지는 않겠지요?"

서혜가 굳은 얼굴로 입을 열었다.

그녀와 장련 등은 개방의 호위를 받으며 장씨세가로 급히 달려온 길이다. 주변 정황이 어찌 되었는지 따로 소식을 들을 틈이 없었다. 특히 서혜가 걱정하는 것은 묵객의 안위였다.

"혹시 뒤에 오던 무사님들은 어떻게 되었는지 아십니까?"

"사람을 보냈으니 곧 연락이 올 게야."

"……."

"묵객과 명호는 강호 내에서도 찾기 힘들 정도로 뛰어난 무인이다. 그러니 너무 걱정하지 말거라."

"…알겠습니다."

능시걸이 위로했지만 서혜는 이미 어깨에 힘이 빠져 있었다. 사람을 보냈다니 기다리는 수밖에 없다. 그것을 알고 있는데도 하오문 문도로서가 아닌 여인의 감각이 무언가를 경고하고 있었다. 왠지 좋지 않은 일이 찾아들 것 같다고.

"그래도 하나 건진 게 있다면……."

주위 분위기가 숙연해질 때 장련이 말을 이었다.

"도지휘사의 배후에 영민왕이 있다는 것입니다."

"영민왕?"

"영민왕이라고?"

능시걸과 모용상이 당황하며 되물었다.

"그러고 보니 장 소저는 그때 도지휘사의 뒤에 영민왕이 있다고 하셨지요?"

서혜가 새삼 기억났다는 듯 눈을 홉뜨며 물었다.

"사실 저희 하오문도 막연히 심증만 있을 뿐 물증은 없었는데……. 어떤 탁견(卓見: 뛰어난 의견)으로 그것을 예단하셨는지

여쭈어도 될까요?"

"아, 저어… 탁견까지는 아니고."

장련은 문득 당황하는 얼굴이 되었다. 평소에는 드문 모습이라 장원태도 고개를 갸웃했다.

"련아?"

"그, 그냥 찔러본 거예요."

"…네?"

서혜의 입이 따악 벌어졌다. 능시걸도, 모용상도 이게 무슨 소리인가 싶어 멍해진 찰나 장련이 새빨갛게 달아오른 얼굴로 고개를 푹 숙였다.

"그때 그 상황에선 되든 안 되든 엄청난 거물을 언급하는 것이 좋을 것 같아서… 그래서 영민왕을 언급했는데 오히려… 죄송합니다!"

"……!"

"허."

"하아……."

장내의 모두가 잠시 말문이 막혔다. 말인즉슨, 장련이 되는대로 주워섬긴 말에 도지휘사가 지레 놀라 마각을 드러냈고, 그 바람에 모든 것이 급진전되어 버렸다는 이야기다.

"후후후. 그래, 련이는 그랬지. 옛날부터 그런 아이였어!"

장련을 누구보다 잘 아는 장원태만이 짧게 웃었다. 이제는 얼굴이 붉어진 장련이 더듬더듬 말을 이었다.

"결국 소 뒷걸음질에 쥐를 잡은 꼴이라서… 저도……."

"아니에요, 장 소저. 장 소저가 우연히 맞힌 게 아니에요."

서혜가 이마를 짚고는 고개를 내저었다. 문득 능시걸이 고개를 갸웃하며 물어왔다.

"장련의 말이 맞다니, 그게 무슨 뜻인가?"

"방주님, 모용가주님, 그리고 장 가주님. 만에 하나의 일입니다만, 갑작스러운 흉사가 있어 천자께서 귀천하신다면 그때 다음으로 자리를 물려받을 이가 누가 계실까요?"

"음… 그건……."

"영민왕이군."

"영민왕일세."

장원태는 관부와 연이 깊어 함부로 말을 꺼내지 못하고, 능시걸과 모용상은 즉각 대답했다. 그러고는 서로서로 마주 보는 두 사람에게 서혜가 길게 읍을 해 보이며 말을 이었다.

"바로 그것입니다. 당금 천자께서 망군(亡君)이라고 할 만큼은 아니나 현군이라고 하기도 어렵지요. 하지만 절강성(浙江省) 인근의 봉지(封地: 황제에게 받은 영토)를 받은 영민왕은 오히려 현군이라는 말로도 부족합니다."

영민왕은 현 천자의 숙부이며 예전의 겁난을 피한 전대 황제의 서자다.

그는 복잡한 정치 다툼에서 몸을 지킬 만큼 처세에 능했고, 아랫사람에게서 충심을 얻어내는 데 능한 전형적인 현군의 모습을 보이고 있었다.

당금 천자에 비해 그가 부족한 것이 있다면 단 하나, 바로 핏줄에서 이어진 적통성이었다.

"하나 세간에 알려지기로는 영민왕이 그렇게 야심만만한 사람은 아니었던 것 같은데?"

"세간의 평은 분명 그러합니다. 하지만 저희 하오문에서 보는 바는 그와 좀 다르지요."

모용상의 물음에 서혜는 다시금 고개를 가로저었다. 능시걸이 문득 침중한 눈으로 물었다.

"좀 더 자세히 말해줄 수 있겠나?"

"말을 꺼내서 좋을 것이 없으니 방주님과는 따로 이야기를 나누지요. 그 전에."

서혜는 함부로 말할 것이 아니라는 듯 말을 돌렸다.

"도지휘사의 움직임은 좀 어떻습니까?"

"아무 움직임이 없네."

그 말에 이번엔 모용상이 눈을 크게 뜨며 되물었다.

"아직까지요? 관인들이 상하고 죽었는데 아무 움직임이 없단 말입니까?"

"나도 그게 이상하네. 방도들을 사방에 풀어 움직임을 감시하고 있는데 아직까지 특이한 다른 사항은 없다고……."

"폭풍 전야 같군요."

서혜의 아름다운 얼굴에 살포시 걱정이 어렸다.

팽가의 협력 세력을 알아낸 것도 좋았고, 그녀들이 무사히 탈출한 것도 좋았다. 하지만 관이 이번 일에 피해를 입었으니 무언가 큰 움직임이 있을 것은 당연했다.

그런데도 아무것도 보이는 바가 없다니, 그것이 오히려 불안했다. 대개 해일이 일어나기 직전의 바다는 오히려 잠잠한 법이 아니던가.

"이쪽의 전력을 재보면서 신중을 기하려는 것이겠지. 이번에 피해를 크게 입었으니 도지휘사 역시 더는 체면을 손상당하고 싶지 않을 테고."

능시걸은 코웃음을 치며 고개를 내저었다.

"다만 각오해 두게나. 확실한 것은, 적어도 지금까지의 위기와는 비교도 안 될 정도로 장씨세가가 힘들어질 것이네."

그 말에 침묵하던 능자진이 입을 열었다.

"선수를 치는 것은 어떻습니까? 관무불가침이라 했습니다. 관이 무림에 개입했다는 사실을 맹에 알리면 맹에서도 가만히 좌시하고만 있지는 않을 것입니다."

"이런, 이런. 아직도 모르는가, 능 대협?"

그때 모용상이 입을 열었다.

"맹은 힘 있는 자들의 편이야."

"아⋯⋯."

능자진이 고개를 떨어뜨렸다.

생각해 보면 그랬다. 사실 공명정대한 곳이라고 알려져 있지만 맹 역시 힘의 논리가 가장 우선되지 않는가.

"그렇다면 관에서 장씨세가를 공적으로 몰 가능성이 있다는 말씀입니까?"

"그건 아니지. 이번 일이 좀 꼬이긴 했지만 장씨세가는 오랜

세월 동안 관(官)과 좋은 관계를 유지해 온 곳. 공적으로 내몰면 문제가 커지니 그리하진 않을 게야."

"하면……."

"지금은 우리가 뭔가를 하려고 해도 뾰족한 방도가 없네. 가주가 죽은 팽가를 칠 명분도 없고 그렇다고 가만있기에는 뭔가 불안한 형색이지."

이번 일로 인해 개방도, 모용세가도 어떻게 할 수 없는 처지에 놓이게 되었다. 영락없이 손발이 묶인 장씨세가였다.

똑똑.

"누군가?"

그때 문 쪽에서 인기척이 들려오자 장원태가 물었다.

"묵객입니다."

"묵객? 들어오시게."

자리에서 일어서며 묵객을 맞이하는 사람들의 표정이 밝아졌다. 특히 서혜의 얼굴은 이루 말할 수 없을 정도로 화색이 돌았다.

처억.

"늦었습니다. 따로 연락도 드리지 않고 염려 끼쳐 드린 점 죄송스럽게 생각합니다."

"공자님……."

서혜는 한 손으로 입을 막으며 눈에 눈물마저 지었다. 그런 그녀가 보이는지, 보이지 않는지 묵객은 잔뜩 피로한 기색으로 고개만 숙이고 있었다.

"다행이네, 몸 성히 돌아와서. 우리가 얼마나 걱정했는지.

한데……."

말하던 장원태의 고개가 갸웃거려졌다. 묵객과 함께 갔던 또한 명, 이 자리에 그와 함께 돌아왔어야 할 다른 사람이 보이지 않은 것이다.

"명 대협은……?"

장원태의 물음에 묵객은 천천히 고개를 들었다.

벌게진 눈, 그것을 본 장련과 능자진, 서혜는 설마 하고 속으로 외쳤다.

그런 그들을 향해 묵객이 천천히 고개를 숙였다.

"죄송합니다. 모셔 오지 못했습니다."

"……!"

장원태가 휘청거렸다. 능자진은 눈에 경련이 일듯 동공이 떨렸고, 장련은 입을 가리며 외마디 비명과 함께 주저앉았다.

"허어… 그 사람이……."

"대관절 어찌 된 일인가?"

개방 방주 능시걸이 침음하고 모용상이 침중하게 물었다. 그에 대해 묵객은 고개를 내저었다.

"그 얘길 말씀드리기 전에 급히 알아두셔야 할 것이 있습니다. 조금 전, 서재로 들어오는 길에 전해 들었는데 하북의 모든 관아에서……."

충격이 채 가시기 전에 묵객의 입에서 나온 말에 모두들 경악했다.

관(官)이, 이제껏 장씨세가에 우호적 입장을 보여왔던 관이 드디어 움직이기 시작한 것이다.

"수천 명의 거지들을 잡아 감옥에 넣고 있다고 합니다."

그 첫 목표는 바로 개방이었다.

자고로 가뭄이 심할 때는 돌림병도 따라 창궐한다. 올해는 천문이 심상치 않으니 자칫 흉한 일이 천하에 번질 수 있다.

몸이 불결하고 부정한 것을 자주 접하는 자들은 모두 모아 병의 근원을 지우라.

처음 북경에서 떨어진 조서는 애매하기 짝이 없는 것이었다. 하지만 명령은 명령. 도성의 관군들은 생각하기에 앞서 움직이기 시작했다.

그리고 막상 움직이고 보니, 조서는 별로 애매하지도 않았다. 몸이 불결하고 부정한 것을 자주 접하는 자? 그런 인종의 제일 첫 번째는 바로 거지였다.

"싹 다 잡아들여! 이참에 너저분한 것들을 모두 지워 버리는 게야!"

임지 발령을 앞둔 지부대인, 현령들은 몸이 달았다. 성도 주위를 배회하거나 저잣거리에 널려 있는 거지들부터 잡아들이기 시작한 그들은 점점 범위를 넓혀 마을에 머물며 동냥하는 거지까지 무차별적으로 잡아갔다.

개방의 방도들도 예외는 아니었다. 하북 내 십여 개의 이결 제자부터 분타의 장(長)까지 이유 불문하고 마구 잡아들인 것이다.

"이게 대체 무슨 말인가!"

분타주에 도착한 능시걸은 분개했다. 갑자기 돌림병이 돈다며 거지들을 떼로 잡아갔다니. 아니, 대체 황궁에서 언제부터 그렇게 백성들의 안위를 살폈는지 믿을 수가 없었다. 게다가 자신들이 그 지목 대상이라는 것에 분개했다.

"저, 저희도 상황을 파악 중에 있습니다."

능시걸이 거듭 외쳤지만 분타주에 남아 있던 거지들 중 누구 하나 선뜻 나서지 못했다.

그들은 기껏해야 이결 제자들이었다. 아는 바도 부족했거니와 능시걸과 서열이 너무나 차이가 났던 것이다.

그러던 그때 꾀죄죄한 옷을 입은 중년 거지 한 명이 그들 사이로 걸어 나오며 능시걸의 말을 받았다.

"그건 제가 말씀드리겠습니다."

"너는?"

그를 본 능시걸의 표정이 당혹스럽게 변했다. 놀랍게도 명령 없이는 움직이는 않는 사내가 이곳에 방문한 것이다.

육결 제자 법개(法丐).

법개란 방 내의 규정과 방 내의 사정에 밝은 자로, 각 당주들의 선출에 의해 뽑힌 자. 실질적인 개방의 머리로 장로보다는 서열이 낮지만 당내를 이끌어가는 자가 바로 그였다.

"하남에 있어야 할 네가 여긴 왜……."

능시걸의 물음에 법개가 고개를 숙였다.

"사안이 중해 제가 직접 말씀드리는 것이 나을 것 같아서 말입니다."

그러고는 능시걸에게 한 걸음 더 다가가 말했다.

"일단 방으로 드시지요."

*　　　*　　　*

"…하여, 병세가 잦아들고 회복기에 들어서면 풀어주겠다는 게 그들의 입장입니다."

방에 들어온 법개는 그간의 상황을 소상히 밝혔다.

"적어도 공식적인 언행은 그렇습니다만……."

"장씨세가에서 발을 빼라는 말이군."

법개가 말없이 고개를 끄덕이자 능시걸의 얼굴이 와락 일그러졌다.

분명 관군이 피해를 본 이상 그냥 넘어가지 않을 거라 예상은 했지만 이런 식으로 흘러갈지는 전혀 몰랐던 것이다.

"어떻게 하실 생각입니까?"

법개가 심유하게 눈을 뜨며 물었음에도 능시걸은 쉽게 결론을 내리지 못했다.

명목이야 어떻든 관군이 수천 명의 거지들을 인질로 잡아 가두고 있는 상황이다. 이런 형국에 무작정 장씨세가를 돕는 것은 같은 방도 수천의 목숨을 날리는 도박이 될 수 있다.

"네 생각은 어떠냐?"

결국 능시걸은 자신의 생각을 유보하고서 법개를 향해 물었다.

"솔직한 대답을 원하십니까?"

"솔직히 말해보거라."

능시걸이 고개를 끄덕이자 법개가 깊게 숨을 들이마셨다. 그러고는 천천히 입을 열었다.

"어려운 길과 쉬운 길이 있습니다."

"먼저 어려운 길부터 들어보마."

"도지휘사를 움직이는 겁니다. 당연히 막강한 권력을 부리고 그를 움켜쥘 수 있는 안찰사(按察司: 사법과 감찰을 주관) 사람이어야 하겠지요. 마침 개방엔 그쪽과 연줄이 있는 인물이 있습니다. 한데 여기에는 큰 문제가 있습니다."

"뭔가?"

"도지휘사가 줄을 대고 있는 곳이 안찰사를 능가하는 곳이라면 회유가 어렵습니다. 이를테면 삼법사(三法司) 같은 곳이겠지요."

안찰사가 성급의 사법과 감찰을 주관한다면 삼법사는 나라의 사법기관이었다. 형부(刑部), 도찰원(都察院), 대리사(大理寺)가 바로 그것이었다.

그중 안찰사는 형부와 도찰원에서 명령을 받는 곳. 도지휘사가 그쪽의 명을 받는다면 그를 부리기가 힘들다는 말이었다.

"도지휘사의 배후에 영민왕이 있다는 것입니다."

능시걸은 고개를 저었다. 이곳으로 오기 전 장련에게 전해 들은 말이 그가 말한 어려운 길을 더욱 어렵게 만들었다.

팽가의 뒤에 있는 자가 당상관, 형부 장관이란 점에서 당연히 개방의 영향력은 미칠 수가 없었다. 아니, 그 이전에 영민왕 정도라면 이미 도찰원을 회유할 능력을 지니고 있다.

"하아, 결국 이런 일이……."

능시걸이 한숨을 내쉬었다. 법개가 말한 쉬운 길은 굳이 묻지도 않았다. 그가 무슨 말을 하려는지 알기 때문이다.

"방법은 없느냐? 그들의 허점을 파고들 방법 말이다."

돌림병이란 것은 사실 하나의 구실에 불과했다. 능시걸은 그점에 대한 생각을 묻는 것이다.

"저도 한번 조사를 해봤지만 그들이 내세운 명분에 빈틈은 없었습니다."

"뭐……?"

"돌림병이 실제로 존재합니다, 방주."

하북은 정말로 광활한 지역이다. 민가에, 산속에 숨어든 화전민 사이에 몇 명쯤은 그런 병에 노출될 수밖에 없을 것이다.

당연히 하북 전역에 퍼지는 않았지만 표면적으로 내세운 그들의 명분을 지적하기에는 무리가 따랐다. 해마다 여름이 되면 어느 지방에서든 병이 돌곤 했으니 말이다.

'방도들의 목숨이라니… 이를 어찌한단 말인가.'

도지휘사의 행동으로 이번엔 능시걸조차 개인감정을 내세울수 없는 처지가 되었다.

그는 중원 거대 일방의 수장이었다. 아무리 선대로부터 광휘에게 도움을 받았다고 해도, 일방의 방주가 수천 방도의 목숨을 외면하고 은혜 갚기만 골몰할 수도 없는 노릇이었다.

"우리가 빠진다면 남는 건 모용세가 하나밖에 없는데……."

한탄하는 듯한 능시걸의 말에 법개가 냉담히 반응했다.

"모용세가도 곧 장씨세가를 떠날 겁니다."

"모용세가? 모용세가가 왜?"

"오는 길에 전해 들은 얘기인데… 산동의 패씨 일가가 장씨세가로 급히 찾아갔다고 합니다."

"패씨 일가? 그게 누구……."

"모용가주 모용상의 처가 말입니다."

"……!"

능시걸의 안색이 변했다. 그제야 일이 어떻게 돌아가는지 알게 된 것이다. 관이 압박하는 곳은 개방뿐이 아니었음을.

"장씨세가에? 하면……."

모용세가는 역사가 오래된 명가다. 당연히 팽가만큼 조정에 몸 바친 고관대작들이 많았다.

"아마 도지휘사가 처가에 약한 모용가주의 약점을 쥐고 흔드나 봅니다. 지금쯤 패씨 일가의 빙장(聘丈: 다른 사람의 장인을 이르는 말)께서 모용세가의 원로들에게 애걸복걸하며 이번 일에서 손을 떼라는 둥 압박을 가하고 있을 것이고요."

"…이거 점입가경이로군."

능시걸은 이제 암담한 기분에 이마만 짚었다.

개방과 모용세가.

이제껏 장씨세가를 보호해 주던 두 세력이 모두 강제로 손을 떼게 생겼다. 이리되면 구룡표국도 빠질 것이 불 보듯 뻔했다. 하면 앞으로 장씨세가는 오로지 그들 자신만의 힘으로 상대해야만 한다. 개방과 모용세가, 그들로서도 감당하기 힘든 하북의 호랑이, 하북팽가를.

'광휘.'

그는 문뜩 한 사내를 떠올렸다.

장씨세가를 지키기 위해 은거까지 깨버린 그가, 지금 이 순간 보고 싶었다.

'대체 이 일을 어찌하면 좋겠나…….'

"그나저나 방주, 그러고 보니 말입니다만."

그때 뭔가 잊고 있었다는 듯 법개가 고개를 갸웃거렸다. 방주가 움직일 때면 당연히 함께 있어야 할 한 사람이 보이지 않았기 때문이다.

"후개는 어디에 갔습니까?"

＊　　　＊　　　＊

단류십오검이 말하는 일 검의 속도.

백중건이 전광석화라 규정한, 육안으로 보이지 않는 속도.

그중 칠검이란 것은 그 속도를 무려 일곱 번이나 뛰어넘는 것이었다. 달리 말해 인간의 눈으로는 볼 수 없는 검술이었다.

"하아, 하아."

쉴 새 없이 움직이던 광휘의 괴구검이 멎었다. 시선은 왼쪽 석비에 향한 채였고, 그 눈썹이 파르르 떨리고 있었다.

"딱 하나가……."

세 개의 석비에 일곱 개의 구멍을 뚫어야 하는 단류십오검의 칠검.

아쉽게도 각 석비마다 한 개의 구멍이 모자랐다.

철컥.

광휘는 검집에 괴구검을 집어넣었다. 지금은 이 정도가 한계였다. 칠검을 다 익히진 못한 것은 아쉽지만 비약적인 발전인 것만은 분명했다.

"머지않았어."

광휘는 그리 생각했다. 지금 나타난 공간지각 능력이 예전에 느꼈던 만큼 범위가 넓지 않았기 때문이다.

천중단 시절, 자신과 함께했던 그 감각은 무려 십 장(30미터)까지 느낄 수 있었다. 그 범주 안에 들어서면 누구라도 알아챌 수 있고 누구라도 죽일 수 있었다.

하지만 지금은 자신의 주위로 오 장(15미터)을 느끼는 것이 고작이었다. 그러니 그 정도까지 감각을 올린다면 지금보다 더욱 강해질 것이다.

'이 상태에서 피를 본다면 더 강해질 수…….'

광휘는 머리를 세차게 흔들었다.

이런 와중에 굳이 무리를 해서까지 그것을 알아볼 이유가 없다. 지금 자신에게 필요한 것은 발작적인 증상이 아닌 온전한 자신의 힘을 만드는 과정이었다. 어차피 피하려고 해도 언젠가는 알게 될 것이다. 팽가와 싸움이 끝날 때에는…….

꿀꺽꿀꺽.

한 곳으로 걸어간 광휘가 목을 축였다. 그러고는 검을 벽에 기대어 내려놓던 그가 동작을 멈췄다. 인기척을 느낀 것이다.

"누구냐?"

짧은 물음.

그 말에 숨어 있던 한 사내가 빠르게 몸을 빼내었다.

"접니다."

"너는…….."

낯익은 얼굴, 개방 후개의 얼굴에 잠시 머뭇거린 광휘가 재차 말을 이었다.

"무슨 일인가?"

"장씨세가로 속히 가보셔야 할 것 같습니다."

광휘가 피식 웃어 보였다.

"꼴을 보니 무슨 큰일이라도 난 모양이군."

광휘를 마주하고 있는 후개의 꼴은 가관이었다. 방주와 함께할 때 보였던 자신만만한 얼굴과는 달리 콧물도 흐르고 있었고 머리가 이리저리 헝클어져 있었다. 즉, 거지 중에 상거지 꼴이었다.

"그 큰일이 실제로 일어났습니다."

"무슨……. 팽가가 쳐들어오기라도 했다는 것이냐?"

"아닙니다. 그랬다간 곧 무림공적이 될 테니까요."

"그렇지?"

광휘는 태연자약했다. 자신이 떠날 때 분명 장씨세가는 평화로웠다. 그렇기에 광휘는 당분간 무슨 일이 날 리도 없는 상황이라 생각하고 있었다.

"명호라는 분 있지 않습니까."

그때 그의 시선을 붙잡는 말이 흘러나왔다.

"돌아가셨습니다."

"……"

"……"

둘은 한동안 말이 없었다.

말을 건 백효도, 말을 들은 광휘도 입을 다문 채였다.

그렇게 한참을 기다리던 백효가 제대로 못 들었나 싶어 다시한번 말을 걸려던 그때.

"크크큭."

갑자기 광휘가 웃기 시작했다.

'웃음이……'

그 웃음을 보던 백효는 온몸에 소름이 돋기 시작했다. 방금전 보았던 웃음과는 전혀 다른, 뭔가 알 수 없는 동물의 본능같은 그런 웃음이었다.

"……"

그러던 그 웃음이 일순간 끊겼다.

그 뒤, 백효를 향해 광휘가 검을 집어 든 뒤 천천히 다가왔다.

"저, 저기⋯⋯."

백효가 무슨 말을 할 때였다.

뻐억!

창졸간 검집에서 뻗어 나온 검신으로 주위에 있던 석비를 때렸다. 백효의 눈으로도 좇지 못하는 극한의 쾌검술을 펼친 것이다.

"가자."

당황한 시선으로 올려다보는 백효를 향해 광휘가 말을 이었다. 그러곤 한쪽에 올려 둔 서책을 보자기에 담은 뒤 구마도를 든 광휘가 앞장서 걸어갔다.

"예⋯⋯."

백효가 엉거주춤한 자세로 그 뒤를 따랐다. 그러다 뭔가 이상한 느낌에 뒤를 돌아보았다.

'기분 탓이었나?'

그때였다.

드드득.

마치 울음소리처럼 석비가 이상한 소리를 내기 시작했다. 균열이 생기기 시작한 석비가 갑자기 무너져 내리고 있었던 것이다.

'대체 무슨 무공을 익혔기에⋯⋯.'

백효는 굳은 자세로 멀어져 가는 광휘를 멍하니 바라보았다. 단지 검 면으로 석비를 때렸을 뿐인데 석비가 산산이 부서져 내렸다.

하나 그는 지금도, 앞으로도 알 수 없을 것이다. 방금 광휘가 펼쳐 보인 검술이 강호에 소실되었던 백중건의 단류십오검, 삼초식 반로타검이란 것을.

『장씨세가 호위무사』제3막 8권에서 계속…